LA CASA DE LOS SUICIDIOS

MOTUS
THRILLER

Nos gusta la adrenalina y la tensión que vivimos al leer un thriller. Ese hilito de sangre, ese tictac que hará detonar lo imposible, no saber quién es el culpable y también intentar deducir el final.

Nos intriga saber que la muerte pudo ser solo una coartada, la vuelta de tuerca, el reto que nos ponen al contarnos cada historia.

En el cine, la ansiedad nos lleva al borde de la butaca, y con los libros nos hundimos en el sofá, sudamos en la cama, devoramos cada párrafo a la velocidad de nuestras emociones.

Sentir que falta el aliento cuando la trama nos recuerda que la vida es un suspiro les da sentido a varios de nuestros días.

Nuestro compromiso es poner ante tus ojos solo autores que te provoquen todo eso que los buenos thrillers y novelas negras tienen.

Queremos que te sumes a esta comunidad a la que guía una gran sed de buen entretenimiento. Porque lo tendrás en cada uno de nuestros libros.

¡Te damos la bienvenida!

Únete al grupo escaneando el código QR:

Donlea, Charlie
La casa de los suicidios / Charlie Donlea. - 1a ed - Ciudad Autónoma de Buenos Aires :
Trini Vergara Ediciones, 2023.
448 p. ; 23 x 15 cm.

Traducción de: Constanza Fantin Bellocq.
ISBN 978-987-8474-46-5

1. Crímenes. 2. Novelas Policiales. 3. Policía. I. Fantin Bellocq, Constanza, trad. II.
Título.
CDD 813

Título original: *The Suicide House*
Edición original: Kensington Publishing Corp.
Derechos de traducción gestionados por Sandra Bruna Agencia Literaria, SL

Traducción: Constanza Fantin Bellocq
Corrección de estilo: María Inés Linares

© 2023 Trini Vergara Ediciones
www.trinivergaraediciones.com

© 2023 Motus Thriller
www.motus-thriller.com

España · México · Argentina

ISBN: 978-987-8474-46-5
Hecho el depósito que prevé la ley 11.723

Primera edición en México: octubre 2023
Impreso en Litográfica Ingramex S.A. de C.V.
Printed in Mexico · Impreso en México

LA CASA DE LOS SUICIDIOS

Charlie Donlea

Traducción: Constanza Fantin Bellocq

MOTUS

Para Fred y Sue.
Padres, amantes de la isla Sanibel, amigos.

*El descubrimiento consiste en ver lo que todos los demás
han visto y pensar lo que nadie más ha pensado.*

Albert Szent-Györgyi

SESIÓN 1

Diario personal: Las vías

MATÉ A MI HERMANO CON una moneda de un centavo. Simple, benévolo y perfectamente creíble.

Sucedió en las vías del ferrocarril. Porque, tal como me enseñaría la vida en los años que vendrían, un tren a toda velocidad era muchas cosas. Majestuoso, cuando pasaba desdibujado, demasiado rápido como para que los ojos pudieran registrar algo más que franjas de color. Poderoso, cuando retumbaba bajo los pies como un terremoto inminente. Ensordecedor, cuando rugía por las vías como una tormenta caída del firmamento. Un tren a toda velocidad era todas estas cosas y más. Un tren a toda velocidad era letal.

La grava que llevaba hasta las vías estaba suelta y nuestros pies resbalaban al trepar. Eran casi las seis de la tarde, la hora habitual en la que el tren pasaba por la ciudad. El sol que caía en el horizonte teñía de un rojo moribundo los bordes inferiores de las nubes. El crepúsculo era el mejor momento para ir a las vías. De día, corríamos el riesgo de que nos viera el maquinista y llamara a la policía para informar que había dos chicos jugando peligrosamente cerca de las vías. Por supuesto, me aseguré de que esa situación ya hubiera sucedido. Era esencial para mi plan. Si hubiera matado a mi hermano la primera vez que lo traje hasta aquí, mi anonimato en esta tragedia habría sido frágil como una hoja de papel. Necesitaba municiones para cuando la policía viniera a interrogarme. Tenía que crear una historia irrefutable sobre el tiempo que pasábamos en las vías. Habíamos estado aquí antes. Nos habían visto. Nos habían atrapado. Habían informado a nuestros padres y ellos nos habían castigado. Se había establecido un patrón. Pero esta vez, les diría yo, las cosas habían salido mal. Éramos chicos. Éramos estúpidos. El relato era impecable y más adelante yo aprendería que era necesario que así lo fuera. El detective que investigaría la muerte de mi hermano era una fuerza onerosa. Desde el principio sospechó de mi historia y nunca se sintió completamente satisfecho por mi explicación de los hechos. Hasta el día de hoy, estoy seguro de que no lo está. Pero mi versión de aquel día y la historia que inventé resultaron irrefutables. A pesar de sus esfuerzos, el detective no encontró fisuras.

Una vez que subimos a la cima del terraplén y estuvimos junto a las vías, saqué dos monedas de un centavo del bolsillo y le entregué una a mi hermano. Eran brillantes y no tenían marcas, pero pronto quedarían delgadas y lisas, una vez que las colocáramos sobre las vías para que el tren rugiente las aplastara. Poner monedas sobre las vías era un momento emocionante para mi hermano, que nunca había escuchado algo así antes de que yo se lo contase. En mi habitación tenía un bol con docenas de monedas de un centavo aplanadas. Las necesitaba. Cuando viniera la policía a hacer preguntas, la colección de monedas serviría como prueba de que ya lo habíamos hecho antes.

Lejos en el crepúsculo, oí el silbido. El leve sonido parecía atrapado en las nubes encima de nosotros y retumbaba en esas bolas de algodón carmesí. Estaba más oscuro ahora que el sol se derretía, granulado y opalescente. Justo la mezcla ideal de luz y sombra para permitirnos ver lo que hacíamos, pero no dar indicios de nuestra presencia. Me incliné y coloqué mi moneda sobre el raíl. Mi hermano hizo lo mismo. Esperamos. Las primeras *veces que habíamos ido, dejamos las monedas sobre los raíles y bajamos corriendo el terraplén para ocultarnos en las sombras. Pero pronto descubrimos que en el anochecer nadie nos veía. Con cada excursión a las vías, fuimos dejando de huir cuando el tren se acercaba. De hecho, comenzamos a quedarnos cada vez más cerca. ¿Qué tenía esa cercanía con el peligro que nos llenaba de adrenalina? Mi hermano no tenía idea. Yo lo sabía con plena certeza. Con cada escapada, él se tornaba más fácil de manipular. Por un instante, me pareció injusto: como si yo hubiera adoptado el papel de matón, papel que mi hermano dominaba a la perfección. Pero me recordé que no debía confundir eficiencia con simplicidad. Esto me resultaba fácil solamente gracias a mi diligencia. Me resultaba fácil solo porque yo había trabajado para que así lo fuera.*

Las luces del tren se hicieron visibles a medida que se acercaba: primero la luz superior y luego las dos luces inferiores. Me acerqué a los raíles. Él estaba a mi lado, a mi derecha. Yo tenía que mirar por encima de él para ver cómo se acercaba el tren. Me di cuenta de que él sentía mi presencia, porque cuando yo me acerqué a las vías, él imitó mis movimientos. No quería perderse nada. No quería permitirme tener más derechos de ufanarme ni una inyección más poderosa de adrenalina. No podía permitir que yo tuviera nada que él no pudiera jactarse de poseer. Era su naturaleza. La naturaleza de todos los matones.

El tren ya casi estaba sobre nosotros.

—Tu moneda —dije.

—¿Qué? —preguntó mi hermano.

—Tu moneda. No está bien colocada.

Miró hacia abajo, inclinándose levemente sobre las vías. El tren rugía a toda velocidad hacia nosotros. Di un paso atrás y lo empujé. Todo terminó en un instante. En un segundo, ya no estaba allí. El tren pasó rugiendo, llenándome los oídos de estruendo y distorsionándome la visión a una mancha de colores oxidados. Produjo una corriente de aire que me empujó dos pasos hacia la izquierda y me succionó hacia delante, invitándome a unirme a mi hermano. Afirmé los pies en la grava para resistir la tracción.

Cuando pasó el último vagón, la fuerza invisible me soltó. Caí hacia atrás. Recuperé la visión y el silencio me llenó los oídos. Miré hacia las vías y lo único que quedaba de mi hermano era su zapato derecho, en una extraña posición vertical, como si él se lo hubiera quitado y lo hubiera colocado sobre los raíles.

Me aseguré de dejarlo intacto. Pero recogí mi moneda. Estaba plana y delgada y ancha. La dejé caer dentro del bolsillo y eché a andar hacia mi casa para agregarla a mi colección. Y para contarles a mis padres la terrible noticia.

Cerré el diario con cubiertas de cuero. Una cinta, también de cuero, con una borla colgaba de la parte inferior marcando la página para la próxima vez que lo leyera durante una sesión. La habitación estaba en silencio.

—¿Estás escandalizada? —pregunté por fin.

La mujer frente a mí negó con la cabeza. Su actitud no había cambiado durante el transcurso de mi confesión.

—En absoluto.

—Qué bien. Vengo aquí en busca de terapia, no de juicios. —Levanté mi diario personal—. Me gustaría hablarte sobre los otros.

Esperé. La mujer se quedó mirándome.

—Hay más. No dejé de hacerlo, después de mi hermano.

Hice otra pausa. La mujer seguía mirándome.

—¿Te molesta que te hable sobre los otros?

Ella volvió a negar con la cabeza.

—En absoluto.

Asentí.

—Excelente. Entonces, lo haré.

INSTITUTO WESTMONT

Viernes 21 de junio de 2019
23:54

UNA LUNA CON FORMA DE uña flotaba en el cielo de la medianoche; su brillo empañado se hacía visible intermitentemente entre el follaje. La presencia errática de la luna penetraba entre las ramas entrelazadas, con un resplandor pálido que pintaba el suelo del bosque con el lustre barnizado de una película en blanco y negro. La visibilidad provenía de la vela que él llevaba, cuya llama moría cada vez que aceleraba el paso e intentaba trotar por el bosque. Quiso aminorar la marcha, andar lentamente y con cuidado, pero caminar no era una opción. Tenía que apresurarse. Tenía que ser el primero en llegar. Tenía que adelantarse a los demás.

Ahuecó la mano delante de la vela para proteger la llama, lo que le dio unos minutos para escudriñar el bosque. Siguió caminando unos metros hasta llegar a una hilera de árboles de aspecto sospechoso. Se detuvo para estudiar los troncos, buscando la llave que necesitaba con tanta desesperación; la llama de la vela se extinguió. No había viento. La llama simplemente murió, dejando un hilo de humo que le llenó las fosas nasales de olor a cera quemada. El repentino e inexplicable eclipse de la vela significaba que el Hombre del Espejo estaba cerca. Según las reglas —reglas que nadie rompía jamás— tenía diez segundos para volver a encenderla.

Tras buscar a tientas las cerillas —las reglas permitían solamente cerillas, no mecheros— intentó encender una contra el lateral de la caja. Nada. Con manos temblorosas, lo volvió a intentar. La cerilla se partió en dos y cayó al suelo oscuro del bosque. Abrió la caja, dejando caer varias cerillas más en el proceso.

—Mierda —susurró.

No podía darse el lujo de perderlas. Volvería a necesitarlas si lograba llegar a la casa y a la habitación segura. Pero en ese momento estaba solo en el bosque oscuro con una vela apagada y en gran peligro, si decidía creer los rumores y las leyendas. Los temblores que sacudían su cuerpo sugerían que los creía. Estabilizó las manos lo suficiente como para deslizar con firmeza la cerilla contra el rascador, lo que hizo que se encendiera en una llamarada inestable. La erupción liberó una nube de humo con olor a azufre antes de convertirse en una llama controlada. Acercó el fósforo al pabilo de la vela, feliz ante la luz que le brindó. Calmó su respiración y observó el bosque en sombras a su alrededor. Escuchó y esperó, y cuando tuvo la certeza de que había derrotado al reloj, volvió a concentrar la atención en la hilera de árboles que tenía delante. Avanzó lentamente, protegiendo con esmero la llama mientras caminaba; una vela encendida era la única forma de mantener lejos al Hombre del Espejo.

Llegó hasta el roble gigantesco y vio una caja de madera junto a la base. Se arrodilló y abrió la tapa. En el interior descansaba una llave. El corazón le latía con contracciones poderosas que enviaban un torrente de sangre por los vasos sanguíneos dilatados de su cuello. Inspiró profundamente para calmarse y luego sopló para apagar la vela: las reglas establecían que las velas de guía solo podían mantenerse encendidas hasta que se encontrara la llave. Emprendió la marcha por el bosque. En la distancia, el silbido de un tren en la noche le alimentó el caudal de adrenalina. La carrera seguía. Mientras corría por el bosque, tratando infructuosamente de protegerse la cara de las ramas que lo azotaban como látigos, se torció un tobillo. Siguió su camino, sintiendo bajo sus pies el temblor de la tierra producido por el paso del tren. La vibración le hizo acelerar los pasos.

Cuando llegó al extremo del bosque, el tren pasó rugiendo por las vías a su izquierda; un borroso resplandor metálico que cada tanto captaba el reflejo de la luna. Emergió del follaje oscuro y se dirigió a la casa; el rugido del tren apagaba el sonido de sus gruñidos y jadeos. Llegó a la puerta y entró.

—Felicitaciones —le dijo una voz en cuanto atravesó el umbral—. Eres el primero.

—Genial —murmuró sin aliento.

—¿Encontraste la llave?

Él la levantó para mostrársela.

—Sí.

—Sígueme.

Caminaron por los corredores oscuros de la casa hasta llegar a la puerta de la habitación segura. Insertó la llave en la cerradura y la giró. La cerradura cedió y la puerta se abrió. Entraron y cerraron la puerta. La oscuridad era absoluta, mucho peor que en el bosque.

—Date prisa.

Se arrodilló y avanzó, gateando, por el suelo de madera hasta que sus dedos se encontraron con la fila de velas que estaban delante de un alto espejo de pie. Buscó en el bolsillo y sacó la cajita de cerillas. Le quedaban tres. Deslizó una contra el costado de la caja y la punta se prendió. Encendió una de las velas y se plantó, de pie, frente al espejo, que estaba cubierto por una lona pesada.

Inspiró hondo y le hizo un gesto de asentimiento a quien lo había recibido en la puerta. Juntos quitaron la lona que recubría el espejo. Su imagen estaba ensombrecida por la penumbra de la vela, pero notó las laceraciones que le cortaban las mejillas y la sangre que chorreaba de ellas. Tenía un aspecto espectral y como si acabara de salir de una batalla, pero lo había logrado. El ruido del tren se apagó cuando el último vagón pasó junto a la casa y siguió hacia el este. La habitación quedó en silencio.

Con la vista fija en el espejo, inspiró por última vez. Luego, juntos, susurraron:

—El Hombre del Espejo. El Hombre del Espejo. El Hombre del Espejo.

Transcurrieron unos segundos, en los que ninguno de los dos parpadeó ni respiró. Luego algo relampagueó tras ellos. Una mancha borrosa en el espejo entre las imágenes de ambos. De pronto, una cara se materializó de la oscuridad y se enfocó, un par de ojos iluminados por el reflejo de la llama de la vela. Antes de que alguno de los dos pudiera volverse, gritar o defenderse, la llama se apagó.

CIUDAD DE PEPPERMILL, EN EL ESTADO DE INDIANA

Sábado 22 de junio de 2019
03.33

EL DETECTIVE CONDUJO EL COCHE más allá de la cinta policial amarilla que ya marcaba el perímetro de la escena del crimen y se adentró en el caos de luces rojas y azules. Vehículos policiales, ambulancias y camiones de bomberos estaban aparcados en ángulos extraños delante de los pilares de ladrillo que marcaban la entrada al Instituto Westmont, un internado privado.

—Qué desastre.

El agente policial al mando no le había dado demasiados detalles, solo le había dicho que un par de muchachos habían muerto en el bosque que bordeaba el campus. La situación era ideal para reacciones exageradas. De ahí la presencia de toda la fuerza policial y de los bomberos de la pequeña ciudad. Y por lo que se veía, también de la mitad de los empleados del hospital. Médicos y enfermeros con uniformes blancos resplandecían al pasar delante de las luces de la ambulancia. Los agentes de policía hablaban con alumnos y profesores que salían por las puertas hacia el circo de luces parpadeantes. Vio que había una furgoneta del Canal 6 aparcada fuera del perímetro demarcado por la cinta policial. A pesar de la hora, no dudaba que habría más en camino.

El detective Henry Ott descendió de su automóvil mientras que el policía a cargo le resumía los hechos.

—La primera llamada al 911 llegó a las doce y veinticinco. Le siguieron varias más, y todas hablaban de que algo había ocurrido en el bosque.

—¿Dónde? —preguntó Ott.

—En una casa abandonada donde termina el campus.

—¿Abandonada?

—Por lo que he podido averiguar hasta el momento —explicó el policía—, solía ser una casa donde residían los profesores, pero ha estado vacía durante varios años, desde que se construyó un ramal de ferrocarril de la línea Canadian National que envía trenes diarios de carga por esa parte del campus. Había demasiado ruido, por lo que se construyeron las viviendas para profesores sobre el edificio principal. La escuela tenía planeado destinar esas tierras a un campo de fútbol americano y una pista de atletismo. Pero por ahora, solo está la casa abandonada en el bosque. Hemos hablado con algunos alumnos. Parece que era el sitio preferido para las fiestas nocturnas.

El detective Ott se dirigió a la entrada del Instituto Westmont. Había un coche de golf aparcado delante del edificio principal; cuatro columnas gigantes se elevaban para sostener el gablete triangular que resplandecía a la luz de los reflectores. El lema de la escuela estaba grabado en la piedra.

—*Veniam solum, relinquatis et* —leyó, arqueando el cuello hacia atrás para contemplar el edificio. "Vendrán solos, se marcharán juntos".

—¿Qué significa eso?

El detective Ott miró al policía.

—En realidad, no me interesa una mierda. ¿Adónde vamos?

—Suba —dijo el policía, señalando el coche de golf—. La casa queda en las afueras del campus, a unos veinte minutos de caminata por el bosque. Esto será más rápido.

El detective subió al coche y unos instantes después avanzaban a los saltos sobre un estrecho sendero de tierra. Los troncos de los abedules altos eran una mancha borrosa en su visión periférica; la luz de la luna se había apagado y, a medida que se adentraban más en el bosque, solo las luces del coche de golf les permitían vislumbrar hacia dónde se dirigían.

—Madre mía —dijo el detective Ott al cabo de unos minutos—. ¿Esto sigue siendo parte del campus?

—Así es, señor. La casa se construyó antiguamente lejos de la parte principal para que los profesores tuvieran privacidad.

Más adelante, el detective vio movimiento al final del estrecho sendero. Había reflectores para iluminar la zona, y cuando llegaron al final del oscuro túnel del bosque, fue como salir de la boca de una gigantesca criatura prehistórica.

El policía aminoró la marcha.

—Señor, una cosa más antes de que lleguemos a la escena.

El detective lo miró.

—¿De qué se trata?

El policía tragó saliva.

—Es sumamente gráfico. Peor que todo lo que he visto hasta ahora.

El detective Ott, a quien habían despertado en medio de la noche y se encontraba atascado en algún sitio entre el sueño y la resaca que le esperaba, andaba corto de paciencia y carecía de gusto por lo dramático. Señaló el extremo del bosque.

—Vamos.

El policía condujo el coche fuera de las sombras del sendero, hacia la luz de los reflectores halógenos. El grupo presente allí era más reducido, menos caótico y más organizado.

Los agentes que habían llegado primero habían tenido el sentido común de mantener a la horda de policías, médicos y bomberos al mínimo en la escena del crimen para reducir las posibilidades de contaminarla.

El agente detuvo el coche justo en la entrada de la casa.

—Santo cielo —murmuró el detective Ott al bajar. Todos los ojos estaban puestos sobre él; los presentes observaban su reacción y esperaban indicaciones.

Delante de él se elevaba una gran casa colonial que parecía salida de siglos pasados. Entre las luces y sombras de los reflectores, se destacaba la enredadera que trepaba por el exterior. Una verja de hierro forjado limitaba el perímetro de la casa y los altos robles se elevaban hacia la noche. El primer cadáver que vio el detective Ott fue el de un alumno que había sido empalado sobre una de las puntas de hierro de la verja. No había sido un accidente. No era que hubiera intentado trepar y se hubiera caído sobre uno de los hierros puntiagudos. No, eso era intencionado. Había sido levantado con cuidado y luego lo habían dejado caer para que la punta afilada del barrote le atravesara el mentón y la cara y saliera por la parte superior del cráneo.

El detective Ott sacó una pequeña linterna del bolsillo y avanzó hacia la casa. Fue entonces cuando vio a la chica sentada en el suelo, a un lado. Estaba cubierta de sangre y tenía los brazos alrededor de las rodillas; se mecía sin cesar, enajenada por el estado de shock.

—No estamos ante las fechorías de un par de jóvenes. Esto ha sido una puta masacre.

PARTE I
Agosto de 2020

CAPÍTULO 1

EL TERCER EPISODIO DEL PÓDCAST se había publicado más temprano ese día y en solo cinco horas lo habían descargado casi trescientas mil veces. En los días que seguirían, millones más escucharían ese episodio de *La casa de los suicidios*. Muchos de esos oyentes inundarían después internet y las redes sociales para debatir teorías y conclusiones sobre los descubrimientos realizados durante el episodio. La conversación generaría más interés y nuevos oyentes descargarían episodios anteriores. Pronto, Mack Carter tendría entre manos el próximo exitazo de la cultura popular.

Este hecho inevitable molestaba a Ryder Hillier de formas que eran imposibles de describir. Durante el último año, *ella* había hecho la investigación, *ella* había hecho sonar las alarmas y *ella* había estado indagando sobre los asesinatos en el Instituto Westmont, registrando todo lo que averiguaba y publicándolo en su blog sobre crímenes reales. Su canal de YouTube tenía 250.000 suscriptores y millones de vistas. Pero en la actualidad, todo su arduo trabajo iba quedando relegado por el pódcast de Mack Carter.

Ella había reconocido de inmediato la importancia y el potencial de la historia del Instituto Westmont, se había dado cuenta de que la versión oficial de lo sucedido era demasiado simple y conveniente, y que los hechos presentados por la policía eran, en el mejor de los casos, selectivos, y en el peor, engañosos. Ryder sabía que con el respaldo adecuado y un trabajo de periodismo de investigación inteligente, la historia atraería a un público muy numeroso. El año anterior, después de que el caso llegase a los titulares nacionales y se cerrase antes de que se hubieran obtenido respuestas verdaderas, ella les había vendido la idea a diferentes estudios, pero Ryder Hillier era solo una periodista de poca monta, no una auténtica estrella como Mack Carter. No tenía la cara típica de las estadounidenses ni cuerdas vocales poderosas, por lo que ninguno de los estudios le había prestado atención a su idea. Era una periodista de treinta y cinco años a la que nadie conocía fuera del estado de Indiana. Pero estaba segura de que sus artículos sobre el caso, que habían sido publicados en la primera plana del *Indianapolis Star* y utilizados como fuente en varios otros medios, como también la popularidad de su canal de YouTube habían tenido *algo* que ver con el repentino interés en el Instituto Westmont. Mack Carter no había pasado del horario principal de televisión a una pequeña ciudad de mala muerte en Indiana por mera casualidad. Alguien, en algún sitio, había estado prestando atención a lo que ella había descubierto y había visto una oportunidad y el símbolo del dólar. Mack Carter —el presentador de *Eventos*, un programa vespertino diario de análisis de noticias— había sido elegido para realizar una investigación superficial y producir un pódcast sobre sus hallazgos. Su nombre llamaría la atención y el pódcast atraería a millones de oyentes con la promesa de que el gran Mack Carter, con su reconocida capacidad de investigación y actitud frontal, encontraría respuestas para el caso de los asesinatos del Instituto Westmont, que había sido cerrado demasiado pronto. Pero al final, él no iba a demostrar nada excepto el hecho de que con los patrocinadores adecuados y toneladas de dinero, un pódcast podía elevarse de las cenizas de la tragedia y convertirse en una empresa lucrativa para todos los involucrados. Siempre y cuando esa tragedia fuera lo suficientemente perturbadora y morbosa para atraer al público. Los asesinatos del Instituto Westmont cumplían con los requisitos.

Ryder no iba a permitir que la realidad del mundo de los grandes negocios la desalentara. Todo lo contrario. Había trabajado demasiado como para darse por vencida a estas alturas. Pensaba aprovecharse del éxito del pódcast. Quería incluir a Mack Carter, mostrarle los naipes que tenía en la mano. Atraer su interés y obligarlo a prestarle atención. Su canal de YouTube le proporcionaba unos ingresos decentes de anunciantes, y su trabajo en el periódico pagaba las cuentas. Pero a los treinta y cinco años, Ryder Hillier quería sacarle más provecho a su carrera. Quería destacar, y unir su nombre al pódcast sobre crímenes reales más popular de la historia la llevaría a otro nivel. Y lo cierto era que Mack Carter la necesitaba. Ella sabía más que nadie sobre el caso, incluso más que los detectives que lo habían investigado. Solo tenía que encontrar el modo de llegar a Mack.

Como cientos de miles de otras personas, había descargado el episodio más reciente del pódcast. Se puso los auriculares, pulsó la pantalla del teléfono y comenzó a correr por el camino mientras la voz impostada de Mack Carter sonaba en sus oídos:

El Instituto Westmont es un reconocido internado ubicado a orillas del lago Míchigan en la ciudad de Peppermill, en el estado de Indiana. Prepara a los adolescentes no solo para el rigor de la universidad, sino para los desafíos de la vida. Tiene ochenta años de antigüedad y su rica historia promete que la institución seguirá aquí mucho después de que los oyentes de este pódcast hayan desaparecido. Pero además de los honores y galardones, el instituto tiene una cicatriz. Una mancha desagradable e irregular que también seguirá presente durante años.

Este pódcast narra la tragedia que ocurrió en este prestigioso establecimiento educativo durante el verano de 2019, cuando las reglas que por lo general definen la conducta del internado se relajaron ligeramente para aquellos alumnos que permanecían allí durante los meses de verano. Es la historia de un juego oscuro y peligroso que salió mal, del asesinato brutal de dos alumnos y de la acusación de un profesor. Pero esta historia también se trata de sobrevivientes, de los alumnos que trataban desesperadamente de seguir con sus vidas, pero que han sido misteriosamente empujados hacia una noche que no pueden olvidar.

Aquí exploraremos los detalles de aquella noche fatídica. Nos enteraremos de cómo eran las víctimas y de cómo era el juego peligroso que se llevaba a cabo en el bosque. Entraremos en la casa abandonada donde se llevaron a cabo los asesinatos. Conoceremos a los sobrevivientes del ataque y miraremos más de cerca la vida dentro de los muros de este internado de élite. Revisaremos informes policiales, entrevistas a testigos, apuntes de trabajadores sociales y evaluaciones psicológicas de los alumnos involucrados. Profundizaremos con el detective que estuvo a cargo de la investigación. Finalmente, nos introduciremos en la mente de Charles Gorman, el profesor del Instituto Westmont acusado de los asesinatos. Durante este viaje espero tropezar con algo nuevo. Algo que nadie más haya descubierto, tal vez alguna prueba que arroje luz sobre el secreto que muchos de nosotros creemos que sigue oculto tras los muros del internado. Un secreto que explique por qué los alumnos siguen yendo a esa casa abandonada para quitarse la vida.

Soy Mack Carter. Bienvenidos... a *La casa de los suicidios*.

Ryder meneó la cabeza mientras corría. La maldita introducción ya la tenía enganchada.

Soy Mack Carter, y en el tercer episodio de *La casa de los suicidios* conoceremos a uno de los sobrevivientes de los asesinatos del Instituto Westmont, un alumno llamado Theo Compton que estaba presente en la casa abandonada la noche del 21 de junio. Theo nunca antes ha dado entrevistas a los medios, pero ha accedido a hablar conmigo de manera exclusiva sobre lo que sucedió la noche en la que dos de sus compañeros de clase fueron asesinados. Se comunicó conmigo a través del foro de la web de *La casa de los suicidios*. A petición suya, nos reunimos en el McDonald's de Peppermill.

Nos sentamos en un compartimento del fondo, donde habló en susurros durante la mayor parte de nuestra conversación. Me tomó algo de tiempo lograr que hablara, por lo que he editado la conversación, dejando solamente el último tercio. Lo que escucharán es una grabación de la entrevista, con mis comentarios en off intercalados.

—¿Así que estabas presente la noche en la que mataron a tus compañeros?

Theo asiente y se rasca la barba incipiente de la mejilla.

—Sí, estaba allí.

—Háblame de la casa abandonada. ¿Por qué los atraía?

—¿Por qué nos atraía? Somos un grupo de adolescentes atrapados en un internado con reglas estrictas y uniforme para asistir a clase. La casa del bosque representaba una escapatoria.

—¿Una escapatoria de qué?

—De las reglas. De los profesores. De los psicólogos y los orientadores y las sesiones de terapia. Representaba la libertad. Íbamos allí para huir de la escuela, para pasarlo bien y tratar de disfrutar del verano.

—Vas a comenzar tu último año en Westmont, ¿no es así?

—Sí.

—Pero ahora, este verano, ni tú ni tus amigos van a la casa.

—Ya nadie va allí.

—El verano pasado, la noche de los asesinatos, tú y tus amigos se vieron envueltos en un juego oscuro y secreto. Háblame de eso.

Los ojos de Theo parecen enloquecidos cuando me mira, desvía la vista y luego mira por la ventana hacia el aparcamiento. Su reacción me da a entender que piensa que sé más de lo que digo. Ha pasado un año desde que el Instituto Westmont se volvió tristemente célebre por los asesinatos sucedidos dentro de sus muros y los estudiantes que sobrevivieron a aquella noche van a comenzar su último año. La policía se ha negado a responder preguntas sobre la investigación y el silencio ha alimentado las llamas de los rumores. Uno de ellos sostiene que los estudiantes estaban jugando a un juego peligroso la noche en la que asesinaron a dos de ellos.

—Háblame de esa noche. ¿Qué estaban haciendo en la casa?

Theo desvía la vista del aparcamiento y me mira.

—No estábamos en la casa. Estábamos en el bosque.

—El bosque que rodea la casa.

Theo asiente.

—Estaban jugando a un juego.

—No.

Lo dice con aspereza, como si lo hubiera insultado.

—No se trata del juego, entonces.

Espero, pero no dice nada más, por lo que continúo.

—Muchos han sugerido que tú y tus compañeros estaban jugando a un juego llamado el Hombre del Espejo. Y que lo que llevó a los sucesos atroces de aquella noche fueron las exigencias y las reglas del juego.

Theo niega con la cabeza y vuelve a mirar por la ventana.

—Metimos la pata, ¿sí? Es hora de decir la verdad.

Asiento y trato de no mostrar mi desesperación por saber.

—La verdad. De acuerdo, cuéntame lo que sabes.

Respira hondo. Varias veces, hasta que parece al borde de la hiperventilación.

—No le hemos contado todo a la policía.

—¿Sobre qué?

—Sobre aquella noche. Sobre muchas cosas.

—¿Cómo qué?

Theo hace una larga pausa. Espero ansiosamente a que continúe. Por fin, sigue hablando.

—Como las cosas que sabíamos sobre el señor Gorman.

Me quedo sin aire y por un instante no puedo hablar. Charles Gorman es el profesor del Instituto Westmont acusado de asesinar a los compañeros de Theo Compton. De masacrarlos, en realidad, y empalar a uno de ellos en un hierro de la verja. La acusación contra él es grave y en ningún momento hubo otro sospechoso. Pero a pesar de las pruebas en su contra, muchos creen que hay más detrás de estos asesinatos que lo que el público conoce actualmente. Theo Compton parece listo para hacer aparecer las piezas faltantes de un rompecabezas muy complicado.

—¿Qué cosas?

Hay desesperación en mi voz y Theo la reconoce.

—Ay, mierda. No puedo.

Theo se mueve en el asiento y comienza a deslizarse fuera del compartimento.

—¡Espera! Háblame de Charles Gorman. ¿Sabes por qué lo hizo?

De pronto, Theo me mira directamente a los ojos.

—No lo hizo.

Me quedo mirando sin parpadear al joven que tengo delante de mí. Meneo la cabeza.

—¿Por qué dices eso?

Theo se pone de pie súbitamente.

—Tengo que irme. Si el grupo supiera que estoy hablando con usted, les daría un ataque.

—¿Qué grupo?

Le da la espalda a la mesa y desaparece en un instante por las puertas del McDonald's dejándome solo en el compartimento del fondo.

Me quedo sentado unos minutos, haciéndome la misma pregunta una y otra vez.

"¿Qué grupo?".

CAPÍTULO 2

RYDER OYÓ HASTA LA MITAD del episodio durante el tiempo que estuvo corriendo. Estaba ansiosa por terminarlo, pero tenía que entregar un artículo al día siguiente. Escribía una columna semanal sobre crímenes reales para la edición dominical del *Indianapolis Star*. Era una de las columnas más populares del periódico, y siempre generaba largos hilos de comentarios en la edición online, y las webs de noticias más visitadas generalmente incluían enlaces que llevaban a su columna.

Tras darse una ducha, se enfundó en unos jeans y en una camiseta de tirantes, se sentó a la mesa de la cocina y abrió su laptop. Escribió durante una hora, hasta las 22.40, y le dio los toques finales a un artículo sobre un hombre que había desaparecido en South Bend. Había habido noticias recientes sobre el caso que tenían que ver con la póliza del seguro de vida del hombre, lo que había echado un manto de sospecha sobre su esposa. Ryder estaba tratando por todos los medios de terminar el artículo, pero escribía despacio y se sentía frustrada por la falta de concentración. La voz profunda y engolada de Mack Carter le retumbaba en la cabeza, y lo único que deseaba hacer era seguir escuchando el pódcast. Finalmente, cedió a la tentación, hizo a un lado su computadora y tocó la pantalla del teléfono para reanudar el episodio.

Digamos que mi entrevista con Theo Compton fue lo que los chicos llamarían un "fracaso épico". Épico, pero no absoluto. Nuestra breve conversación fue curiosa. Los asesinatos del Instituto Westmont ocurrieron el 21 de junio. Charles Gorman se convirtió en sospechoso después de que los detectives encontraran un manifiesto con referencias explícitas de cómo pensaba matar a los alumnos, con detalles sobre cortarles la yugular y utilizar los hierros puntiagudos de la reja para empalarlos. Tras delinear los planes en su diario, el profesor cumplió al pie de la letra lo que prometían sus palabras.

De ahí que Theo Compton me haya dejado completamente confundido. Con tantas pruebas contra Charles Gorman, siento curiosidad por saber si Theo o cualquier otro alumno tiene información que tal vez refute esa evidencia. Desde luego, si los oyentes tienen alguna pista, los invito a dirigirse al foro de la página web para compartirla conmigo y con el resto de la comunidad del pódcast. Por ahora concentrémonos en Gorman y volvamos donde dejamos el final del episodio de la semana pasada. Les conté que se me había otorgado acceso exclusivo al campus del instituto y, en particular, a la casa de Charles Gorman. Lo retomaremos ahora con mi visita, que fue guiada por la directora de asuntos estudiantiles, la doctora Gabriella Hanover. A continuación escucharán una grabación de la entrevista, con mis comentarios en off intercalados.

El campus del Instituto Westmont es a la vez impresionante y siniestro. Los edificios son estructuras góticas de piedra blanca, cubiertos por enredaderas que llegan hasta las vigas. Es mediodía de un sábado de verano y el instituto está en silencio. Solamente unos pocos alumnos caminan por los jardines mientras la doctora Hanover conduce el coche de golf por los sinuosos senderos del campus.

—La casa donde se cometieron los asesinatos... ¿sigue teniendo el acceso prohibido?

Intuyo inmediatamente que a la doctora Hanover no le agrada la pregunta. Me dirige una mirada de reojo que por un segundo se encuentra con la mía. Es como si nuestros dedos se tocaran y soltaran chispas de electricidad estática. La mirada alcanza para decirme que no insista. Junto con los abogados de la escuela, ella me explicó, durante las negociaciones previas a esta visita guiada, que la parte del campus donde habían sucedido los asesinatos no solamente tenía el acceso prohibido para mí, sino también para todo el cuerpo estudiantil. La zona había sido aislada por un alto paredón de ladrillos. Lo veo en la distancia mientras la doctora Hanover me hace un recorrido por el campus. Para mentes curiosas como la mía, la pared de ladrillos no funciona como advertencia de que no me acerque, sino todo lo contrario. Me pide que descubra lo que hay del otro lado. Me grita que está ocultando algo siniestro. Tras esa pared está el bosque y en ese bosque hay un sendero olvidado que lleva a la tristemente célebre casa donde solían alojarse los profesores.

Durante muchos años, antes de los asesinatos, el plan del instituto había sido demoler la casa y deforestar parte del bosque para construir un campo de fútbol americano, una pista de atletismo, un campo de béisbol y otro de fútbol. En los últimos meses, el instituto ha reunido los fondos y planea comenzar con las obras en cuanto la policía de Peppermill determine que no quedan pruebas por levantar en la escena del crimen.

A pesar de la celeridad con la que se resolvió el caso, una orden ejecutiva del gobernador ha impedido la demolición de la casa. El año pasado, el gobernador recibió presiones de la oficina del fiscal de distrito, que a su vez fue presionado por el Departamento de Policía de Peppermill para frenar la obra. Alguien del Departamento de Policía sigue convencido de que dentro de las paredes de esa casa quedan preguntas sin responder sobre aquella noche. Por ese motivo, la demolición ha estado parada hasta ahora. Pero las autoridades escolares —los miembros del consejo de administración y aquellos cuyo dinero está ligado al éxito de la escuela— ansían la llegada del día en el que la casa se reduzca a escombros. Es una desagradable cicatriz en la historia del instituto y la mejor forma de que desaparezca es que la casa sea destruida. Aunque de momento, sigue en pie. Y yo tengo toda la intención de llegar hasta ella.

Hoy, sin embargo, decido dejar sin respuesta mi pregunta antes que presionar a la doctora Hanover al respecto y correr el riesgo de que termine la visita guiada. Sabía que no vería la casa abandonada hoy mismo, pero me habían prometido acceso a la vivienda de Gorman. Y ahora estamos llegando. Nos acercamos a la zona donde se alojan los profesores: una extensión de casas conectadas entre sí llamada Paseo de los Docentes. Aquí, en el número 14, vivió Gorman durante sus ocho años como titular en el Instituto Westmont. Profesor ejemplar de química, solo exhibe las más altas calificaciones en cuanto a sus logros y los máximos elogios en sus evaluaciones de rendimiento profesional. Evaluaciones que desde la noche del 21 de junio han quedado bajo la lupa.

Nos detenemos en el número 14. Es un dúplex pequeño, económico, hecho de ladrillos color burdeos y cemento. Pasadizos estrechos conectan con las viviendas adyacentes y están rodeados de hortensias y arbustos con flores. El frente está ocupado por dos entradas, una para el número 14, la otra para el 15. Son casas bonitas, cómodas para el alojamiento de profesores. Es difícil creer que aquí vivía semejante monstruo.

Las llaves tintinean cuando la directora abre la puerta del número 14. Entramos en una casa que está vacía salvo por algunos muebles que han estado sin uso durante el último año. La doctora Hanover me guía por la sala principal, la cocina y un único dormitorio. Mientras pasamos por un pequeño despacho, suena su teléfono. Ella se disculpa y sale para atender la llamada. De repente, estoy solo en la casa de Charles Gorman. El silencio es inquietante. Hay algo siniestro en mi solitaria presencia aquí y comprendo que debe de haber una razón lógica para que esta casa no haya sido reasignada, y probablemente nunca lo sea. Hace más de un año que está vacía porque Gorman llevaba una vida secreta dentro de las paredes de esta casa y cualquier docente que se atreviera a tomar este sitio como propio estaría caminando en las pisadas de un asesino y lidiando con los espíritus de los alumnos que asesinó. Espíritus que seguramente vagan por esta casa vacía buscando respuestas y pasar página a sus vidas.

Ahora los siento. Estoy buscando lo mismo que ellos. Pero me deshago del escalofrío de la nuca. Sé que no tengo demasiado tiempo. También sé que no debería hacer lo que estoy pensando, pero mis instintos de periodista de investigación están desbocados. Entro rápidamente en el pequeño despacho. Está vacío. Las marcas en la alfombra me indican dónde hubo un escritorio una vez, en el centro de la habitación. Seguramente Gorman se sentó ante él para escribir su manifiesto. Todo lo que queda de la habitación es un estante vacío, una silla torcida a la que le falta una rueda y una lámina de la tabla periódica de los elementos colgada de la pared. Sé lo que hay detrás.

Me aseguro con una rápida mirada de que la doctora Hanover sigue fuera. Luego quito la lámina. Detrás hay una caja fuerte empotrada en el yeso. Fue aquí donde los detectives descubrieron el manifiesto de Gorman.

Giro la manilla de la caja fuerte y abro la puerta.

—Cierre eso inmediatamente.

La voz de la doctora Hanover no suena fuerte ni presa del pánico. Solo firme y directa. Doy media vuelta. Está de pie en la puerta y sé que me ha descubierto.

Una música de misterio sonó en el teléfono y trajo a Ryder de vuelta al presente, lejos de la casa de Charles Gorman, donde Mack Carter la había transportado con su voz seductora y sus descripciones vívidas. La música se hizo más suave y volvió a oír la voz de Mack Carter.

En el próximo episodio de *La casa de los suicidios*, se enterarán de lo que descubrí en la casa de Charles Gorman. No se lo pierdan. Hasta entonces... Soy Mack Carter.

CAPÍTULO 3

Un anuncio atronó desde el teléfono y Ryder tocó la pantalla con impaciencia para silenciarlo. Estaba a punto de arrojar el teléfono al otro extremo de la habitación. Mack Carter no había descubierto una puta mierda en esa caja fuerte y Ryder no tenía que esperar al siguiente episodio para escuchar cómo lo admitía. Era un señuelo barato y engañoso, una forma vergonzosa de promocionar sus habilidades como periodista de investigación. Cualquiera que supiera algo sobre los asesinatos del Instituto Westmont sabía que los detectives habían encontrado el manifiesto de Gorman en la caja fuerte. No había nada de extraordinario en el descubrimiento de Mack Carter; sin embargo, Ryder estaba segura de que los oyentes poco informados estarían babeando con la idea de que él hubiera sido atrapado con las manos en la masa justo cuando estaba por resolver el caso con el contenido de la caja fuerte. Ella sabía que la web de *La casa de los suicidios* recibiría muchas visitas de oyentes del pódcast que revisaban ansiosamente las páginas buscando fotografías del campus del Instituto Westmont y de la casa de Charles Gorman, como también las imágenes de la caja fuerte tomadas con el teléfono móvil de Mack Carter.

En el blog y el canal de YouTube de Ryder, gran parte de esta información había estado disponible desde poco después de los asesinatos. Ella había conseguido las imágenes de recortes de periódicos y registros públicos del campus y del Paseo de los Docentes. Hasta había logrado obtener una fotografía de la casa de Gorman, rodeada de cinta policial amarilla el día después de los asesinatos, que un alumno había subido a sus redes sociales antes de que obligaran a eliminarla. Pero la treta de Mack Carter, quitar la lámina de la pared susurrando e hiperventilar mientras describía la caja fuerte que había detrás, sin duda atraería hordas de oyentes al pódcast. Ryder estaba enfadada consigo misma por caer en la trampa, por sentir el mismo interés que todos los demás. Maldijo mientras revisaba la web de Mack, tras morder el anzuelo como tantos otros. El foro ya estaba inundado de hilos donde se intercambiaban opiniones sobre los hallazgos de Mack, teorías sobre la críptica insinuación de Theo Compton en cuanto a que Charles Gorman era inocente y sobre lo que Mack podía haber encontrado dentro de la caja fuerte.

—¡Está vacía, ignorantes! —chilló Ryder dirigiéndose a la computadora—. ¿Por qué iban a quedar pruebas en la escena del crimen un año después del suceso?

Tras pasar media hora leyendo los hilos, Ryder no pudo aguantar más. Se dispuso a pasar a su propio blog para publicar una actualización en la que les diría a sus seguidores que ella seguía siendo el verdadero e intrépido paladín de la verdad tras los asesinatos del Instituto Westmont y que ellos no debían abandonarla y dejarse engañar por un pódcast tan obviamente fraudulento. Pero justo antes de pulsar para abandonar el sitio web de Mack Carter, vio un video que se repetía de manera constante en la sección de comentarios. Reconoció la filmación de inmediato porque la había realizado ella misma. Era de cuando se había adentrado sigilosamente en el bosque detrás del instituto unas semanas después de los asesinatos y había podido filmar temblorosamente la casa. Había sido toda una hazaña, pues en aquel entonces la zona seguía delimitada por cinta policial y la policía ponía empeño en mantener alejados a los curiosos. Debajo del video había un comentario breve y críptico.

MC, 13:3:5. Esta noche. Te contaré la verdad. Luego, que suceda lo que tenga que suceder. Estoy preparado para enfrentarme a las consecuencias.

Ryder vio que el comentario, dirigido a Mack Carter, había sido publicado a las 22.55. Hacía media hora.

Tomó las llaves del coche y marcó un número en el teléfono mientras salía corriendo de la casa.

CAPÍTULO 4

REDUJO LA VELOCIDAD DEL COCHE cuando llegó al punto kilométrico 13 y luego pulsó el botón para poner el cuentakilómetros a cero. Continuó a baja velocidad, observando cómo subía el cuentakilómetros. Todos los sobrevivientes conocían los números: 13:3:5. Así era como había comenzado todo. Qué distintas habrían sido las cosas si jamás hubiesen escuchado esos números, si nunca se hubieran dejado atraer hacia ese sitio con la promesa de aventuras y aceptación. Pero no podía alterar el pasado. Él solamente podía controlar el presente con la esperanza de cambiar el futuro.

Cuando apareció el número tres en el cuentakilómetros, indicando que había conducido un tercio de kilómetro más allá del kilómetro trece, aparcó el coche a un lado del camino y apagó las luces. La noche oscura se tragó el vehículo. Se había convertido en invisible y deseaba continuar así. Deseaba colocarse una capa y ocultarse del mundo. De sus pensamientos. De sus recuerdos. De sus pecados y de su culpa. Pero sabía que no era tan fácil. Si solo se tratara de desaparecer, hacía tiempo que se habría marchado de allí dejando atrás todos los fantasmas. Qué agradable sería comenzar de nuevo en otro sitio, tal vez en otro instituto, donde podría volver a ser como antes y dejar atrás el pasado. Pero los demonios se habían apoderado de él y huir no iba a hacer que lo liberaran de sus garras. De haber habido suficientes kilómetros en la tierra como para huir de esa noche, los demás habrían corrido y corrido sin parar. Pero no lo hicieron, sino que acudieron a ese mismo sitio.

Abrió la puerta del coche y descendió del asiento del conductor. Levantó la mirada al cielo nocturno mientras caminaba hacia el centro de la carretera. El día había transcurrido con cielo cubierto y la inminente tormenta hacía que el aire oliera a humedad. Las nubes ocultaban las estrellas, recordándole que estaba completamente solo. Ni siquiera el firmamento podía posar su mirada en él esta noche.

El silencio nocturno le llenaba los oídos, pero él deseaba escuchar el rugido de un tráiler acercándose con un chillido de neumáticos. Cuánto más fácil sería simplemente quedarse allí, mirando las luces. Cerraría los ojos y todo acabaría en un instante. Se preguntó, no por primera vez, si las consecuencias que esperaban más allá de la muerte eran menores que aquellas a las que se enfrentaba aquí en la tierra.

Finalmente, se alejó de la carretera y comenzó su travesía. Dejando la puerta abierta, pasó por delante del coche para adentrarse en el bosque. *Trece, tres, cinco.* Kilómetro trece, trescientos metros más y una caminata de quinientos metros por el bosque. El camino era fácil de distinguir, pero la vegetación había crecido en el sendero del bosque desde la última vez que lo había recorrido. Eso había ocurrido el verano anterior, la noche de la masacre, y eran tantas las cosas sucedidas desde entonces que casi no reconocía su propia vida. Caminó los quinientos metros en diez minutos y llegó al extremo del sendero boscoso donde una cadena —oxidada y corroída— colgaba entre dos postes. Una placa cubierta de musgo decía "PROPIEDAD PRIVADA" y funcionaba como un débil último intento de mantener alejados a los intrusos.

Pasó por encima del letrero y tuvo la casa de triste fama delante de sus ojos. Antes de que aquella terrible noche les hubiera arruinado la vida, sus compañeros y él habían ido allí a menudo. Todos los fines de semana. El uso que le daban a la casa abandonada la había mantenido viva. Pero ahora, tras un año de vacío absoluto, la vivienda estaba moribunda. No como en la masacre que se había llevado a cabo allí, en la que la muerte llegó rápido y de manera inesperada. No, la casa se moría más lentamente. Poco a poco. Los ladrillos se desmoronaban y los marcos de madera de las puertas y las ventanas estaban deformados. Las vigas se pudrían y las canaletas asomaban del borde del tejado como padrastros. El sitio tenía aspecto fantasmagórico en la oscuridad; la descolorida cinta policial amarilla seguía adherida a la verja y flameaba en la brisa nocturna. Él no había vuelto desde aquella noche, Cuando junto con los demás, habían ido a mostrarle a la policía qué había sucedido exactamente. Lo que estaban dispuestos a contar, claro.

Entró en el claro y avanzó hacia la casa. La puerta de hierro forjado era como el foso alrededor de un castillo. Las bisagras, oxidadas y decrépitas, gimieron en la noche cuando la abrió y los extremos de las púas inferiores trazaron semicírculos en el barro. Recordó el aspecto que había tenido esta verja la noche de los asesinatos. Parpadeó, pero la imagen se mantuvo fija en su visión.

Su mente estaba fija en las imágenes de aquella noche: sangre y muerte. Pensó en los secretos que habían guardado, las cosas que habían ocultado. Experimentó un vértigo mental que lo hizo sentirse mareado hasta que el ruido del tren de carga lo trajo de nuevo al presente. Meneó la cabeza para aclararse la mente, luego echó a andar con prisa por el lateral de la casa hasta donde el sendero giraba y llevaba a las vías. Las decisiones que todos habían tomado aquella noche lo conducían a ese sitio —el mismo adonde había acudido también el señor Gorman— y era allí donde comenzaría el resto de su existencia. Allí se enfrentaría a sus demonios y, por fin, sería libre.

El silbido del tren iba llenando la noche a medida que la locomotora se acercaba. Solamente escuchaba el rugido de los vagones sobre los raíles. Mientras esperaba junto a las vías, hundió las manos en los bolsillos y tomó el objeto que estaba allí. Como un niño que succiona un chupete, la sensación del objeto contra sus dedos lo calmó. Siempre lo calmaba.

Cuando el tren se acercó, con la luz superior como un faro en la noche, no intentó protegerse los oídos del rugido atronador. Deseaba escuchar el tren. Quería sentirlo, olerlo, saborearlo. Quería que el tren se llevara para siempre sus demonios.

Cerró los ojos. El rugido era ensordecedor.

CAPÍTULO 5

MACK CARTER ESTABA SENTADO EN la casa que había alquilado en Peppermill, en el estado de Indiana; abrió una cerveza y releyó sus notas una última vez. Bebió un poco para humedecerse la garganta, se ajustó los auriculares que cancelaban los ruidos, se acercó el micrófono a los labios y comenzó a hablar.

—Los asesinatos del Instituto Westmont dejaron a la nación entristecida y pasmada ante el hecho de que una tragedia tan terrible pudiera suceder dentro del santuario protegido de un internado privado. Hasta ahora hemos echado un vistazo a algunos de los detalles de aquella noche fatídica. Durante el próximo episodio, tendremos más información sobre los dos alumnos que murieron y nos zambulliremos dentro del peligroso juego en el que participaban. Para hacerlo, observaremos de cerca cómo era la vida dentro de este internado de élite y analizaremos a los adolescentes que conformaban el cuerpo estudiantil. Como siempre, espero descubrir algo nuevo. Algo que nadie más haya descubierto, un secreto que muchos de nosotros creemos que sigue oculto dentro de las paredes del instituto. Soy Mack Carter y esto es… *La casa de los suicidios*.

Mack tocó la pantalla táctil de la computadora para detener la grabación. Escuchó la promo mientras terminaba la cerveza, retocando segmentos y mejorando el ritmo y la cadencia de su voz. Cuando se sintió satisfecho, lo envió por correo electrónico a su productora. Ya era el pódcast que más veces había sido descargado en la temporada. El caso del Instituto Westmont era tremendamente popular entre la comunidad amante de los crímenes reales, y la historia seguía presente en los principales medios.

El canal que transmitía su programa de análisis de noticias cinco noches por semana apoyaba la producción, y los jugosos acuerdos con patrocinadores que habían firmado eran un buen augurio. *La casa de los suicidios* era el próximo gran éxito.

Pasó una hora en el pequeño estudio de grabación que le había montado el canal en la casa alquilada. En la computadora que tenía delante estaban todas las grabaciones que había creado durante la última semana. Su productora las había retocado y condensado y en ese momento esperaban su revisión y aprobación antes de que el equipo comenzara a darle forma a un episodio coherente. Muchos de los fragmentos estaban marcados en rojo, lo que indicaba que era Mack quien debía añadir más comentarios.

Abrió otra cerveza y trabajó ininterrumpidamente hasta las once y media de la noche, cuando sonó su teléfono. No reconocía el número, pero había estado recibiendo muchas llamadas de desconocidos desde su llegada a Peppermill. La mayoría de las entrevistas, hasta el momento, las había hecho por teléfono; su móvil contaba con un dispositivo de grabación que registraba no solamente la voz de Mack, sino también la de la persona que llamaba. Al reproducirlo en el pódcast, el audio se escuchaba con sorprendente claridad. Activó la grabadora cuando respondió a la llamada.

—Mack Carter.

—Soy Ryder Hillier.

Mack cerró los ojos. Estuvo a punto de interrumpir la grabación. Ryder Hillier era una periodista de crímenes reales que publicaba un famoso blog en el que había foros y chats donde otros fanáticos compartían teorías conspirativas sobre todo tipo de casos a lo largo y ancho del país, desde personas desaparecidas a homicidios. El caso de los asesinatos del Instituto Westmont había sido uno de los más populares de Ryder. Ella había investigado y escrito mucho sobre el tema durante el último año, y desde que se había corrido la noticia del pódcast de Mack, había estado tratando de comunicarse con él.

—Mira, Ryder, no tengo tiempo ahora.

—¿Has estado leyendo los hilos de tu web?

—Estoy justo en medio de un asunto, Ryder.

—Seguro que no. Tienes una horda de asistentes que te lo hacen todo. Apuesto que nunca has echado ni un vistazo a los comentarios que les pides a tus oyentes que dejen. Pero hay uno del que deberías enterarte. ¿Te dicen algo los números trece-tres-cinco?

—Trece, tres, ¿qué?

—Demonios —dijo Ryder en tono fastidiado, con la voz llena de condescendencia—. De verdad que no tienes ni la menor idea. Y eres el que tiene el pódcast más exitoso desde *Serial*.

—Ryder, si consigues hablar con mi productora mañana, ella podrá darte…

—Tienes que ir allí. Ahora mismo. Estoy yendo mientras hablamos.

—¿Adónde?

—Al trece-tres-cinco.

—¿De qué mierda estás hablando?

—Trae tu equipo para grabar. Toma la carretera 77 hacia el sur. Cuando veas el kilométrico trece, continúa unos trescientos metros más. Ahí tienes el trece y el tres. Nos ocuparemos del cinco cuando llegues. Pero solo te voy a esperar veinte minutos, luego iré por mi cuenta.

—¿Irás *adónde*?

—A la casa abandonada. Date prisa o no me encontrarás.

La llamada terminó de manera abrupta y Mack se quedó mirando el teléfono. Luego se enganchó el micrófono al cuello de la camisa, lo golpeó con suavidad para confirmar que funcionaba y salió corriendo.

CAPÍTULO 6

MACK HABLABA MIENTRAS CONDUCÍA. LAS luces del coche hacían cobrar vida a la carretera 77 en la noche oscura. Los caminos rurales en las afueras de Peppermill eran una boca de lobo y los oyentes detectarían la urgencia en la voz de Mack cuando este segmento del pódcast saliera al aire.

—Voy en el coche por la carretera 77 —dijo en el micrófono que tenía enganchado en la camisa—. Es casi medianoche y el camino está oscuro y desierto. Alguien me dejó un comentario en la web hace cosa de una hora solicitándome que acudiera a un sitio llamado *Trece-tres-cinco*, así que me dirijo hacia allí.

La entrada del Instituto Westmont estaba en Champion Boulevard, y Mack sabía que el campus se extendía hacia atrás hasta la carretera 77 porque había examinado los mapas de la zona. En la web de *La casa de los suicidios* se habían publicado mapas para brindar a los seguidores una vista aérea del bosque y de la casa donde se habían cometido los asesinatos. Una franja de un kilómetro de arboleda separaba la casa de la carretera 77. Mack hizo lo posible para explicar todo eso mientras conducía, pero el nerviosismo le hacía mezclar las palabras. Su productora tendría que mejorar la descripción y luego él tendría que volver a grabar encima si algún segmento del viaje de esa noche terminaba en el pódcast.

Observó los carteles verdes que marcaban los kilómetros y anunció cada uno que pasaba.

—Veo el cartel verde delante de mí. Está muy oscuro aquí, así que aminoro la velocidad a medida que me acerco. Estoy en el kilómetro trece. Me indicaron que condujera unos trescientos metros más, así que mientras avanzo, observo el cuentakilómetros.

Siguió un minuto de silencio mientras calculaba la distancia. Notó que por primera vez durante la producción del pódcast, se sentía nervioso. Tragó saliva con fuerza cuando algo se materializó delante de él y las luces del coche iluminaron la escena.

—Bien —dijo en el micrófono. Sentía la boca seca por la súbita liberación de adrenalina—. Hay algo en la carretera justo delante de mí. Creo que ya he recorrido los trescientos metros después del cartel y veo un coche aparcado. Parece un sedán. Las luces están apagadas y la puerta del conductor está abierta. Me voy a detener detrás de él. Las luces de mi vehículo iluminan el interior. No parece haber nadie.

Aparcó y miró a su alrededor. Vio a Ryder Hillier a un lado de la carretera, en la hondonada entre la carretera y el bosque. Le estaba haciendo señas con la linterna del móvil para que se reuniera con ella.

Tras salir del coche, Mack caminó hasta el vehículo abandonado más adelante. Miró dentro.

—Bien, este coche está exactamente trescientos metros después del cartel del kilómetro trece. No hay nadie en su interior. Parece abandonado. —Cruzó y bajó hacia donde estaba Ryder—. ¿Qué mierda estamos haciendo aquí?

—¿Estás grabando?

Mack asintió.

—Bien. Yo también. —Levantó el teléfono—. Vamos.

—¿Ese coche es tuyo?

—No.

—¿De quién es?

—Averigüémoslo —dijo Ryder y desapareció por el sendero que se adentraba en el bosque oscuro.

Antes de que la luz de la linterna del teléfono de ella desapareciera por completo, Mack se apresuró a seguirla.

—Ryder, cuéntame qué sucede. ¿Adónde estamos yendo?

—Quinientos metros por este camino —dijo—. Trece, tres, cinco. No puedo creer que estés haciendo un pódcast sobre los asesinatos del Instituto Westmont y no sepas lo que significan esos números.

Medio kilómetro más adelante, llegaron a una cerca de alambre que había sido cortada con una pinza y enrollada para permitir el acceso a un sendero de tierra. Ambos pasaron por el hueco. No lejos de la cerca, el sendero terminaba en el extremo del bosque. Una cadena oxidada colgaba entre dos postes y ostentaba un gastado letrero de "Propiedad privada". Al llegar allí, Mack tuvo ante sus ojos la estructura oscura donde catorce meses antes los alumnos del Instituto Westmont habían sido asesinados.

—Bien —dijo al micrófono tratando de recuperar la calma. Le temblaba la voz—. He recorrido medio kilómetro por el bosque, y ahora, donde terminan los árboles, un sendero lleva a la verja de hierro forjado que rodea la casa abandonada en el extremo del campus del Instituto Westmont. Esta es la casa...

Un gruñido resonante pareció brotar de la tierra mientras él hablaba y el suelo se sacudió. Luego, un silbido ensordecedor.

—¡El tren! —gritó Ryder echando a correr hacia la casa.

Mack vaciló solo un segundo antes de seguirla. Siguieron el sendero que rodeaba la casa y luego fueron a la derecha por el camino que se adentraba en un bosquecillo y terminaba junto a las vías. El tren pasaba a toda velocidad cuando llegaron. Ryder sostenía el teléfono delante de sí, filmando los vagones; algunos estaban decorados con grafitis, pero la gran velocidad impedía descifrarlos. Pasaron tres minutos antes de que el rugido terminara con el paso del último vagón, dejando la noche violentada, pero en silencio.

Ryder señaló.

—¡Mierda!

Mack siguió la dirección del dedo que apuntaba a las vías. Allí, del otro lado, había un cuerpo tendido. Ryder descendió a las vías y cruzó. Mack miró en ambas direcciones y solo vio los raíles paralelos hasta donde se perdían en la noche. Luego cruzó al otro lado. Al acercarse al cuerpo, siguió el brillo del móvil de Ryder Hillier mientras ella filmaba el descubrimiento. A la luz de la linterna del teléfono, Mack vio extremidades en ángulos grotescos y la cabeza inclinada sobre un hombro, sin duda rota irremediablemente. Una pierna estaba atrapada debajo del cuerpo, la otra doblada a la altura de la rodilla como un palo de hockey. Ambos brazos estaban pegados al torso, con las manos en los bolsillos de la chaqueta. Mack sentía el estómago revuelto y deseaba apartar la mirada, pero algo en el rostro del chico se lo impedía. Se inclinó lentamente para verlo mejor. A través de la sangre y las facciones desfiguradas, reconoció a Theo Compton.

PARTE II
Agosto de 2020

CAPÍTULO 7

El doctor Lane Phillips iba en el asiento trasero del taxi que avanzaba por la avenida Michigan. Hojeaba sus notas para ponerse al día con los asesinatos del Instituto Westmont ocurridos el año anterior. Inmerso en las páginas, no escuchó al conductor hasta que este golpeó con los nudillos la mampara acrílica.

—Es aquí —dijo el taxista.

Lane levantó la vista de sus notas. El conductor lo miraba por el espejo retrovisor y señalaba por la ventanilla del pasajero.

—Llegamos.

Lane vio el vestíbulo de la Torre NBC en la zona del Near North Side de Chicago. Parpadeó varias veces para regresar de las páginas que lo habían llevado a Peppermill, en Indiana, y a los horripilantes crímenes que habían ocurrido allí.

—Disculpe —dijo mientras cerraba la carpeta y procedía a pagarle al conductor.

Eran las nueve de la mañana del martes y la avenida Columbus estaba congestionada de transeúntes cuando descendió del taxi y levantó la mirada hacia la Torre NBC. Lane Phillips era psicólogo forense y experto en perfiles de criminales. Su libro sobre crímenes reales, en el que detallaba los perfiles de los asesinos en serie más tristemente célebres de los últimos cincuenta años —tras haber entrevistado en persona a muchos de ellos—, había sido un éxito, con más de dos millones de ejemplares vendidos en el primer año de publicación. En ese momento llevaba vendidos unos siete millones de ejemplares y la demanda no parecía estar disminuyendo. Era el manual de cabecera de toda persona interesada en los asesinos más despiadados que este mundo podía ofrecer. Lane participaba como consultor en numerosos programas televisivos sobre crímenes y sus frecuentes apariciones en pantalla, en entrevistas en radio y en columnas periodísticas lo mantenían en el candelero. Se desenvolvía muy bien delante de las cámaras, por lo que era un invitado muy buscado tanto en las noticias por cable como en los programas matutinos cada vez que algún caso de alto perfil llegaba al ciclo de las noticias.

Unos años atrás, una chica de Carolina del Norte llamada Megan McDonald había desaparecido durante dos semanas antes de escapar milagrosamente de su secuestrador. Tras el hecho, las cadenas habían llamado a Lane Phillips para que explicara por lo que debía de estar pasando la joven como sobreviviente de un rapto. Gracias a la fama de Lane como creador de perfiles, cuando la desaparición de Megan quedó relacionada con las de otras mujeres, el FBI le solicitó que creara el perfil del hombre que podía haberlas secuestrado.

Las diversas habilidades del doctor Phillips, así como las distintas oportunidades que se le presentaban, requerían que un representante le gestionara las ofertas que recibía. Mientras Lane se alejaba del taxi, Dwight Corey esperaba en la acera fuera de la Torre NBC. Lane lo vio de inmediato. Aun en las atestadas calles de Chicago, pobladas por todas las categorías de personas de negocios, Dwight se destacaba entre la multitud. Era un hombre afroamericano de un metro noventa que vestía trajes de Armani los sábados por la tarde cuando Lane se reunía con él para almorzar. *Informal*, para Dwight Corey, significaba vestir camisa almidonada sin corbata bajo una chaqueta de corte impecable. Ese día, sin embargo, para la reunión, Dwight lucía una corbata de un llamativo tono verde con un traje Armani color arena. Las mangas de puño francés de su camisa asomaban de manera perfecta y se veían resaltadas por unos gemelos dorados. El lustre de sus zapatos era casi encandilador.

Lane, por el contrario, tenía un aura completamente diferente. Vestía jeans oscuros y una chaqueta deportiva sobre una camisa Oxford con el cuello desabrochado. Sus cómodos zapatos parecían gastados y llevaba el cabello ondulado en una mata desordenada que controlaba con un movimiento de la palma de adelante hacia atrás cuando algún mechón le caía sobre la cara. Había vestido así cuando era un estudiante de doctorado de escasos recursos que iba de prisión en prisión entrevistando a asesinos convictos y su aspecto no había variado a pesar de su prominente y exitosa carrera.

Lane tendió la mano al acercarse a Dwight.

—Cuánto tiempo —dijo.

—Me alegro de verte, amigo.

Lane señaló los zapatos de Dwight:

—¿Les pones baterías?

Dwight sonrió.

—No te vendría mal un poco de elegancia. Pero no te preocupes, este trabajo nuevo no requiere que nadie tenga que verte la fea cara ni esa chaqueta terriblemente pasada de moda. El público solo tendrá que soportar tu voz.

—¿Te refieres a esto de los asesinatos del Instituto Westmont? ¿No es para la televisión?

—No. Pero se trata de algo que está en el ojo del huracán.

—Me pareció que dijiste que Mack Carter estaba involucrado.

—Lo está, sí. Y está desesperado por tenerte.

—¿Cómo de desesperado?

Dwight le dio una palmada en la espalda y miró su reloj.

—Vayamos a averiguarlo.

CAPÍTULO 8

Se sentaron frente a frente en una cafetería del vestíbulo del edificio central de la NBC. Lane abrió un segundo sobre de azúcar para añadirle al café.

—El azúcar es uno de los peores carcinógenos —dijo Dwight—. Probablemente casi tan malo como el alquitrán de los cigarrillos y, sin embargo, lo consumimos todos los días. Nadie pone demandas. No hay legislación al respecto. Solo una banda de zombis felices chupando caramelos y muriéndose de cáncer.

Lane se detuvo en la mitad del proceso y lo miró con la boca abierta y expresión confundida.

—No —dijo Dwight—. No te detengas ahora, ya has envenenado el café. No puedes deshacer lo hecho y no pienso comprarte otro.

—Y tú te preguntas por qué no nos reunimos tan a menudo como antes. —Tras una pausa, terminó de vaciar el sobre dentro del café—. La última vez que salimos a comer me sermoneaste sobre mi bistec.

—No fue un sermón. Solo te hice saber de dónde provenía la carne y cómo la obtenían. La mayoría de la gente no lo sabe.

—Pues yo vivía feliz en mi ignorancia. —Bebió un sorbo de café—. Ah, esto está delicioso.

—Es como beber cicuta.

Lane se pasó la mano por el pelo.

—Espero poder vivir lo suficiente como para escuchar esta oferta. Cuéntame de qué se trata.

—¿Sueles escuchar pódcast?

—¿Pódcast? Sí, escuché uno sobre la pesca de lubina antes de viajar a Florida el año pasado. No me ayudó.

—Pues son lo último en cuanto a popularidad. La radio, a través de los pódcast, está volviendo a cobrar relevancia. Es un fenómeno similar a lo que sucede en la televisión. La cantidad de gente que ve programas de televisión ha disminuido, pero cada vez más gente ve contenidos por *streaming*. La radio sigue el mismo camino. Ya nadie la escucha, pero todo el mundo descarga pódcast. Desde política a paternidad zen, hay algo para cada uno dentro del universo de los pódcast. Pero hay un género en particular que genera audiencias multitudinarias: los crímenes reales. Justo a tu medida. La mayoría de estos programas simplemente hablan de antiguos crímenes e intentan contar las historias de manera distinta, única. Algunos logran atraer mucha publicidad y generan verdaderos ingresos. Pero los pódcast que se convierten en un éxito nunca mueren. Siguen vivos y vigentes a medida que nuevos oyentes los descubren. Años más tarde, los oyentes pueden seguir descargando viejos episodios. El pódcast les vende el producto a otros anunciantes, una y otra vez. Si tienes la suerte de participar de una parte de las ganancias, podría brindarte ingresos durante años.

Lane arqueó las cejas.

—¿Quieres que haga un pódcast?

Dwight levantó un dedo.

—No *cualquier* pódcast. El más importante del momento. NBC lo produce, y con solo cuatro episodios, ya tiene una audiencia masiva.

Lane levantó la carpeta que había estado leyendo en el taxi.

—¿Sobre los asesinatos del Instituto Westmont?

—Correcto.

—¿Esto es sobre el video de ese chico que se arrojó delante del tren?

—Theo Compton, sí.

—¿Pero los padres del chico no han demandado al tipo que subió el video a YouTube?

—No es un tipo, es una mujer. Una periodista llamada Ryder Hillier. Y sí, la familia ha iniciado acciones legales contra ella. YouTube censuró el video y ahora es difícil encontrarlo porque está prohibido en internet. Es la tormenta perfecta: un video ilícito, un suicidio misterioso y un juicio. Todo ligado a unos asesinatos sumamente famosos. Muy extraño todo, con un toque de misterio y truculencia. Y eso hace babear a los amantes de los crímenes reales. Por lo visto, este pódcast será un exitazo de NBC, igual que el investigador.

—Ah, aquí es donde entra en juego Mack Carter.

—Exacto. Es brillante. Mack ha hecho un paréntesis en su programa televisivo diario por este pódcast. Su ausencia de la televisión le añade urgencia al pódcast. Cuando sus ocho millones de espectadores nocturnos ven que no está en el programa y se enteran de que está ocupado con algo importante, es natural que sientan curiosidad por saber qué es esa tarea tan importante. Gente que jamás ha escuchado un pódcast está comenzando a descargarlo.

Mack Carter era el presentador de *Eventos*, el programa de análisis de noticias más importante de la televisión. Millones de personas encendían el televisor cada noche para ver cómo Mack lo investigaba todo, desde el caso del asesinato de Jon-Benét Ramsey, una reina de belleza infantil hallada muerta en el sótano de la casa de sus padres, a los secretos sobre cómo escapar de un automóvil sumergido. La trágica muerte de una familia entera que murió ahogada cuando su coche se desvió y cayó en un estanque de retención de aguas pluviales dio origen al evento en vivo en el que Mack, al volante de un automóvil, lo hizo caer dentro de una piscina y luego le mostró al mundo la mejor forma de salir con vida. Fue uno de los episodios más vistos y lo volvió célebre.

—Y ahora —continuó Dwight—, además de un caso y un presentador famosos, tienen un gran misterio entre manos. Allí es donde entras tú. ¿El video de YouTube del chico que se arrojó delante del tren? Fue el tercer alumno de la Westmont que sobrevivió al ataque y volvió a la casa para suicidarse en las vías. Dos chicas, un chico. Todos se arrojaron delante de ese tren de carga. El mismo tren bajo el cual se arrojó Charles Gorman, el profesor acusado de haber matado a los chicos, justo antes de que la policía lo arrestara.

—¡Dios santo!

—Los suicidios han sido un secreto muy bien guardado. La policía local quiso mantenerlos ocultos, pero gracias a ese video y al pódcast de Mack Carter, ya no son un secreto. Mack promete llegar al fondo del misterio y los índices de audiencia estallan.

—¿Y cuál sería mi papel?

—La NBC quiere que, como psicólogo forense, descifres por qué todos los alumnos que sobrevivieron a aquella noche vuelven, uno por uno, a esa misma casa para suicidarse.

Lane se movió en el asiento y observó el techo de la cafetería. Su mente ya estaba creando el perfil del tipo de persona que regresaría a un sitio tan traumático para terminar con su propia vida. Finalmente, volvió a mirar a Dwight.

—Por lo que he leído, Gorman quiso suicidarse arrojándose a las vías, pero no lo logró.

—No —confirmó Dwight—. El tren lo arrojó unos veinte metros dentro del bosque. El tipo ahora es casi un vegetal; está en un hospital psiquiátrico con pañales y le dan de comer con cuchara. Los tres alumnos que lograron poner fin a sus vidas lo hicieron en el mismo sitio donde lo intentó Gorman. Está situado junto a la casa abandonada. Aquí entras tú.

Mack Carter tiene que contarles a sus oyentes por qué está sucediendo esto.

Lane meneó la cabeza, tratando de absorber toda la información.

—De pronto comienzan a gustarte los pódcast, ¿verdad?

El reloj de oro de Dwight emitió un sonido. Lo miró y luego señaló la taza de café de Lane.

—Nos esperan arriba. Puedes llevar tu veneno contigo. Que comience el espectáculo.

CAPÍTULO 9

RORY MOORE ESTABA SENTADA EN el fondo del juzgado, oculta detrás de unos lentes de armazón grueso y un gorro de lana que le cubría la frente. A pesar de la temperatura veraniega, llevaba un sobretodo gris abrochado hasta el cuello. Ese era su uniforme de batalla, el atuendo que vestía en diversas versiones para protegerse del mundo exterior. Movía la rodilla derecha con nerviosismo y la vibración en el pie le recordaba que le faltaba un aspecto fundamental del atuendo. La suela de goma de sus botas de lona le había molestado desde el momento en el que había comenzado a usarlas. Hacía seis meses que Rory no llevaba sus borceguíes, pero esperaba poder remediar la situación ese mismo día.

Sentada en la última fila, sus ojos se movían de un lado a otro detrás de sus lentes, absorbiéndolo todo. La sala se había ido llenando en la última media hora. No estaba atestada, pero el flujo de gente entrando era constante. Primero los alguaciles habían abierto las pesadas puertas de la sala para que los espectadores que habían llegado temprano ocuparan los mejores asientos. La mayoría fue directamente a las primeras filas. Rory optó por el fondo. Luego llegaron los reporteros que cubrían la historia para el *Tribune* y el *Sun-Times*.

Después entraron las familias, tanto de la víctima como del hombre acusado de matarla. Camille Byrd había sido asesinada hacía más de dos años y el caso había quedado sin resolver. Hasta que Rory se involucró en él, claro está. Reconstruyó la vida de Camille y siguió los pasos de la joven hasta la noche en la que su cuerpo congelado fue descubierto en Grant Park. La reconstrucción llevó hasta el asesino de Camille. Rory reveló sus descubrimientos a Ron Davidson —su superior y jefe de la División de Homicidios del Departamento de Policía de Chicago—, que a su vez se los pasó a sus mejores detectives. Ellos confirmaron todos los puntos que Rory había conectado y arrestaron al sujeto menos de una semana después.

Desde entonces, Rory había presenciado cada una de sus apariciones ante el tribunal, desde el arresto y la lectura de cargos hasta el gran jurado. Durante una semana entera se había ocultado en la última fila mientras se llevaba a cabo el juicio y pasó un fin de semana de nerviosismo en su casa tras los alegatos finales del viernes anterior. El lunes llegó y pasó, y ese mismo día, martes por la mañana, se corría el rumor de que el jurado ya tenía el veredicto.

Veinte minutos más tarde, ya había entrado en la sala toda la gente interesada. Lamentablemente, a dos años de su muerte, ya no quedaban tantos interesados en el asesinato de Camille como al principio. Muchos de aquellos a quienes originalmente se les había encargado descubrir qué le había ocurrido a esa atractiva joven estaban ahora ocupados con otros casos. Y el público en general se sentía atraído por otros temas y otros titulares. Pero Rory nunca iba a olvidar a Camille Byrd. Como en todos los casos que reconstruía, desarrollaba una conexión íntima con la víctima. Sin embargo, con Camille había sido diferente. De algún modo, la chica muerta le había permitido resolver uno de los misterios más grandes de su propia vida. Nunca sabría exactamente cómo le llegó la revelación de alguien muerto hacía tiempo. Pero el modo en el que Camille la había guiado desde otro mundo había dejado a Rory profundamente en deuda con ella. Para saldar esa deuda, prometió cerrar el caso Byrd. El motivo por el que movía la rodilla nerviosamente ahora que la sala estaba llena era que esperaba que el cierre llegara por fin ese mismo día.

Aparecieron los abogados y ocuparon su lugar en las mesas del frente de la sala. Entró el acusado, esposado, vistiendo un uniforme color naranja de presidiario. Después de unos minutos de silencio e inquietud, hicieron su aparición los doce miembros del jurado que se dirigieron lentamente a sus asientos. El juez fue el último en comparecer. Impuso orden en la sala y explicó que el jurado había llegado a un acuerdo sobre el veredicto. En un monólogo de diez minutos detalló cómo procederían a partir de allí y se dirigió a ambas familias. Cuando no quedó nada que agregar, se volvió hacia el jurado.

—Señor presidente del jurado —dijo el juez—, ¿tiene usted el veredicto?

—Sí, su señoría —respondió el presidente del jurado.

Cuando el hombre levantó la hoja de papel para leer la decisión, Rory cerró los ojos.

—Por el cargo de homicidio en primer grado en la muerte de Camille Byrd, declaramos al acusado… culpable.

Hubo murmullos y exclamaciones en la sala. La madre del acusado lloraba y gemía. Los padres de Camille Byrd se abrazaban y lloraban también. Rory se puso de pie y fue hacia la salida. Quedaban más cargos, más crímenes y veredictos por anunciar, pero Rory ya había escuchado lo que quería. Mientras el presidente del jurado leía su papel, ella abrió la puerta que daba al pasillo. Antes de salir de la sala, cruzó una mirada con Walter Byrd, el padre de Camille, a quien había llegado a conocer durante la búsqueda del asesino. Él asintió desde la primera fila y, sin emitir sonido, dijo "Gracias" con los labios. Rory hizo un ademán con la cabeza y desapareció por la puerta.

CAPÍTULO 10

UNA HORA DESPUÉS DE HABERSE marchado de los tribunales, Rory Moore entró en Romans, la tienda de zapatos sobre la calle LaSalle. Recorrió los pasillos hasta que encontró lo que buscaba: el modelo Girl Eloise de la marca Steve Madden. Eran borceguíes negros, altos, con cordones zigzagueantes en la parte delantera. Al verlos sintió un nudo en la garganta. Había llevado ese estilo de botas desde su llegada al planeta. O al menos, desde que tenía memoria. Sin embargo, se había quedado sin ellas tras un desafortunado incidente con una chimenea y líquido inflamable. Al quedar reducidas a cenizas, Rory resistió el impulso de comprarse otro par de inmediato. Decidió esperar, en cambio, hasta después de haberles dado un punto y final a los padres de Camille Byrd. Tomó del estante un par en talla 37 y se las calzó. De inmediato, se sintió mejor. Un tictac de metrónomo dentro de su cabeza se acalló por primera vez en meses, su cuerpo se relajó y el equilibrio interno de su mente se normalizó. Al llegar a la caja, le entregó a la empleada la caja vacía.

—Me las llevo puestas.

La mujer detrás del mostrador le sonrió.

—No hay problema —dijo mientras escaneaba el código

de barras—. Son ochenta y seis dólares con setenta y dos centavos.

Rory temía dejar pruebas de su compra, por más débil que fuera. Aun el escaneo de un código de barras ponía su radar en alerta máxima, pero sabía que era imposible no dejar ninguna huella. Entregó a la vendedora cinco billetes de veinte dólares. Pagando en efectivo se aseguraba de que ningún registro de transacción pudiera relacionarse con ella. Las mentes inquisitivas que conocían los detalles de la última mitad del año pasado podrían preguntar dónde estaban sus botas anteriores y lo que menos deseaba era que alguien las buscara. El viejo par de Girl Eloise no era más que una montaña de cenizas. Algunas personas, sin embargo, podrían considerarlas pruebas, como, por ejemplo, su jefe en el Departamento de Policía de Chicago. Otras, como los brillantes científicos forenses, podrían tomar ese montón de polvo y extraer de él rastros del pasado. Rory quería mantener el pasado —junto con todos sus secretos— bien muerto y sepultado. Por eso, pagó en efectivo y rogó que la suerte la favoreciera.

Al salir, arrojó las zapatillas de lona dentro de un cesto de basura. Con sus botas nuevas, se dirigió a su coche con una sensación de valentía que no había experimentado en seis meses.

CAPÍTULO 11

Desde la calle, la casa se veía oscura y vacía. En el interior, sin embargo, una luz suave iluminaba el estudio y caía sobre el suelo de madera de cerezo. Rory estaba sentada ante la mesa de trabajo en la habitación en penumbra, con el mango flexible de la lámpara dirigido al catálogo que tenía delante; la computadora emanaba un brillo azulado. Estaba inmersa en su trabajo, que nada tenía que ver con el Departamento de Policía de Chicago. Era noche de investigación. Noche de rastreo de linaje. Noche de asegurarse de que su próxima compra fuera perfecta. Mientras trabajaba, bebía cerveza negra Dark Lord.

Las paredes de su estudio contenían estanterías empotradas sobre cuyos estantes descansaban veinticuatro muñecas antiguas de porcelana restauradas, dispuestas en perfecto orden: tres por estante, ocho estantes en total. Veinticuatro muñecas, exactamente. Cualquier número menor desencadenaba en la mente de Rory una obsesión constante. Ella había aprendido a no cuestionar esta singularidad ni ninguna de las otras peculiaridades que definían su personalidad, sino más bien a abrazarlas. Disfrutaba de la compañía de los cuarenta y ocho pares de ojos fijos que la observaban mientras avanzaba en su investigación, cruzando referencias, moviéndose entre el catálogo de fotos de muñecas antiguas y varios sitios web que había abierto en la computadora. Escribió numerosas notas en su cuaderno hasta que terminó la investigación, luego tomó el vaso de cerveza negra y bebió un sorbo largo y lento. Había encontrado lo que buscaba, la investigación confirmaba la autenticidad y las fotografías que había descargado comprobaban que la elegida necesitaba desesperadamente de sus conocimientos y habilidades.

Satisfecha con su elección, inspiró profundamente y sacó un trozo de papel doblado del bolsillo trasero. Con su viaje del día siguiente en vista, había impreso la tarjeta de embarque de American Airlines esa mañana. Estar atrapada dentro de un tubo a once mil metros de altura con otros doscientos pasajeros le resultaba nauseabundo. De solo pensar en ello sentía gotas de sudor en la frente.

Escuchó que se abría la puerta principal y tintineaban las llaves en la cerradura.

—¿Rory?

—Estoy aquí —respondió, guardando otra vez la tarjeta de embarque en el bolsillo.

No tuvo que volverse. Intuyó la presencia de él en la puerta, luego sintió la vibración de sus pasos mientras se acercaba. Finalmente, sintió los labios de él sobre un lado de su cuello. Estiró un brazo hacia atrás y le pasó los dedos por el pelo.

—Lo declararon culpable de todos los cargos —le dijo Lane Phillips al oído—. Dijiste que no estabas segura.

—Sentía un cauteloso optimismo.

—Bien hecho. ¿Hablaste con Walter Byrd?

—Sí —dijo Rory pensando en el movimiento de cabeza que le había hecho el padre de Camille Byrd cuando ella se marchaba del tribunal. Para Rory, era una conversación.

—Y ahora, ¿qué?

—Ahora desaparezco por un par de meses —respondió ella.

—¿Cuánto falta para que Ron aparezca en el porche de entrada?

Rory se encogió de hombros.

—Esperará al menos un par de semanas. Sabe darme mi espacio.

Ron Davidson tenía una pila interminable de carpetas de homicidios para los cuales necesitaba la ayuda de Rory. Casos que sus mejores detectives no habían podido resolver. Como reconstructora forense especializada en homicidios no resueltos, la experiencia de Rory le permitía encontrar las piezas faltantes en esos crímenes. Su cerebro funcionaba de manera distinta de la de los demás y su mente asombrosa veía cosas que el resto pasaba por alto. Por más que lo intentara, nunca había podido explicar cómo notaba los detalles clave cuando se sumergía en un caso sin resolver o entraba en una escena de un crimen ocurrido años atrás. Solamente sabía que cuando se le presentaba un misterio, algo se activaba en su mente que le impedía olvidarlo hasta que encontraba las respuestas que nadie más había descubierto. Un fenómeno paralelo ocurría cada vez que se ponía a trabajar con una muñeca antigua que estaba dañada y estropeada. Su mente se negaba a calmarse hasta que la muñeca quedaba perfecta.

El caso Byrd le había consumido dos meses inquietantes en los que había rastreado los últimos días de la joven, siguiendo los pasos del fantasma de Camille hasta que la guio hasta las respuestas. Era una rutina extenuante que la dejaba agotada. Ron Davidson conocía bien a su investigadora estrella y aceptaba su necesidad de tener espacio tras la conclusión de un caso. Dos semanas era lo que él normalmente le permitía; dos meses era lo que Rory generalmente se tomaba. Los huecos se llenaban con desesperadas llamadas telefónicas de Ron, cataratas de mensajes de texto, amenazas de poner fin a su empleo en el Departamento de Policía y la inevitable cacería en la que Ron perseguía a Rory de todas las maneras posibles y la acorralaba con un ultimátum. Pero esa noche, la del primer día del período sabático que ella se otorgaba a sí misma, nada de eso estaba presente. Se sentía como una niña al comienzo de las vacaciones de verano.

—Dos semanas pasarán rápido —dijo Lane—. Luego necesitarás un sitio donde ocultarte. Ron es detective, al fin y al cabo, y sabe dónde vives. No le será difícil localizarte.

Rory se volvió para mirar a Lane, sonriendo.

—Algo me dice que tienes un escondite.

—Así es. Me han ofrecido participar de un pódcast para la NBC.

—¿Un pódcast sobre qué?

—El caso del Instituto Westmont del año pasado.

—¿El del asesinato de esos chicos de Indiana?

—Sí. Ya lo han estrenado y tiene mucho éxito, hay anunciantes de renombre y un presentador estrella: Mack Carter. Se produce en Peppermill, Indiana. Creen que van a necesitarme durante alrededor de un mes, por lo que dicen. Tal vez más, según lo que descubra Mack.

—¿Para qué te necesitan?

Él la tomó de las manos y la hizo ponerse de pie.

—Hay muchas cosas que no tienen sentido en el caso, en los asesinatos, en la acusación al profesor y en los alumnos que sobrevivieron. Quieren que aborde y explore el asunto desde un ángulo psicológico.

La atrajo hacia él.

—Ven conmigo.

Rory levantó las cejas.

—¿Qué vaya contigo, dices?

—Sí.

—¿A *Indiana*?

Lane asintió.

Rory puso los ojos en blanco.

—Y yo que creía que me ibas a llevar en avión al Caribe.

—No, no es nada tan glamoroso. Pero ven conmigo de todas maneras —dijo él.

—¿Para ayudarte a investigar un caso espantoso? Acabo de terminar con uno.

Lane apoyó la frente contra la de Rory.

—Yo me encargo de la investigación. Tú me haces compañía y te escondes de Ron durante unas semanas. Jamás te encontrará en Peppermill.

—Eso es seguro.

—Me han alquilado una casita. Vi las fotos. Es un encanto.

Rory ladeó la cabeza.

—¿Con quién estoy hablando? Jamás has usado la palabra *encanto* en tu vida. Y casi nunca sales de la ciudad a menos que sea para volar a Nueva York.

—Estoy tratando de convencerte para que aceptes.

—Pues con *encanto* no lo vas a lograr. —Retrocedió y meneó la cabeza—. No, Lane. No estoy de humor para eso. Te pasarás el día trabajando y yo… ¿qué haría, exactamente? ¿Hacer turismo por el noreste de Indiana? Quiero estar *aquí*. En mi casa, con mis cosas, haciendo lo que me gusta hacer durante un tiempo. Necesito descansar.

Lane asintió.

—No podía dejar de intentarlo.

La muerte del padre de Rory había dejado solamente un hombre en el planeta que la comprendía. Hasta el punto en el que resultaba posible comprender a Rory Moore, claro.

—Lo siento. Es que… —Señaló la mesa de trabajo y el reluciente catálogo de muñecas iluminado por la lámpara—. Necesito tiempo a solas. Para desconectarme y ordenar la mente.

Lane volvió a asentir.

—Te entiendo.

Rory le acarició la mejilla y lo besó.

—Soy una pesada, lo sé.

—Te sigo queriendo. Aunque me hagas ir solo a una casita en Indiana.

—¿Pero no dijiste acaso que era un encanto?

Lane sonrió.

—Ese fue mi error.

—El peor error —dijo ella. Se volvió, cerró el catálogo y tomó su vaso de cerveza—. ¿No estaba resuelto ya el caso del Instituto Westmont? ¿No fue algo fácil y rápido? Uno de los profesores mató a los chicos.

—Es una historia larga.

—Pues tengo toda la noche.

Lane señaló la cerveza de Rory.

—Voy a necesitar una yo también.

CAPÍTULO 12

Rory encendió los interruptores a medida que avanzaba por la casa, primero las luces empotradas del pasillo y luego las de la cocina. Todas tenían reguladores de intensidad que atenuaban el voltaje; la casa cobró vida con un suave brillo color ámbar. Noctámbula desde la infancia —desde la vez que a los diez años salió de noche por la puerta trasera de la granja de su tía abuela e hizo un gran descubrimiento—, Rory prefería las sombras de una casa en penumbras a la fluorescencia hospitalaria que veía en las ventanas de las casas vecinas de la calle. Abrió la cava de cerveza, un pequeño refrigerador con frente de cristal empotrado en la pared junto al refrigerador grande. El estante superior contenía su provisión de Dark Lord: doce botellas de 650 mililitros de cerveza negra imperial de estilo ruso, perfectamente ordenadas en tres filas rectas con la etiqueta hacia delante. La única incongruencia visible era el lacre irregular que escurría por el cuello de cada botella, un detalle de la fabricación. Rory podía soportar esa imperfección.

Sabía que Lane no podía soportar esa cerveza negra más de lo que ella podía soportar la que a él le gustaba, más ligera. En ese aspecto, estaban en extremos opuestos. Tomó una Corona

Light de la gaveta inferior, donde la mantenía oculta, ya que la vista de una botella transparente llena de líquido amarillo pálido destrozaba la armonía de su bodega.

Le quitó la tapa y se la entregó a Lane.

—El Instituto Westmont, entonces. ¿Cuál es su atractivo?

Lane bebió un poco.

—El verano pasado, asesinaron a dos alumnos en una casa abandonada del campus del instituto. Tres días después de los asesinatos, la policía ya tenía a su culpable: un profesor de química llamado Charles Gorman. Voy a explorar el aspecto psicológico de la historia metiéndome dentro de la mente de Gorman.

—¿Tienes permiso para entrevistarlo?

—Ojalá. Intentó matarse unos días después de los asesinatos, cuando la policía lo acorraló. Se arrojó delante de un tren que pasa junto a la casa abandonada donde solían alojarse los profesores.

—¿Intentó?

—Sí, y casi lo logra, por lo que me han dicho. Tiene lesiones cerebrales tan serias que pasa los días babeando en un hospital psiquiátrico de alta seguridad para criminales dementes. No ha hablado desde que despertó del coma y el electroencefalograma muestra que no le llega nada a la azotea.

—Me suena a un hombre culpable que quiere huir de sus demonios y de una sentencia.

—Puede ser, pero creo que hay más detrás de todo eso. Quiero armar un perfil del asesino y asegurarme de que Gorman coincida con él.

—¿Qué te hace creer que hay más detrás de la historia?

—El hecho de que, en el transcurso de un año, tres alumnos del instituto que sobrevivieron a esa noche volvieron a la casa para arrojarse delante del mismo tren que Gorman.

Rory, que se estaba llevando el vaso a los labios, se inmovilizó a medio camino.

Lane levantó las cejas.

—Te dije que era interesante. —Tomó un poco más de cerveza—. Algo sucedió con esos chicos el año pasado y persiste hasta el día de hoy. Algo de lo que no le han hablado a nadie. La historia que salió a la luz es demasiado limpia. El profesor se derrumbó, confesó por carta manuscrita y trató de matarse. No lo creo, y tampoco lo cree Mack Carter. Así que juntos vamos a investigar el asunto. —Hizo una pausa—. ¿Seguro que no quieres venir conmigo?

Rory soltó una risita para ganar algo de tiempo. Pensó en el gastado catálogo en su despacho que exhibía los cientos de muñecas antiguas de porcelana que había investigado. Recordó la sensación de equilibrio que obtenía al hojear la publicación; su mente había estado funcionando a máxima potencia durante demasiado tiempo. También pensó en la tarjeta de embarque que tenía en el bolsillo, para el vuelo que despegaría en unas doce horas.

—Sí, estoy segura —dijo por fin.

Pero no lo estaba. Escuchar la historia del Instituto Westmont había activado un susurro que hacía eco en su mente. En esas reverberaciones anidaba la sospecha de que esas víctimas que habían regresado a la casa para matarse tenían una historia que contar.

Tomó otro sorbo de cerveza, sin poder dejar de pensar en las palabras de Lane.

"Algo sucedió con esos chicos el año pasado y persiste hasta el día de hoy".

INSTITUTO WESTMONT
Verano de 2019

SESIÓN 2

Diario personal: El ojo de la cerradura

LA PUERTA DE MI HABITACIÓN *tenía un ojo de cerradura. Por allí, yo espiaba un mundo que aborrecía. Nunca se hablaba de las cosas que veía. Se esperaba que creyera que no habían sucedido. Pero sucedían. Aun si mi madre y yo nunca hablábamos de ellas, esas cosas pasaban. Yo las veía y estoy seguro de que mi madre sabía que yo espiaba por el ojo de la cerradura. Siempre me pregunté si las cosas que sucedían dentro de ese túnel de visión que comenzaba en la puerta de mi habitación se llevaban a cabo en ese sitio preciso por un motivo específico. ¿Estaría ella pidiéndome ayuda?*

Levanté la mirada del diario. Se me había quebrado la voz al leer esa última oración y me tomó unos minutos recuperar la compostura.

—Lo siento.

Sentada en el sillón frente a mí, la mujer esperaba. Respiré hondo, volví a fijar la mirada en el diario con tapas de cuero y comencé a leer otra vez.

Las cosas que vi por el ojo de esa cerradura me cambiaron la vida. Fueron esas cosas terribles que sucedían en ese pequeño y limitado panorama de visión las que me convirtieron en lo que soy. Me gustaría poder decir que me abalancé por esa puerta y detuve a mi padre. De haberlo hecho —de haberlo intentado, al menos— tal vez todo hubiera sido diferente. Tal vez estaría muerto, porque enfrentarse a mi padre durante sus momentos de ira era enfrentarse a un animal salvaje. Pero jamás abrí la puerta para protegerla. Me encogía de miedo en mi habitación como el niño débil y frágil que era y solo abandonaba ese refugio protegido una vez que había terminado la masacre. Le alcanzaba a mi madre una bolsa con hielo para el ojo, o una toalla para el labio ensangrentado. A veces hasta la ayudaba a maquillarse para ocultar los magullones. Pero nunca salí de mi dormitorio para defenderla. Abandonarlo durante un ataque hubiera sido letal, pero morir habría sido mejor que lo que terminó por suceder.

Oí el grito de mi madre e inmediatamente me levanté de la cama de un salto. De rodillas, pegué la cara contra la puerta y espié por el ojo de la cerradura. Un pasillo corto llevaba al comedor, donde vi cómo mi madre corría hasta un extremo de la mesa, tratando de poner un obstáculo entre mi padre y ella. Pero nada iba a detenerlo. Mucho menos una mesa de comedor. Su figura entró en el diminuto mundo del ojo de la cerradura. Estaba de espaldas a mi puerta, mirando a mi madre. Su cuerpo tapaba el de ella, y yo ya no podía verla. Era un alivio no ver su expresión de pánico. Como si el hecho de no ver el terror que sentía pudiera, de algún modo, hacerlo desaparecer.

—Espera —dijo mi madre—. Lo arreglaré.

Mi padre apretaba la mandíbula; podía oírlo en su voz.

—¡¿Quién lo rompió?!

Comprendí de inmediato a qué se referían. El farol del frente de la casa. Se había roto antes ese mismo día mientras jugábamos a la pelota con un chico del barrio. Hice un mal lanzamiento que dio de lleno en el panel de vidrio, que se hizo añicos y desparramó trozos de cristal por la entrada. Mi madre disimuló los daños lo mejor que pudo: barrió todos los restos con la esperanza de que el

panel faltante pasara inadvertido hasta que pudiera cambiarlo.
Ese había sido nuestro plan. Evidentemente, había fracasado.
—No sé quién lo rompió, Raymond. Pero lo cambiaré mañana.
—¿Tú lo cambiarás?
—Llamaré a alguien para que lo haga.
—¿Y quién va a pagarlo?

Mi padre barrió la mesa con el brazo, haciendo que todo lo que estaba en la superficie cayera al suelo. Para un demente como él, provocar destrozos dentro de la casa que causaban daños por cientos de dólares era una respuesta adecuada al gasto inesperado de tener que cambiar un panel de cristal roto.

Debería haber abierto mi puerta en aquel momento. Debería haberme dirigido al comedor y haberme hecho responsable por lo sucedido. Pero no lo hice. Me quedé de rodillas viendo cómo mi padre extendía el brazo por encima de la mesa, tomaba a mi madre del pelo y la arrastraba por encima de la mesa. Esa noche la molió a golpes. Lo vi por el ojo de la cerradura. Vi cómo el hombre a quien yo odiaba golpeaba a la mujer a quien yo amaba.

Al día siguiente, mi padre estaba muerto.

Levanté la cinta y la coloqué cuidadosamente sobre la página del diario antes de cerrarlo. Las manos me temblaban ligeramente. Cuando por fin miré a la mujer que estaba sentada frente a mí, vi compasión en sus ojos. Al menos, así interpreté su mirada. Mis manos se aquietaron y los hombros se me aflojaron. Las sesiones de terapia siempre me traían paz, a pesar de que durante estas revelaba mi alma y contaba mis secretos más ocultos. O quizá debido a ese mismo hecho.

—Hasta ahora no he deseado hablar sobre él. Sé que sientes curiosidad. ¿Puedo hablarte ahora de mi padre?

La mujer parpadeó varias veces. ¿Acaso era lástima, al final, lo que veía en sus ojos? ¿O era algo más parecido al terror? En cualquier caso, esas eran las reglas. Yo venía a confesar mis secretos más profundos y a exorcizar mis demonios. Ella estaría obligada a mantener la confidencialidad y guardar eterno silencio ante mis pecados. Si esto la asustaba, sería un efecto colateral de nuestra relación. Porque yo ya no podía dejar de confesárselo todo aunque quisiera. Y no quería dejar de hacerlo.

—Desearía contarte cómo murió. La policía decretó que fue un suicidio, pero no lo fue. ¿Puedo contarte qué sucedió? ¿Sería demasiado para hablarlo en una sesión?

—En absoluto —dijo la mujer.

Asentí.

—Perfecto. Te veré la próxima semana.

Me puse de pie con el diario en la mano y regresé al campus.

CAPÍTULO 13

Replegado silenciosamente en el extremo noreste del estado de Indiana, a orillas del lago Míchigan, en la pequeña ciudad adormilada de Peppermill, el Instituto Westmont era un internado de élite con la reputación de preparar a sus alumnos para los rigores de la universidad. Sus prácticas eran estrictas, las expectativas, altas y el historial, impecable. El cien por ciento de los estudiantes que ingresaban en el Instituto Westmont terminaba graduándose de una carrera universitaria de cuatro años. Una hazaña considerable si se tenía en cuenta a los jóvenes que conformaban el alumnado. Además de los ricachones esnobs, los dotados para los estudios y los alumnos de alto rendimiento, la disciplina estricta del instituto atraía también a los adolescentes rebeldes que se encontraban en una encrucijada de la vida. Estaban aquellos cuyos padres se habían dado cuenta a tiempo de la trayectoria que estaban recorriendo y los enviaban allí para que los enderezaran antes de que fuera tarde. Estaban también los jovencitos cuyos padres habían comprendido demasiado tarde la gravedad de la situación de sus hijos y que habían dado con el instituto solamente después de que una serie de sucesos los hubiera metido en el tipo de problemas que requerían planificación, negociaciones y concesiones para evitar consecuencias para toda la vida. Esos padres extenuados los enviaban porque temían terminar perdiéndolos no a manos de un internado, sino de la cárcel. Con todo, a pesar de esta mezcla de alumnos, las prácticas y principios del instituto lograban alinearlos a todos. Aislar y educar, una de las prácticas probadas y efectivas de los internados a lo largo y ancho del país.

La arquitectura del campus imitaba la de los institutos de élite de la Costa Este, con edificios construidos con piedra caliza de Bedford, recubierta de enredaderas que trepaban por las ventanas hasta las vigas, donde las cornisas asomaban como centinelas que vigilaban el campus. La fachada de la biblioteca —el primer edificio que se veía al entrar por la puerta principal— era un enorme gablete triangular sostenido por columnas macizas. Grabado en la piedra se veía el lema de la escuela: *"Veniam solum, relinquatis et"*. Vendrán solos, se marcharán juntos.

Gavin Harms y Gwen Montgomery pasaron junto al edificio. La noche estaba cargada de humedad y aunque eran casi las diez, el largo día estival todavía ofrecía los últimos esfuerzos del sol, un ardor leve en el horizonte que pintaba el cielo con pinceladas color salmón. Sus amigos, Theo y Danielle, iban junto a ellos. Los cuatro habían sido amigos desde el Día de Ingreso, el ceremonioso momento en el que los alumnos se presentaban en el campus al inicio de cada año escolar. En cuanto los alumnos llegaban a la puerta principal del instituto, ya fueran novatos de primer año o experimentados jóvenes del último, se quedaban solos. Los padres no tenían permitida la entrada al campus durante el Día de Ingreso. Una vez que un estudiante atravesaba la puerta de hierro forjado, era responsable de sí mismo. La independencia era de suma importancia para el Instituto Westmont. Se esperaba que los jóvenes se desenvolvieran solos y establecieran un nuevo sistema de apoyo dentro de los muros escolares. Vendrán solos, se marcharán juntos.

Muchos chicos aterrizaban en el instituto como adolescentes desafiantes que no veían la hora de liberarse de las riendas de sus padres. Pero para unos pocos, el ceremonioso cierre de la puerta del Día de Ingreso ponía la realidad claramente en primer plano. Cuando los alumnos quedaban de un lado de la verja y sus padres del otro, se sucedía un abanico de reacciones. Algunos lloraban. Otros se aferraban a los barrotes como convictos en sus celdas y suplicaban volver a casa. Unos pocos se reían del dramatismo inherente a ese símbolo y se dirigían a sus dormitorios. Los más inteligentes se hacían amigos y se mantenían juntos. Gavin Harms, Gwen Montgomery, Theo Compton y Danielle Landry habían estado juntos desde el comienzo y ahora se disponían a comenzar el verano anterior a su penúltimo año.

Al acercarse al Margery Hall, giraron a la derecha para evitar la puerta principal, donde la encargada del edificio de dormitorios seguramente les preguntaría dónde habían estado y por qué habían vuelto justo unos minutos antes del toque de queda. De allí, la conversación llevaría a la mochila de Gavin, que estaba hinchada de latas de cerveza Budweiser. Así que, en su lugar, se dirigieron a la entrada trasera. Antes de que pudieran estirar el brazo hacia la puerta, esta se abrió con violencia tomándolos por sorpresa. Tanner Landing estaba de pie en el umbral.

—¿Traen mi cerveza, cabrones?

El Instituto Westmont producía una interesante dicotomía de amistades. Algunas eran orgánicas, nacidas de intereses comunes y afecto natural. Otras eran forzadas, creadas por los confines del campus y la asignación de dormitorios. Tanner Landing había sido parte de ese grupo desde el final del primer año, cuando la mayoría de los alumnos se marcharon a su casa, excepto un puñado de chicos cuyos padres los hacían permanecer en el instituto todo el verano. Durante el curso escolar, a Tanner lo evitaban. Durante el verano, Gavin y sus amigos estaban obligados a soportarlo.

—Qué susto me diste —dijo Gwen mientras pasaba junto a Tanner y entraba en el pasillo trasero del edificio.

La novia de Tanner, Bridget, se disculpó por la torpeza.

—Es un neandertal —dijo.

Gavin y Theo compartían dormitorio; entraron y cerraron la puerta con llave. Tras cerrar las cortinas, Gavin abrió la mochila e hizo circular las cervezas.

—Voy a leer el mensaje —dijo Tanner. Bebió tres sorbos rápidos de cerveza y eructó. Tomó el móvil y leyó el texto:

El Hombre del Espejo requiere tu presencia
13:3:5
Sábado por la noche, a las 22.00 horas

—Se refiere a la antigua casa de profesores, ¿verdad? —preguntó Gwen.

—Sí —respondió Gavin—. Está al final del campus. Muy cerca de la carretera 77. Tendremos que acortar por el bosque y rodear el campus. ¿Quién más recibió la invitación?

—Solo nosotros seis —respondió Tanner.

Gwen los miró uno por uno.

—¿De verdad vamos a hacerlo?

—Somos alumnos de cuarto —dijo Tanner antes de beberse el resto de la cerveza y eructar de nuevo—. ¡Mierda, claro que lo haremos! Es un rito de iniciación.

CAPÍTULO 14

Marc McEvoy bajó al sótano. El aire acondicionado mantenía la planta baja y el primer piso frescos, pero durante los meses de verano, Marc prefería el sótano. El frío de la tierra penetraba por los cimientos de la casa y la temperatura en el sótano era de unos grados menos que en el resto de la casa. Le encantaba el sótano, aunque no solo por la temperatura. Era donde ocultaba su secreto.

El año anterior, tras terminar el sótano, habían construido un pequeño bar. Allí era donde a él y a su mujer les gustaba recibir amigos durante los fines de semana. Durante el invierno, sus amigos y él se habían reunido muchas veces alrededor de la barra de roble lustrada para ver los partidos del equipo de los Colts. Se dirigió al armario detrás de la barra y abrió las puertas. Dentro estaba su colección de tarjetas de béisbol. La conservaba desde la infancia y cada año la aumentaba. Abarcaba desde los años setenta y ochenta, en los que se incluía a Johnny Bench y el equipo de los Reds, apodado la Gran Máquina Roja, hasta los años noventa y el comienzo de la década del 2000, cuando los esteroides se habían apoderado del juego; también incluía la actual generación de jugadores definidos por estadísticas que nunca habían existido pocos años antes. La colección era auténtica: las antiguas tarjetas Topps que venían con los quebradizos chicles y también las de Goudy Gum Company y Sporting News. Valdrían una buena suma si algún día se atreviera a subastar su preciada colección. Pero Marc no tenía intención de venderla. Esa tarde, al sacar la primera caja del estante, buscaba otra cosa además de las tarjetas. Lo que le interesaba en ese momento era su otra obsesión, algo que lo había obsesionado desde sus días en el Instituto Westmont.

Dejó la carpeta sobre la barra, abrió la tapa y los dos ganchos para acceder a su colección. Dentro, las tarjetas de béisbol estaban organizadas en filas apretadas. En la parte superior había varias hojas de plástico con aberturas para que las tarjetas se conservaran en buen estado. Sobre esas hojas protegidas estaban sus notas. Desde el comienzo había ocultado allí la investigación. A su mujer no le interesaba en absoluto su colección de tarjetas y Marc estaba seguro de que el secreto que guardaba allí estaría a salvo. El primer artículo que buscó fue del *Peppermill Gazzette*, un periódico local que tenía muchos lectores en la época en la que él había asistido a Westmont, pero que luego había quebrado. Marc había encontrado el artículo en la biblioteca durante su primer año en el instituto. Originariamente, había sido publicado en 1982. Lo volvió a leer.

Dentro de la sociedad secreta del Instituto Westmont

Si se le pregunta al director del Instituto Westmont —o a cualquier miembro del cuerpo de profesores— si hay alguna verdad detrás del rumor de que existe una sociedad secreta dentro del instituto, la respuesta será un "No" rotundo. Pero si se les pregunta a los alumnos, dirán que dicha sociedad no solo existe, sino que está vivita y coleando. Al pedir detalles, sin embargo, no se conseguirán demasiados. En gran parte, serán conjeturas y rumores sobre las desventuras de este club secreto que hace novatadas a sus nuevos miembros y somete a alumnos y profesores incautos a bromas y travesuras pesadas. Es imposible obtener hechos concretos o experiencias en primera persona, puesto que ningún estudiante admite ser miembro activo. El director explica esta falta de información de primera mano sobre el club diciendo que la idea de esta sociedad existe solamente en las mentes de los jóvenes y se mantiene viva gracias a las leyendas y los rumores. Es producto de la imaginación de los estudiantes, alega. Se podría argumentar, sin embargo, que el motivo por el que se sabe tan poco sobre el grupo es que sus miembros han jurado mantener el secreto.

Marc dejó el artículo y se concentró en una columna más reciente publicada en el *Indianapolis Star*. Escrito por una periodista de crímenes reales llamada Ryder Hillier, el largo artículo narraba la historia de sociedades secretas dentro de los institutos estadounidenses, se detenía brevemente sobre las más famosas sociedades de las universidades de la Costa Este y luego pasaba a examinar la organización tras los muros del internado más prestigioso de Indiana.

El Instituto Westmont era conocido por la disciplina estricta y el riguroso programa académico que ofrecía. Figuraba a menudo entre las mejores escuelas preparatorias del país y se enorgullecía de que el cien por ciento de sus alumnos se graduara en una carrera universitaria de cuatro años. Ryder Hillier había investigado sobre el grupo secreto que existía tras los muros de Westmont más que ningún otro periodista con el que Marc se hubiera cruzado. Hasta había logrado averiguar el nombre —El Hombre del Espejo— y dónde se llevaban a cabo las reuniones, en un críptico sitio identificado solamente por tres números, 13:3:5, que Marc conocía como la ubicación de la entrada al bosque que llevaba a la antigua residencia desde la carretera 77.

A partir de allí, sin embargo, Ryder Hillier se quedaba sin información fehaciente. El artículo finalizaba con una cita que había logrado extraerle a la directora actual, la doctora Gabriella Hanover, que negaba la existencia de dicha sociedad, alegando que el Instituto Westmont no permitía que hubiera clubes exclusivos que promovieran el elitismo ni los secretos, ni tampoco toleraría que funcionara una asociación de alumnos sin la supervisión del cuerpo docente.

Pero Marc había asistido a Westmont y, como exalumno, sabía perfectamente bien que el club existía. Había esperado su turno durante los dos primeros años para tener la oportunidad de unirse a la sociedad, sabiendo que estaba conformada solamente por estudiantes de los últimos cursos. Pero cuando llegó al tercer año, no fue elegido y se hundió en un período de depresión. Algunos de sus amigos más cercanos habían sido elegidos y una vez que pasaron por el rito de iniciación, lo dejaron de lado. Pasó su tercer año solo y aislado y cuando con el tiempo se convirtió en el blanco de las bromas del grupo, Marc McEvoy decidió que ya estaba cansado del Instituto Westmont. Se cambió a una escuela pública para el último año. Fue una forma triste de terminar la experiencia del bachillerato y ese año llegó a tener pensamientos suicidas. No pudo superar la depresión hasta que encontró un sistema de apoyo nuevo durante la universidad. Conoció a la que sería su mujer, se graduó, comenzó su carrera y una familia. Pero nunca pudo olvidar la sociedad secreta de Westmont. La sociedad a la que tanto había deseado pertenecer. La que lo había rechazado. Marc McEvoy no solo no había podido olvidar al Hombre del Espejo, sino que se había obsesionado con él. Con el paso de los años, trabajó para averiguar todo lo posible sobre el grupo y sus rituales.

Esa noche, con la familia durmiendo en el piso superior, recuperó los artículos que guardaba ocultos con la colección de tarjetas de béisbol y los desplegó sobre la barra. Luego abrió la computadora y escribió "El Hombre del Espejo" en la barra del buscador. Era junio. Sabía que la iniciación de los nuevos miembros se llevaba a cabo durante el solsticio de verano. Hojeó las páginas web. Había leído cientos de veces la mayoría de ellas, pero de vez en cuando se encontraba con algo nuevo.

Ya no era un adolescente. Ese tipo de cosas no hubieran debido interesarle, ni tampoco dolerle el rechazo de tantos años antes. Pero su mente chorreaba curiosidad y el orgullo seguía ardiéndole por el rechazo. Se le ocurrió una extraña pregunta, como sucedía todos los veranos: "¿Qué le impedía dirigirse a la casa abandonada del bosque?".

En sus tiempos como alumno de Westmont, susceptible a las influencias e intimidaciones, el miedo lo había mantenido alejado del sitio. Pero esa noche ya no sentía miedo. Ahora solo quería averiguar todo lo posible sobre el mito. Pero mientras hojeaba sus notas de investigación y revisaba las páginas web que describían la leyenda del Hombre del Espejo, tomó conciencia de que, además de la curiosidad, otra cosa alimentaba su apetito. En una cálida noche estival, en la frescura del sótano de su casa, pudo por fin definir esa emoción.

Era rabia.

PARTE III
Agosto de 2020

CAPÍTULO 15

La claustrofobia, la fobia social y la subyacente necesidad de estar siempre controlando lo que la rodeaba convertían los viajes en avión en algo que Rory Moore evitaba siempre que podía y que padecía cuando se veía obligada a realizarlos. Con el correr de los años, lo había intentado todo. Desde la meditación (que *atraía* la atención de otros pasajeros en lugar de lograr el resultado deseado y opuesto), a medicamentos (el Benadryl y el Advil PM le habían provocado un ataque de vómitos que habían convertido un vuelo en particular en más desagradable que cualquier otro) a un enfoque drástico ("Siéntate en el asiento del medio y aguántatelas"), que había intentado una sola vez y nunca más.

Viajar en turista en grupos de tres asientos, apretados como sardinas enlatadas que se pisaban unas a otras para utilizar un baño diminuto compartido con otros doscientos pasajeros, hacía años que había quedado descartado. Una vez, cuando Rory y Lane habían tenido que viajar a Nueva York por un caso relacionado con el Proyecto de Responsabilidad de Homicidios, un cliente adinerado había accedido a contratarles un avión privado después de que Lane le explicase que era la única forma en la que lograría que fueran a la Costa

Este. Lane, desde luego, podría haber ido solo. Podría haber tomado un vuelo comercial y leído un libro durante dos horas como cualquier otra persona. Pero no lo hizo. Insistió en un vuelo privado y lo consiguió. Rory lo amaba no solo porque fuera atractivo y tuviera una mente brillante. Él la aceptaba a pesar de todas sus sofocantes peculiaridades. La amaba tal como era y nunca había intentado reconstruirla, como lo habían hecho tantas otras personas en su vida, desde psiquiatras a maestros, pasando por compañeros de la facultad de Derecho y profesores.

Cuando un costosísimo avión privado no era una opción, viajar en primera clase era la siguiente mejor idea. Eligió un asiento junto a la ventanilla, y para cuando llegó su compañero de fila, Rory ya se había parapetado detrás de dos almohadas y una manta. Sobre el regazo tenía la disertación de Lane de la época en la que había estudiado para el doctorado; su prominente título, *Hay quienes eligen la oscuridad,* funcionaba como cuando alguien cuelga un búho de plástico del lateral de una casa para espantar a los pájaros carpinteros. Por si fuera poco, Rory llevaba puesta una mascarilla. Un vistazo a la pasajera del 2A daba la impresión de estar frente a una asesina en serie que leía un manual de cómo matar a sus víctimas y que, o bien estaba tratando de mantener alejados los virus y bacterias que flotaban en el aire, recirculado el tiempo suficiente como para poder cometer su próximo asesinato, o bien había contraído la plaga ella misma.

Rory sabía que no era nada agradable sentarse junto a ella en un avión, pero sus esfuerzos se vieron recompensados. El hombre del 2B se sentó sin pronunciar palabra y durante las tres horas que duró el vuelo a Miami, en ningún momento intentó entablar una conversación.

CAPÍTULO 16

La invitación de Lane para que Rory lo acompañara a su trabajo en Indiana era atractiva, y cuanto más pensaba en ella mientras conducía hacia el norte desde el Aeropuerto Internacional de Miami, más encendía emociones que ella prefería dejar dormidas. No le quedaban familiares cercanos con quien pasar el tiempo, por lo que la parte clínica y analítica de su cerebro le decía que era una pérdida de energía sentirse culpable por oportunidades que no había aprovechado con ellos. Pero el segmento emocional del cerebro le insistía en que no repitiera los errores del pasado descuidando la única relación que le quedaba. Tras los sucesos del año anterior, Rory había comenzado a preguntarse si no necesitaría prestar más atención a su vida. Tal vez un reajuste de prioridades y autorreflexión sobre las cosas que le importaban.

"Ven conmigo".

Las palabras de Lane le retumbaban en la cabeza y no tenía forma de acallarlas. Intentó canalizar sus sentimientos hacia un rincón de la mente donde pudiera cubrirlos, almacenarlos y mantenerlos alejados como hacía con otros pensamientos inquietantes que la bombardeaban constantemente y amenazaban con descarrilar su vida. Con cada día llegaba un tornado de emociones. Así se disparaban sus ondas cerebrales. Vivía preocupándose por algo u obsesionándose por otra cosa. Y si no se obsesionaba, planificaba. Su mente nunca se aquietaba. En todo momento había un zumbido de actividad encendido en su cabeza. Con el transcurso de los años había aprendido a lidiar con esa condición separando los pensamientos en compartimentos. La obsesión compulsiva que le pedía a gritos llevar a cabo tareas mundanas de manera repetitiva, como por ejemplo, mirar el velocímetro en ese momento y asegurarse de tener las luces encendidas, estaba guardada en una parte de su cerebro que le permitía, si no ignorar los impulsos, al menos tenerlos reservados para uso futuro. Almacenaba esos deseos en una parte del cerebro que les impedía interferir con su vida diaria. Luego, más adelante, les quitaba la cubierta protectora cuando encontraba un sitio donde depositar esas necesidades de manera pulcra y ordenada. Un sitio en el que esos pensamientos pudieran correr libremente hasta que se apagaran sin afectar su vida. A Rory ese proceso le daba tiempo. Le permitía vivir libre de las exigencias superfluas de su cerebro.

Una forma de descarga que utilizaba para lograrlo era estudiar archivos de casos como reconstructora forense. La repetición de leer y releer transcripciones de entrevistas, revisar resúmenes de autopsias hasta que tenía cada página guardada como una imagen en la mente, estudiar notas de detectives y registros de pruebas y concentrarse en fotografías de escenas del crimen hasta que podía verlas con los ojos cerrados era un ejercicio perfecto para una mente que nunca se desconectaba. En el ambiente de la reconstrucción forense, su trastorno funcionaba como una ventaja.

Fuera del trabajo, tenía otro modo de descargar su obsesión compulsiva. La había descubierto de niña, antes de comprender que su mente funcionaba de una forma que otra gente consideraría atípica. Antes de entender que las imágenes y la información que se desenrollaban como un pergamino interminable era lo que creaba su memoria fotográfica. Antes de darse cuenta de que su inteligencia estaba muy por encima de la de los demás. Antes de tomar conciencia de que estar tan avanzada en un aspecto de la vida hacía que otras áreas no se le dieran demasiado bien, como las relaciones personales y las interacciones sociales. Antes de que el diagnóstico de autismo pasara a ser parte habitual de la medicina, otra técnica había servido para calmar su trastorno. La había aprendido de niña cuando pasaba tiempo en la granja de su tía. Esa noche, mientras zigzagueaba con el coche por las calles de Miami, tenía planeado localizar el objeto que le permitiría utilizar el talento que había desarrollado de niña. Que le permitiría pasar los siguientes dos meses sin tener que preocuparse porque sus peculiaridades y particular idiosincrasia la apartaran de su cometido.

Pero le estaba costando compartimentar los sentimientos que la invitación de Lane le provocaba. Cuanto más se acercaba a destino, más le picaba la piel de ansiedad y más se preguntaba si, tal vez, no sería un error querer almacenar y guardar los sentimientos que experimentaba por el hombre que amaba en el fondo de su mente junto con los molestos pensamientos que le causaba su trastorno obsesivo compulsivo.

De todas formas, lo intentaba. Era la forma de existir de Rory Moore.

CAPÍTULO 17

ERA CASI MEDIANOCHE CUANDO PAGÓ cuarenta y cinco dólares para aparcar en un garaje de tres pisos en el centro de Miami. La estructura estaba iluminada por poderosas luces fluorescentes que Rory habría detestado de haberse encontrado en su casa, pero allí, en una ciudad desconocida, la luz la reconfortaba. El corazón le latía alocadamente y tenía las axilas y la espalda pegajosas de sudor. Salió del garaje y durante diez minutos caminó por las calles del centro. Había memorizado el camino el día anterior. Sonó la alarma de su reloj. Eran las doce menos diez, apresuró el paso. Las calles de Miami estaban pobladas por un coro estable de parejas y rezagados, pero cuando se alejó de la avenida principal y tomó una calle lateral, se encontró sola. La iluminación era mínima y el ruido de sus botas retumbaba contra las paredes de ladrillo de los edificios. Vio el brillo de una marquesina más adelante y supo que llegaría a tiempo. Era un sitio de mala muerte, tal como había imaginado. La página web no había publicado fotografías, solamente una dirección y la hora aproximada de la subasta.

La marquesina iluminada, que era de mala calidad y estaba desvencijada, anunciaba el nombre del establecimiento con letras rojas: LA CASA DE MUÑECAS. Para entrar, Rory tuvo que bajar cuatro escalones desde la acera. Respiró hondo antes de descender y luego entró por la puerta principal. Un hombre con cuello grueso y expresión aburrida la miró con el mentón levantado cuando pasó.

—Vengo a la subasta —dijo Rory.

El hombre respondió con un gruñido.

—Por la puerta de atrás. Llevan retraso.

La cavernosa taberna estaba oscura y sombría, pero concurrida. El olor de hamburguesas chamuscadas flotaba en el aire y la risa estrepitosa de conversaciones múltiples comprimía el pecho de Rory. Se obligó a respirar mientras echaba un vistazo a la habitación y localizaba la puerta trasera. Se dirigió primero al bar. La fila de grifos era decepcionante: todas cervezas aguadas y ligeras.

—¿Qué te sirvo? —le preguntó el camarero.

—¿Tienes alguna cerveza de Three Floyds?

—¿Tres *quién*?

Rory meneó la cabeza y examinó las botellas que estaban en un estante por encima de la barra.

—Una Lagunitas PILS, por favor.

El camarero la sacó del refrigerador, abrió la botella y la puso delante de Rory. Ella dejó el dinero sobre la barra y llevó la cerveza al salón trasero. Era más de medianoche. Otro hombre esperaba fuera y Rory mostró su entrada impresa, que el hombre aceptó como comprobante. Cuando entró en el salón, La Casa de Muñecas se le antojó más impresionante. La luz era más intensa allí, en contraste con la taberna. En las paredes había vitrinas que contenían un despliegue de muñecas de porcelana. Otros coleccionistas, que sin duda estaban allí desde hacía horas, llenaban el salón. Todos estudiaban las opciones e investigaban sus historias. Rory había hecho los deberes y tardó menos de dos minutos en localizar la muñeca que estaba buscando: una bebé alemana Armand Marseille

Kiddiejoy en estado calamitoso. Se quedó mirando la muñeca a través del cristal.

Antes de poder inspeccionar la muñeca, Rory había tenido que anotar el número de su documento de identidad en el cuaderno de registro. Escribió el número y contó doce antes que el suyo, lo que significaba que tendría competencia esa noche. Sin ningún otro plan alternativo, esta Armand Marseille era su única opción. Había investigado la muñeca hasta sus orígenes y había viajado mil quinientos kilómetros para comprarla. Y era justamente lo que pensaba hacer.

Captó la atención de uno de los subastadores, que abrió la vitrina de cristal. Rory sacó la muñeca del sitio donde descansaba. Su mente se encendió como un relámpago. No llegaba a ser una experiencia extracorporal, pero en ese momento, ella no estaba simplemente sosteniendo la muñeca, era *parte* de la muñeca misma. Su visión no se detenía en la superficie de porcelana, sino que la penetraba. La cara estaba cubierta por grietas que parecían encaje y le faltaba un gran trozo de la mejilla y la oreja izquierdas. En la parte posterior derecha le faltaba el pelo, donde un restaurador de poco talento había tratado de reparar una grieta con resultados desastrosos. El intento era tan de aficionado que Rory se preguntó cómo alguien con tan poca habilidad había podido obtener una muñeca clásica como esa. Pero aun ese insulto atroz le hacía palpitar el pecho. Su visión atravesaba la muñeca y la veía de dentro hacia fuera. Y su mente no veía los daños, solo imaginaba las posibilidades. El potencial de la muñeca la hipnotizaba.

—¿Todo bien? —preguntó el subastador trayendo a Rory de regreso de su trance.

Ella asintió y le entregó la muñeca. Diez minutos más tarde estaba sentada en el fondo del salón de subastas, bebiendo su cerveza Lagunitas y esperando. Había cuatro subastas programadas para ese día. La suya era la última. Las muñecas impecables se vendían primero a coleccionistas que deseaban llevarlas a su casa y exhibirlas con otros figurines perfectos. A Rory no le interesaban las muñecas en buen estado. No contaban historias. No guardaban secretos. Sus historias ya habían sido contadas. Ella buscaba aquellas que hubieran viajado por el mundo y tuvieran cicatrices que lo demostraran. Buscaba muñecas imperfectas que hubieran perdido la conexión con sus antiguos dueños y necesitaran afecto y atención.

Terminó la cerveza y pidió otra mientras las muñecas sanas se vendían una por una. Con cada subasta, disminuía la cantidad de gente en el salón. Para cuando llegó el turno de las muñecas rotas y estropeadas, quedaban solo unos veinte coleccionistas presentes. Era casi la una de la madrugada.

—La muñeca siguiente —anunció el subastador— es una Armand Marseille. Tiene algunos daños en la cara y la oreja, pero en su época...

—Tres mil —dijo Rory.

El hombre levantó la mirada de la muñeca.

—La cifra de apertura es de setecientos cincuenta.

Rory se puso de pie y caminó hacia el atril; las botas nuevas hacían ruido con cada paso.

—Con tres mil me la llevo, entonces.

El subastador miró a los coleccionistas que quedaban en el salón.

—A la una... a las dos... ¡Vendida por tres mil dólares a la dama de gris!

CAPÍTULO 18

LANE HABÍA PASADO DOS DÍAS inmerso en los asesinatos del Instituto Westmont, estudiando todo acerca del caso. La NBC le había dado una carpeta de investigación, pero él también tenía sus propias fuentes y había indagado lo más profundamente posible en solo un par de días. Ahora se dirigía hacia el sur con el coche cargado. Dos horas después de abandonar Chicago, justo antes del mediodía, pasó junto al letrero de "Bienvenidos a Peppermill, Indiana". Al GPS le llevó unos pocos minutos indicarle el camino hasta la calle Winston Lane, donde estaba ubicada la casa. Se encontraba al final de una larga calle que terminaba en un lago. Aparcó en la entrada y apagó el motor. De la manija de la puerta principal colgaba una pequeña caja de seguridad. Lane hizo girar la rueda con la combinación y abrió la caja; dentro estaba la llave. Entró con la bolsa de lona en la casa, que era tal cual había detallado la descripción: pequeña, cómoda y escondida. El sitio perfecto para todo lo que tenía planeado.

Una cocina, una sala con chimenea y un despacho ocupaban la planta baja. Arriba había un único dormitorio y un altillo con un escritorio. Lane depositó la bolsa sobre la cama y volvió al coche. Sacó del maletero la caja que había logrado recoger de camino hacia Indiana, tras arduas negociaciones y demasiado dinero. Pero para que su plan funcionara, la compra resultaba esencial. Cargó la caja hasta la cocina, abrió el refrigerador y llenó el estante superior con las botellas, asegurándose de que estuvieran perfectamente alineadas y con las etiquetas a la vista.

Cuando hubo terminado, cruzó con una segunda maleta por la cocina hacia la galería acristalada de la parte posterior de la casa. Los ventanales daban al pequeño lago en la distancia y Lane supo que sería perfecto. Vació el contenido de la maleta sobre el escritorio que estaba en una esquina y lo ordenó todo en filas perfectas. Luego tomó un paquete envuelto y lo colocó en el centro de la mesa. Por fin, fue en busca del gigantesco panel de corcho que había logrado cargar en el asiento trasero. Lo colocó sobre un trípode y pinchó varias fotos sobre el corcho.

Treinta minutos después de la llegada de Lane a Peppermill, la casa estaba lista.

CAPÍTULO 19

Rory estaba sentada en la cabina de primera clase del vuelo 2182 de American Airlines con destino a Chicago. Llevaba su mascarilla, leía su manual sobre asesinos en serie y tenía una nueva muñeca de porcelana guardada debajo del asiento. Su pierna derecha vibraba, haciendo que tintinearan los detalles metálicos de sus borceguíes. Ese temblor por lo general era causado por ansiedad, pero esa mañana se trataba de otra cosa. Entre el cierre de su último caso, la postergada compra de las botas nuevas y la adquisición de la muñeca de porcelana Kiddiejoy, Rory Moore se sentía equilibrada y serena como no lo había estado en meses. No se había sentido así desde que se había aventurado hasta esa cabaña en Starved Rock, en el estado de Illinois, en busca de poder pasar página, para sí misma y para tantas otras.

Cerró los ojos y dejó que el tiempo pasara.

Eran las siete de la tarde cuando por fin se sentó a su mesa de trabajo. Las cortinas estaban cerradas y el sol del atardecer intentaba en vano colarse por los bordes. El despacho estaba en una reconfortante penumbra, la lámpara de mesa iluminaba el espacio de trabajo. Rory sentía los veinticuatro pares de ojos sobre ella mientras desenvolvía su nueva adquisición, como si las muñecas restauradas de los estantes estuvieran tan interesadas en la compra como ella. Tras colocar cuidadosamente la muñeca alemana sobre la mesa, comenzó el proceso de inspección del mismo modo en el que un médico forense examinaría un cuerpo antes de empezar la autopsia. Pero Rory no tenía intención de hurgar en el interior de la muñeca. Pensaba reconstruirla, parte a parte. Eso la mantendría ocupada durante semanas y le permitiría liberarse de las irritantes exigencias de su mente. En los últimos días, había empaquetado esas exigencias y las había guardado por ese mismo motivo. La restauración de muñecas antiguas le proporcionaba alegría y gozo y eso era exactamente lo que Rory había experimentado. Pero el pasatiempo también le ofrecía otra cosa. Una puerta a un mundo libre de preocupaciones, en el que sus debilidades se convertían en fortalezas y en el que podía utilizar para bien las excentricidades que amenazaban con arruinarle la vida cotidiana.

Cuando trabajaba, no tenía que combatir las exigencias irracionales de su cerebro. No luchaba contra la necesidad de repetir acciones, una y otra vez, hasta lograr la perfección. En ese sitio protegido, esas tendencias no solo estaban permitidas, sino que resultaban necesarias. Las acciones repetitivas requeridas para restaurar muñecas antiguas de porcelana constituían una forma de descargar el trastorno obsesivo compulsivo que en un tiempo había regido su existencia. Mientras Rory pudiera exorcizar sus demonios durante las prácticas controladas que se llevaban a cabo en la tranquilidad de su despacho, las demandas debilitantes de su mente se mantenían a raya en casi todos los otros aspectos de su vida. Era su modo de existir. Las muñecas eran su salvavidas.

La inspección de esa noche era solamente para recabar información. La restauración no comenzaría todavía. Primero tenía que comprender la muñeca y el alcance de los daños y luego trazar un mapa del camino hacia la restauración. Pasó la mano por la cara de la muñeca, sintiendo las grietas que se extendían como una telaraña de encaje por la porcelana. Frotarlas con alcohol, el limpiador preferido de muchos restauradores, sería demasiado agresivo. La pintura al pastel nunca se adhería bien sobre porcelana frotada con alcohol, lo que explicaba el aspecto lavado de las muñecas que otros restauradores presentaban en subastas. La tía abuela de Rory había creado su propia fórmula con lavavajillas y vodka, una solución que Rory había utilizado desde su infancia y que sería perfecta para esa nueva restauración.

Tomó fotografías y notas durante más de una hora antes de admitir que algo no funcionaba. Antes de aceptar que algo le estaba impidiendo concentrarse plenamente en la muñeca que tenía delante.

—¡Mierda! —murmuró por lo bajo.

Para casi todos los que se cruzaban con ella, Rory Moore era un misterio. Para los médicos que habían intentado tratarla durante la infancia y la adolescencia, para su jefe del Departamento de Policía de Chicago y para los detectives que observaban con una mezcla de confusión, respeto, admiración y aversión cómo Rory resolvía los casos que a ellos los habían dejado perplejos. Tras las muertes de su padre y de su tía abuela el año anterior, en la vida de Rory quedaba solamente una persona que comprendía los vericuetos de su existencia. Recordó las palabras de Lane.

"Ven conmigo".

Se puso de pie, levantó la muñeca Armand Marseille y volvió a guardarla en la caja. En el piso superior, hizo la maleta. Antes de salir por la puerta, se detuvo en la cocina y despegó el papel adhesivo amarillo que Lane había dejado en la puerta del refrigerador. Tenía escrita la dirección de la cabaña de Peppermill.

CAPÍTULO 20

Sobre el posavasos delante de Lane descansaba una cerveza suave y, junto a ella, en la barra de caoba, una carpeta rebosante de papeles. Peppermill era una ciudad pequeña llena de tabernas. El primer encuentro de Lane con Mack Carter se había fijado para las siete de la tarde en un establecimiento llamado Tokens, que consistía en una barra larga con una fila de taburetes delante y una hilera de mesas altas que separaban el bar de la zona compartimentada pegada a la pared. La cerveza estaba fría, la comida era grasienta y el lugar estaba lo suficientemente oscuro como para que nadie reconociera a Mack Carter.

Lane había bebido la mitad de su cerveza cuando Mack entró en el bar. Vestía una camiseta y una gorra de la Universidad de Notre Dame y no se asemejaba en nada a su personaje televisivo. Cuando se acercó, se estrecharon las manos. Lane dedujo que Mack tendría unos treinta y pocos años; su sonrisa enorme también era diferente en persona de lo que Lane había visto por televisión.

—Soy Lane Phillips.

—Mack Carter. Un gusto conocerte. Me alegré mucho al enterarme de que la NBC te había contratado. Tu nombre

le dará mucha credibilidad al pódcast y debo decir que...
—Paseó la mirada por el bar como si alguien pudiera estar escuchando— Voy a necesitar un psicólogo cuando termine con esta historia.

—Oí que habías tenido un par de semanas interesantes.

—Interesantes es una forma de describirlas. Más locas que una puta cabra es otra. Disculpa, creo que no debería decir eso delante de un psiquiatra.

—No soy el clásico terapeuta.

—Es lo que he oído. —Señaló la cerveza de Lane y llamó al camarero para pedir la suya—. Hablemos.

Se sentaron en dos taburetes. La cerveza de Mack llegó en un vaso alto con la espuma chorreando por un lado, al estilo de los anuncios.

—Esta historia tiene tantas aristas psicológicas que va a mantenerte muy ocupado. El plan es presentarte en el episodio cinco. Haremos una entrevista formal para poner al tanto a los oyentes respecto de tu trayectoria. Luego haremos un repaso del caso en el que darás tu opinión de experto en psicología tanto del asesino como de los sobrevivientes, lo que vivieron durante la noche de los asesinatos y lo que han estado viviendo desde entonces. Podemos hacer todo eso desde el estudio montado en la casa que tengo alquilada.

Lane señaló la carpeta que tenía delante.

—Hice mis deberes y comencé a elaborar un perfil del asesino.

—¿Un perfil de Charles Gorman?

—Pues... es posible, pero no es así como funciona la elaboración de perfiles. No se comienza con un sospechoso y se va hacia atrás. Eso anularía el propósito. Yo comienzo con el crimen (las víctimas, los métodos utilizados para asesinarlas, la escena) y creo una lista de características que es probable que posea el asesino para cometer un crimen de este tipo. En este caso en particular, he comenzado a mapear el tipo de estructura mental que se necesita para producir este nivel de violencia. Lo que he hecho hasta ahora no es más que el comienzo. Iré agregando otras a medida que sepa más cosas sobre el crimen. He comenzado también un segundo perfil, *distinto*, de Charles Gorman. Una vez que haya terminado con cada perfil, veremos dónde se superponen, si es que eso sucede, o si son duplicados exactos.

—Fascinante —declaró Mack—. ¿Qué tienes hasta el momento?

—Unas notas iniciales sobre Gorman, obtenidas de registros públicos, me dicen que era profesor de Química en Westmont. Un tipo solitario. Socialmente difícil y reservado. Con una mente brillante en lo que respecta a la química, pero sin habilidades sociales. Durante los ocho años que estuvo en el instituto no tuvo ningún problema.

—¿Qué fue lo que lo llevó a estallar? —quiso saber Mack.

—Necesito descubrir muchas más cosas para responder esa pregunta, si es que se puede llegar a una respuesta. Tendremos que hablar con los alumnos y profesores que lo conocían. Con amigos y familiares. En particular con sus padres, para ver qué clase de vida tuvo durante su infancia y adolescencia. Por lo que he podido averiguar hasta el momento, tuvo una infancia normal. Pero escarbar en su pasado me ayudará a ver qué sucedía en su infancia, en su vida adulta, hasta llegar a la noche de los asesinatos. Lamentablemente, hablar con Gorman directamente es imposible, por lo que he oído.

—He oído lo mismo —asintió Mack—. No sabe en qué día de la semana vive, mucho menos lo que sucedió en ese bosque hace un año. Digamos que si uno decide arrojarse debajo de un tren, conviene asegurarse de terminar el trabajo.

—Tengo algún contacto con Grantville, el hospital psiquiátrico penitenciario donde está Gorman. Haré unas llamadas para ver si puedo obtener más detalles sobre su estado.

—Bebió un poco de cerveza—. Háblame sobre los suicidios.

Mack terminó su cerveza y pidió otra.

—Allí es donde una historia rara se vuelve más extraña todavía. La noche de los asesinatos, murieron dos chicos. El resto de los alumnos huyó de la casa y escapó por el bosque, pero no antes de que varios de ellos fueran testigos de la masacre en la que uno de sus compañeros fue empalado sobre la verja de hierro. Cosa que seguramente fue muy traumática. Un par de meses después, en otoño, justo cuando comenzaban las clases, una de las chicas regresó al bosque y se arrojó delante del tren que pasa junto a la casa. Fue la primera. Dos meses después, volvió a suceder.

—¿Hubo otro suicidio?

—Sí —dijo Mack—. Fue todo igual. Hombre contra tren. O sea, *chica* contra tren, para ser más específico. Fue otra chica. Y justo hace un par de semanas, como seguramente viste si eres uno de los veintitantos millones de personas que han visto el video, Theo Compton fue el último.

—Es muy extraño. Tendremos que encontrar la forma de hablar con los alumnos e intentar comprender qué es lo que los está arrastrando de nuevo a esa casa. Hay que hablar con sus padres y sus hermanos. Con los profesores y el personal del instituto.

—El instituto se ha mostrado muy receptivo a mis indagaciones. No sé si se están mostrando abiertamente transparentes o si quieren dejarme contento porque piensan que es el camino de menor resistencia. En cualquier caso, me permitieron realizar una visita al campus y pude entrevistar a la directora de asuntos estudiantiles, la doctora Gabriella Hanover.

—Hubo algo que Theo Compton te dijo sobre Charles Gorman. Que creía que Gorman no había matado a sus compañeros. ¿Se supo algo más al respecto?

—No, sigo trabajando en ello —respondió Mack—. Y me tiene confundido. Theo decidió poner fin a su vida antes de que yo tuviera la oportunidad de volver a hablar con él.

—Por lo visto, el joven se sentía torturado por el secreto que guardaba. Me gustaría escuchar el audio completo de su reunión contigo. Y también el de la noche en que fuiste a la casa y lo encontraste. Tal vez pueda encontrar algo revelador en lo que dijo.

Mack asintió.

—Lo que se escuchó en el pódcast estaba muy editado porque me llevó bastante tiempo lograr que hablara. La conversación completa está en mi computadora, en casa. Pero para escucharla entera de nuevo, voy a necesitar algo más fuerte que una cerveza.

—Compraré una botella en el camino. ¿Bourbon? —preguntó Lane.

—Perfecto —respondió Mack mientras dejaba dinero junto a las cervezas a medio beber.

CAPÍTULO 21

Rory abandonó la autopista I-94 por la salida hacia Peppermill. Entró en la pequeña ciudad cuando caía la noche y se encendían las luces en la calle. El GPS la guio por Champion Boulevard hasta que llegó a dos pilares de ladrillos unidos por una puerta alta de hierro forjado. En el arco de hormigón, por encima de la puerta, estaban cinceladas las palabras "Instituto Westmont.". Y detrás, un camino bordeado de árboles llevaba al campus, donde los edificios de la escuela se destacaban en sombras contra el cielo del anochecer. A Rory, la majestuosidad del campus, los edificios históricos y la puerta cerrada le parecieron una burla. Una fachada que debía transmitir la idea de protección y refugio. Dentro de una fortaleza semejante, los chicos estarían protegidos de los peligros del mundo exterior. Los padres habían enviado a sus hijos allí creyendo en ese mito. Los enviaban para enderezarlos, o para que aprendieran disciplina o porque realmente creían que esa institución era el mejor lugar donde preparar a sus hijos para los desafíos de la vida. Qué farsa. De no haber caído bajo el ojo atento de su tía abuela, ella misma podría haber terminado en un sitio similar.

Rory buscó la nota adhesiva que había despegado del refrigerador y leyó la dirección que le dio Lane. Se alejó de

Westmont y se dirigió hacia el norte de la ciudad. Tardó diez minutos en encontrar la calle. Las casas estaban bastante separadas unas de otras y llegaban hasta el final de una calle larga sin salida. Las viviendas rodeaban un pequeño lago. Aminoró la marcha mientras pasaba de casa en casa y verificaba la dirección. Cuando dio con la de Lane, se detuvo en la entrada, pero notó que no había luz en las ventanas.

Descendió del coche y recorrió la zona con la mirada. Para el viaje desde Chicago, Rory se había puesto pantalones cortos y una camiseta. Se sentía muy cómoda con su nuevo calzado, y se colocó los lentes de montura gruesa mientras observaba los alrededores. Las sorpresas y demostraciones teatrales de afecto no eran su fuerte y, repentinamente, de pie allí, delante de la casa vacía de Lane, deseó haber llamado con antelación.

Dejó el motor encendido y la puerta del conductor abierta y se acercó a la casa; golpeó la puerta. Al no recibir respuesta, sacó el teléfono del bolsillo y llamó a Lane. La sorpresa terminaba allí. Fin del juego. Acababa de conducir durante dos horas y estaba lista para una cerveza. Cuando la llamada pasó al buzón de voz de Lane, guardó el teléfono en el bolsillo trasero de los pantalones y se quedó mirando el vecindario.

"¿Dónde mierda estás, Lane?".

CAPÍTULO 22

Eran casi las nueve de la noche cuando Lane detuvo el coche frente a la casa que había alquilado Mack Carter. Con respecto a la suya, estaba en el otro extremo de la ciudad. El sol terminaba su recorrido del largo día de verano únicamente con la energía restante como para alargar las sombras de los arces sobre el jardín delantero. El zumbido constante de las cigarras entre el follaje se mezclaba con la humedad de la noche.

Mack abrió la puerta y Lane lo siguió adentro de la casa.

—Me han dado un buen alojamiento —dijo Mack mientras atravesaba la casa en dirección a la cocina—. El estudio es de primera y hacemos todo el trabajo de grabación y de comentarios aquí mismo.

Unas puertas dobles llevaban desde la cocina al estudio de grabación. Lane vio un conjunto de computadoras sobre la mesa con micrófonos y auriculares dispuestos por delante.

—Todo lo que grabo fuera se procesa aquí. Cuento también con un equipo técnico en Nueva York que se ocupa de todo aquello que nos supera. Como estoy haciendo el pódcast en tiempo real, la gente de Nueva York actúa cuando nos retrasamos con alguna fecha límite.

Mack buscó vasos en un armario y sirvió dos dedos del bourbon Maker's Mark que Lane había comprado por el camino. Pasaron al estudio y se pusieron los auriculares mientras se sentaban a la mesa. Mack buscó un momento determinado en el fonograma. Unos segundos después, Lane bebía bourbon mientras escuchaba, fascinado, la conversación de Mack con Theo Compton. Luego el audio cambió a la voz temblorosa de Mack narrando el viaje por la carretera 77 hasta más allá del kilómetro trece, su descubrimiento del coche abandonado junto al camino, los quinientos metros recorridos por el bosque hasta la casa abandonada y finalmente el hallazgo del cadáver de Theo junto a las vías.

Lane tomaba notas mientras escuchaba la grabación sin editar. Sobre la mesa de la cocina, fuera del estudio, la pantalla del teléfono de Lane se encendió con la cara de Rory cuando entró la llamada. El volumen estaba al máximo y el sonido inundó la cocina. A pesar de que las puertas del estudio estaban abiertas, ni Lane ni Mack oyeron el teléfono. Los auriculares con cancelación de ruidos externos les impedían escuchar todo aquello que no fuera la voz de Mack en el audio. Los auriculares eran tan efectivos que el primer indicio que tuvo Lane de que algo no estaba bien provino de sus otros sentidos. El olor a gas fue lo primero que lo distrajo del audio que estaba escuchando. Lo siguió la vibración de la explosión. En ningún momento oyó nada.

CAPÍTULO 23

SENTADA EN EL COCHE, QUE seguía aparcado en la entrada de la casa vacía, Rory volvió a llamar a Lane. Tras sonar varias veces, la llamada pasó al buzón de voz. Finalmente, deslizó la pantalla hacia la izquierda hasta llegar a la aplicación que compartía con Lane, que les permitía localizar sus móviles cuando no los encontraban. Deslizó hacia arriba y pulsó sobre el nombre de él. Apareció un mapa con un ícono titilante que representaba su ubicación. Estaba en Peppermill, a unos seis kilómetros, en el otro extremo del pueblo. Presionó sobre el ícono y puso el coche en marcha mientras el GPS la guiaba hacia las coordenadas.

Mientras conducía, comenzó a tomar conciencia de todos los problemas que tenía su plan. En primer lugar, aparecer sin avisar nunca era buena idea. De repente, la idea de sorprender a Lane con un gesto romántico hacía que le sudaran las manos hasta el punto de que se le resbalaban sobre el volante mientras su mente procesaba la situación en la que se había metido. En segundo lugar, se consideraba brillante en muchos aspectos, pero acosar personas no era uno de ellos. La aplicación de rastreo no le proporcionaba una dirección exacta, solo una ubicación, y Rory no pensaba ir casa por casa por un barrio residencial buscando a Lane. Y, para terminar, lo que más le oprimía el pecho era qué haría si lograba dar con él. ¿Abrir mucho los brazos y decir: "¡Te encontré!"?

Rory se secó una palma y luego la otra sobre los pantalones cortos mientras conducía, mirando del teléfono a la carretera una y otra vez, siguiendo su progreso en la pantalla. Tomó una calle larga y condujo lentamente hasta que los dos íconos titilantes —el suyo y el de Lane— se fueron acercando cada vez más. Pero algo le llamó la atención e hizo que apartara la mirada del mapa en el teléfono.

Más adelante, donde la calle sin salida terminaba, se veía una casa solitaria. Brotaba humo del techo y las ventanas escupían llamas que se extendían por el lateral de la casa e iluminaban el cielo oscuro.

CAPÍTULO 24

Rory frenó en seco. En la entrada de la casa había dos coches y uno era el de Lane. Abrió la puerta del suyo de un puntapié y corrió hasta la entrada; las botas sonaban con cada paso. La puerta principal estaba cerrada con llave. Ahuecó las manos contra la ventana y espió dentro. Vio humo y llamas en la parte posterior de la casa. Intentó abrir la puerta con una patada, pero no se movió, y con sus cincuenta y cinco kilos, Rory no era tan ingenua como para pensar que otro intento terminaría de manera diferente. Echó a correr hacia la parte posterior de la casa.

De las ventanas de la planta baja brotaba un denso humo negro, que se enroscaba por el lateral de la casa y se perdía en la noche. Rory probó la manija de la puerta trasera. Cuando se abrió, una nube de humo gigante estuvo a punto de tragársela. Se agazapó para que el remolino de humo y cenizas le pasara por encima como una criatura viva que huía al exterior. Se quedó mirando la casa. La puerta llevaba a la cocina.

—¡Lane!

Esperó una respuesta, pero lo único que se oía eran los ruidos extraños del fuego: crujidos, siseos y gemidos. Se volvió hacia el aire fresco a sus espaldas, inspiró profundamente y luego entró corriendo en la casa. Una vez que pasó la nube inicial de humo que envolvía la puerta, notó que gran parte del fuego y el humo estaban a nivel del techo, y que si se mantenía cerca del suelo había bastante visibilidad. El ardor que sentía en la garganta y los pulmones le decía que solamente podría resistir un minuto dentro de la casa. Recorrió rápidamente la planta baja, pasando de la cocina a la sala delantera antes de volver. La puerta trasera abierta y la libertad que le prometía eran una balsa salvavidas de la que no quería alejarse.

Mientras regresaba a la cocina, vio las puertas dobles a su derecha. Entre el humo, creyó ver una figura en el suelo. Los pulmones le ardían y le lagrimeaban los ojos. Se levantó la camiseta y se cubrió la boca con ella. El humo era más denso, y se puso de bruces para seguir acercándose. Reconoció a Lane de inmediato, inconsciente en el suelo. Buscó un pulso en su cuello, pero su propio corazón latía alocadamente, impidiéndole registrar un latido con los dedos. Lo tomó por debajo de las axilas y lo arrastró por el suelo para sacarlo por la cocina. Jaló de él por el umbral de la puerta trasera hacia la noche cálida, salió como si la nube de humo la hubiera escupido de la casa. A pesar del calor y la humedad de agosto, el aire exterior estaba fresco. Rory inspiró con desesperación, como si tragara agua de una fuente.

Siguió caminando hacia atrás; cuando dejó a Lane sobre el césped del jardín trasero, a una distancia prudente de la casa, se sentía fatigada y le ardían los cuádriceps. Se puso de rodillas junto a él y le tocó la cara; sintió los dedos pegajosos de sangre coagulada. Las llamas del incendio arrojaban suficiente luz como para permitirle ver que el origen de la sangre era una herida en algún punto del cuero cabelludo.

Por fin pudo confirmar que respiraba. Miró hacia la casa, y por un instante, pensó en entrar de nuevo, pero las llamas ahora eran más grandes. La puerta trasera era como la boca de un dragón que escupía llamas y humo hacia la noche.

CAPÍTULO 25

Faltaba muy poco para el amanecer cuando Rory se levantó de la silla y estiró sus rígidos músculos. Miró a Lane. Una máscara le cubría la nariz y la boca e insuflaba oxígeno a los pulmones. Unos minutos más, le habían dicho los médicos, y habría sucumbido por la inhalación de humo. Por fortuna, el tiempo pasado dentro de la casa en llamas solo había hecho que le entrara hollín en los pulmones y se le inflamara la tráquea, preocupaciones algo menores si se las comparaba con la lesión en la cabeza. La esquirla de algún objeto que la explosión había disparado por la casa había provocado una fractura leve de cráneo y una hemorragia cerebral que requería estricto control. Los médicos querían asegurarse de que la hinchazón disminuyera y el coágulo se reabsorbiera antes de declararlo fuera de peligro. Probablemente, tardaría un par de días. Una semana máximo, según cómo reaccionara a los corticoides y diuréticos.

Rory pasó la noche pensando en lo que podría haber sucedido si ella no hubiera viajado desde Chicago. En las solitarias horas de la noche, una ola turbia de egoísmo la cubrió y la dejó molesta e incómoda pensando en cómo la muerte de Lane la habría dejado realmente sola en el mundo. Unos golpes suaves a la puerta la apartaron de sus emociones. Levantó la mirada y vio a una mujer en el umbral.

—Hola —dijo la mujer—. No quería molestarla.

Rory se llevó una mano a los lentes, pero se dio cuenta de que se los había quitado por la noche mientras estaba junto a Lane. Se tocó el pelo y echó de menos la protección de su gorro.

—Soy Ryder Hillier —dijo la mujer—. Conocía a Mack Carter.

Una vez que Lane hubo llegado a urgencias y su estado fuera declarado grave pero estable, un policía uniformado había interrogado a Rory sobre lo sucedido esa noche. El agente era joven e inexperto y había hecho las preguntas necesarias de un interrogatorio formal inicial. Precisas, reglamentarias y completamente inútiles en lo que a recabar información pertinente se refería. Pero durante el proceso, Rory se había enterado de que el otro coche en la entrada pertenecía a Mack Carter y que el cuerpo que ella había visto junto a Lane dentro de la casa era el de él. El fallecimiento de Carter se había certificado en el mismo lugar de los hechos. Rory relató su decisión de no volver a entrar en la casa debido al calor de las llamas y el humo que brotaba de la puerta trasera. El oficial le aseguró que había hecho lo correcto, aunque a ella sus condolencias no la consolaron.

—Siento lo del señor Carter —dijo Rory.

—No éramos amigos. Lo conocía superficialmente, nada más. Trabajamos juntos en su pódcast. Soy periodista.

"Ryder Hillier".

De repente, Rory recordó el nombre. Era la periodista de crímenes reales que solo unas horas después de que el alumno de Westmont se hubiera arrojado delante del tren, había subido el video de su cuerpo a internet.

Vio que los ojos de la mujer se posaban sobre Lane.

—¿Se va a poner bien?

Rory asintió.

—Eso me han dicho.

—Oí que la productora del pódcast había contratado al doctor Phillips para que aportara sus conocimientos y experiencia sobre mentes criminales.

Rory fijó la mirada en algún punto por encima de la cabeza de Ryder. No respondió.

—No sé cuánto sabe usted sobre el pódcast en el que estaba trabajando Mack Carter —dijo Ryder por fin—, pero esta explosión, su muerte, todo resulta muy sospechoso.

Dos hombres aparecieron detrás de Hillier. Por los trajes que vestían y la expresión de su cara, Rory se dio cuenta de que eran detectives.

—Disculpen —dijo uno de ellos—. Hemos venido a hablar con el doctor Phillips.

—No la molesto más —dijo Ryder. Ella también parecía haberse dado cuenta de que eran policías y Rory vio en sus ojos una repentina urgencia por escapar de la habitación. Ryder le entregó a Rory una tarjeta, como hacen los abogados que corren tras las ambulancias—. Dígale al doctor Phillips que me llame si desea hablar.

Con la tarjeta en la mano, Rory observó cómo Ryder desaparecía por entre los detectives. Abrió la mochila, guardó la tarjeta dentro de una ranura en la división delantera y sacó sus lentes, que procedió a colocarse sobre el puente de la nariz para sentirse ligeramente más invisible.

—Soy el detective Ott —dijo el mayor de los dos—. Él es mi compañero, el detective Morris.

Rory los evaluó de inmediato, y su cerebro recorrió las posibilidades hasta detenerse en la que sabía que era la más acertada. Ott tendría unos sesenta años. La piel debajo de los ojos colgaba con una combinación de años y experiencia, y seguramente demasiado alcohol. Estaba cerca de jubilarse y tal vez le quedaran un par de años buenos. Morris era más joven, de unos treinta años. Casi no tenía arrugas en la cara y las que se veían en la frente daban a entender que era el protegido que ya estaba ansioso por demostrar sus cualidades.

—Soy Rory Moore —dijo ella.

—¿Cómo está el doctor Phillips?

—Estable —respondió—. Inhaló humo y tiene una herida fea en la cabeza.

—¿Ha podido hablar? —preguntó el detective más joven en tono lacónico.

—Todavía no. Está sedado. Quieren asegurarse de que disminuya la hinchazón en el cerebro y se reabsorba la hemorragia antes de entusiasmarse demasiado con despertarlo.

—Está en buenas manos. Los médicos de aquí son buenísimos —dijo el detective Ott.

Rory asintió como muestra de agradecimiento. No sabía si la atención sanitaria de allí era realmente buena y no deseaba comparar los cuidados que estaba recibiendo Lane en aquel momento con los que podría obtener en Chicago. Pero los médicos le habían dicho que estaba estable y que serían cautelosos durante las primeras cuarenta y ocho horas. Le aseguraron que tenían la posibilidad de trasladarlo en helicóptero, si era necesario, a una unidad de traumatología de más nivel si no progresaba como esperaban.

El detective Ott, también, sacó una tarjeta del bolsillo.

—Llámenos, por favor, cuando el doctor Phillips esté en condiciones de conversar.

—Se lo diré.

El detective Ott procedió a sacar una libreta del bolsillo delantero.

—¿Tiene un minuto para relatarnos lo que sucedió?

Rory sabía que se trataba de una pregunta retórica, por lo que guardó silencio.

—Fue la primera en llegar. ¿Puede decirnos lo que hizo esa noche?

—Sí, claro —dijo Rory, y los puso al tanto de su sorpresivo viaje desde Chicago y de cómo había rastreado a Lane hasta la casa alquilada de Mack Carter. Relató cómo había entrado en la casa por la puerta trasera y el hallazgo de Lane en el suelo de la habitación que daba a la cocina.

—¿Puede decirnos por qué están en Peppermill usted y el doctor Lane?

—Lane estaba trabajando en el pódcast de Mack Carter sobre el Instituto Westmont. Yo vine a hacerle compañía.

Se hizo un minuto de silencio mientras el detective anotaba en su libreta.

—El jefe de bomberos dijo que la explosión fue debida a un escape de gas. Si consideramos el estado en el que quedó la casa, tiene suerte de estar con vida —dijo Ott—. Estamos investigando cómo se produjo el escape. Pronto tendremos más información.

—Le vamos a pedir muestras de huellas dactilares —intervino Morris en un tono que pretendía afirmar su competencia y autoridad, pero solo logró que Rory pensara que quería compensar la falta de ambas cosas.

—Eso puede hacerse en cualquier momento, cuando usted prefiera —dijo Ott. Bajó la mirada a su libreta—. Cuando llegó a la casa, ¿vio coches en la zona? ¿O a alguna otra persona?

—No —respondió Rory—. Vi llamas y entré corriendo. La puerta principal estaba cerrada con llave. Intenté abrirla de un puntapié antes de correr a la parte trasera. —Miró a Morris—. Es probable que encuentren la huella de mi zapato en la puerta. Borceguíes modelo Girl Eloise de la marca Steve Madden, talla treinta y siete. No es necesario que llamen a la policía científica para eso.

Su comentario hizo que Ott curvara los labios en una mueca irónica.

Le hicieron preguntas durante diez minutos. A pesar de que estaba diciendo la verdad, Rory comenzó a sentir picores en ambos músculos deltoides, justo debajo del hombro; la desesperación por rascarse iba en aumento. Pero se negó a hacerlo. Aunque no tenía nada que ocultar, su mente no se conformaba con eso. Era suspicaz por naturaleza, y cuando la interrogaban a ella, temía que los detectives malinterpretaran su lenguaje corporal y la forma en la que evitaba mirar a los ojos y lo tomaran como que mentía.

—¿Dónde se hospedará, señorita Moore? —preguntó Ott cuando terminaron de interrogarla.

Era una buena pregunta y Rory no había pensado en ello hasta ese momento.

—Supongo que me quedaré en la casa que alquiló Lane.

Les proporcionó la dirección y también su número de teléfono. Una vez que se hubieron marchado se quedó de pie junto a la cama de hospital. Con excepción de unos momentos de sueño inquieto en la silla, había estado despierta por casi veinticuatro horas, desde que se había levantado en Miami tras la subasta. A pesar de lo temprano de la hora, necesitaba desesperadamente una cerveza Dark Lord y tal vez una ducha. Tomó la mano de Lane y se la apretó antes de marcharse. Él no se movió.

CAPÍTULO 26

EL BRILLO BRUMOSO DE LA madrugada cubría las calles de Peppermill mientras Rory conducía por el bulevar principal, pasando por las tiendas y restaurantes, hasta llegar a Winston Lane, la calle sombreada donde había comenzado su noche hacía unas doce horas. A ambos lados del camino se veían casitas bajas mientras conducía a la calle sin salida. Tras recibir de las enfermeras una bolsa con la ropa de Lane, Rory había tomado las llaves que estaban en un bolsillo. Aparcó en la entrada, caminó hasta la puerta, la abrió y entró en la casa.

La mantuvo en penumbra; encendió solamente la lámpara pequeña que estaba sobre una mesita auxiliar en la sala. Durante un momento examinó la pequeña casa mientras se dirigía a la cocina. Le rugía el estómago de hambre, por lo que abrió el refrigerador. No había comida, pero en el estante superior había seis botellas de cerveza negra Dark Lord, alineadas en hileras perfectas con las etiquetas hacia arriba, como si la propia Rory las hubiera dispuesto. Una sonrisa se le dibujó en el rostro. Lane sabía que iría.

Tomó una botella del estante y buscó un vaso en el armario. Se sirvió cerveza y permitió que la espuma se asentara mientras recorría la casa con el vaso en la mano. Cuando llegó a la galería en la parte trasera, se detuvo a contemplar el escritorio. Sobre la superficie había un despliegue de las pinturas pastel que ella utilizaba para pintar las muñecas que restauraba. Junto a ellas se veían pinceles e hisopos. Solo era una parte de las herramientas que utilizaba durante una restauración, pero Rory apreciaba el esfuerzo de Lane. El resto del equipo estaba guardado en el coche, junto con la nueva muñeca Kiddiejoy. El improvisado estudio, aislado de los vecinos y con ventanales que daban al lago que resplandecía en el brillo de la madrugada, le resultó casi tan atractivo como el taller de su casa.

Rory vio que sobre el escritorio había también un paquete envuelto para regalo. Lo hizo girar en sus manos y leyó su nombre escrito por Lane. Tras quitar el papel, descubrió una caja de madera de pino del tamaño de un libro de tapa dura. Abrió la tapa y se encontró con un juego de pinceles Foldger-Gruden. Hacía años que el juego de pinceles estaba descatalogado, y los que poseía ella en ese momento habían pertenecido a su tía abuela. Los pinceles tenían más valor sentimental que práctico, pues muchos estaban inutilizables tras tantos años de restauraciones. El espectáculo de ese juego impecable le hacía sentir cosquillas en el pecho ante las posibilidades que le brindaban, y sintió el impulso de ir hasta el coche, buscar la muñeca nueva y comenzar a utilizarlos. Tomó uno de los pinceles del interior de la base de espuma donde descansaba. El mango, al igual que la caja, estaba hecho de pino. En un extremo tenía cerdas finas de marta cibelina. Se las pasó por el dorso de una mano para sentir su suavidad. El otro extremo terminaba en un afilado punzón que se utilizaba para esculpir. Rory se tomó un instante para admirar la colección de pinceles, que iban de fino a grueso y serían perfectos para restaurar la muñeca.

Fascinada como estaba por la mesa de trabajo que Lane le había montado, no pudo dejar de notar otra cosa. Contra la pared más distante, vio un panel de corcho sobre un atril. Era llamativamente similar al que ella tenía en su despacho. Ese célebre panel de su casa de Chicago estaba marcado por cientos de agujeritos, producto de años de clavar fotografías de víctimas de casos que ella había resuelto. Una vez que pinchaba una fotografía en el corcho, Rory grababa la imagen de la víctima en su mente de tal manera que le resultaba imposible olvidar su cara hasta que no encontraba respuestas a lo que le había sucedido. Durante ese proceso, se iniciaba una relación, un vínculo estrecho con la persona muerta que ella nunca había podido explicar a otros. Era el modo en que su mente funcionaba. La forma en la que desentrañaba misterios que nadie más podía resolver. Se relacionaba más estrechamente con las víctimas cuyas muertes investigaba que con casi cualquier otra persona en su vida.

Cruzó la galería con el vaso en la mano y se quedó mirando el panel de corcho. Lane había pinchado en él la foto de Theo Compton, el más reciente de los alumnos de Westmont que había vuelto a la casa abandonada y se había suicidado. Debajo de su foto había otras. Al acercarse más al panel, Rory reconoció las cinco caras que la miraban. Había estado investigando. Tras escuchar la historia del caso de boca de Lane, había pasado la noche buscando en internet y leyendo todo lo que pudo sobre los asesinatos del Instituto Westmont. Había sido una distracción de la angustia de prepararse para viajar en avión a la mañana siguiente.

Dos de las caras pertenecían a los alumnos que habían sido asesinados. Las otras tres, a los sobrevivientes que, en los últimos meses, habían vuelto a la casa para poner fin a su vida. Se quedó de pie delante del panel y estudió cada una de las fotos, hipnotizada por los ojos que le devolvían la mirada. Por fin, se fijó en la mesa junto al panel. Sobre la superficie había una foto brillante de diez por quince centímetros. Otra cara con los ojos tan hipnotizadores como los demás. La levantó y la estudió durante unos segundos, luego la clavó en el panel encima de las otras. La fotografía mostraba a Charles Gorman, el profesor de química que había matado a los dos alumnos, y había colgado a uno de ellos de la verja.

Dio un paso atrás para ver todo el panel. La habitación comenzaba a iluminarse con el amanecer. Eran casi las seis de la mañana cuando se sentó en una silla delante del panel de corcho y estudió atentamente las caras que guardaban el misterio del Instituto Westmont. Levantó el vaso y bebió un sorbo de cerveza. Algo siniestro yacía oculto y sepultado en esa casa abandonada. Fuera lo que fuera, Mack Carter había comenzado a excavar en el sitio indicado para encontrarlo. Y si no se trataba del punto exacto, era lo suficientemente cercano como para asustar a la persona que quería mantenerlo sepultado.

El talento de Rory consistía en reconstruir crímenes para encontrar la verdad que se ocultaba en ellos, no solamente cómo habían sucedido, sino por qué. Sentada allí, en la casa de Peppermill, en Indiana, reconoció que sería difícil encontrar un caso más afín a su capacidad que esos asesinatos. Se arrellanó en la silla y estudió los rostros que tenía delante. Pertenecían a alumnos que alguna vez habían recorrido el campus del instituto, pero ahora eran fantasmas del bosque. Y al profesor que los había atacado.

Bebió un poco más de cerveza y se preguntó qué había sucedido en esa escuela para causar tantas muertes.

INSTITUTO WESTMONT
Verano de 2019

SESIÓN 3

Diario personal: Un cómplice renuente

Espié por el ojo de la cerradura. *Después de que mi padre terminara de descargar su violencia, se hizo un largo silencio en el que la casa recuperó la calma y la tranquilidad. La vista por el ojo de la cerradura no me ofrecía nada excepto un comedor vacío y una mesa desnuda de la que mi padre había arrojado todo al suelo. Pensé en salir de la habitación. Quería correr hasta donde estaba mi madre y cerciorarme de que estuviera a salvo. Conseguirle hielo para el labio partido. Ya lo había hecho antes y ella siempre me decía cuánto me amaba por eso. Pero la paliza de esta noche era diferente. Mi padre estaba poseído de un modo que nunca antes lo había visto. El cristal del farol era solo el catalizador de un problema mucho más grave que él quería exorcizar de su cuerpo.*

Tenía miedo de abandonar mi dormitorio. No tanto por temor a que me hiciera daño, sino porque temía que mi madre interviniera e intentara evitarlo. Lo había hecho en otras ocasiones y mi padre había vaciado el resto de su ira sobre ella. Por duro que fuera mirar por la cerradura, cuando lo veía golpearla en persona, me sentía mucho más inepto todavía. Detrás del ojo de la cerradura, yo era anónimo. Allí fuera, no. Fuera, los ojos de mi madre se encontraban con los míos en medio de todo de vez en cuando. De pie en las sombras, impotente durante esos momentos, me sentía menos que humano. Era mejor permanecer tras la puerta, observar por la cerradura y esperar.

Por fin, luego de una hora de espiar, vi que mi padre entraba en el comedor. Parecía tener prisa mientras recogía las cosas del suelo y las volvía a colocar sobre la mesa. Había algo extraño en su comportamiento. Algo en él que yo no reconocía. Cuando terminó de limpiar y ordenar el desastre, se puso a caminar de un lado a otro. Allí fue cuando comprendí qué era lo que me resultaba extraño. Estaba nervioso. Tenía la misma expresión que había visto tantas veces en la cara de mi madre cuando esperaba que él llegara del trabajo.

Antes de que pudiera dilucidar lo extraño de cómo se habían invertido los papeles, escuché las sirenas. Muy pronto, luces rojas y azules parpadeantes pintaron las paredes de mi habitación. Escuché portazos y voces y súbitamente comprendí por qué mi padre estaba nervioso. Por qué su cara ya no mostraba una expresión malévola ni ostentaba una postura arrogante. Esta vez le había hecho daño a mi madre de una forma en la que nunca antes lo había hecho y se había visto obligado a pedir ayuda a una ambulancia.

Me puse de pie y abrí la puerta de mi habitación. Corrí por el pasillo hasta el comedor y llegué justo cuando mi padre abría la puerta principal. Allí, en el umbral, vi a dos médicos con una camilla entre ambos.

—Por aquí —dijo mi padre—. Está al pie de las escaleras. Debe de haberse caído.

Los paramédicos entraron tranquilamente en mi casa y evaluaron la escena. Caminé lentamente hacia las escaleras, muy distinto de como había corrido desde mi cuarto. Un paso vacilante cada vez. Uno tras otro, hasta que la pared del comedor terminó y tuve una vista clara del vestíbulo. Mi madre estaba caída al pie de las escaleras, con los ojos cerrados como si durmiera, *pero el resto del cuerpo tenía ángulos extraños. Tenía un brazo sobre la cara y el otro flexionado de manera imposible debajo de su cuerpo. Una pierna estaba extendida, pero la otra, flexionada en la rodilla como si fuera un jugador de béisbol que llega resbalando hasta la segunda base.*

—No pasa nada —me dijo mi padre. No recordaba la última vez que me había hablado—. Tu madre ha tenido un accidente. Llegué y la encontré así. ¿La viste caer?

Miré a mi padre, sin comprender. No respondí. Los médicos estaban atendiendo a mi madre; de pronto uno me miró.

—¿Escuchaste algo? ¿La oíste caer? —preguntó.

Inexplicablemente, asentí.

—Sí —dije—. No sabía qué era el ruido. Estaba en mi dormitorio, haciendo los deberes.

—Todo irá bien —dijo mi padre—. Ya han llegado los médicos. Se encargarán de ella.

Los hombres volvieron a concentrarse en ayudar a mi madre. Cargaron su cuerpo inmóvil sobre la camilla y la llevaron hasta la ambulancia. Vi a algunos vecinos en el jardín delantero, bajo el brillo rojo de la luz de la ambulancia. Observaban cómo metían a mi madre en la ambulancia. En ningún momento la había visto moverse ni abrir los ojos.

De pronto noté otro par de ojos. Los de mi padre. Me observaba. Si bien no pronunció palabra, su mirada me dijo todo lo que él quería que supiera. Por fin, salió de casa para ir con la ambulancia al hospital. La señora Peterson, nuestra vecina, habló con él en el jardín y luego se dirigió hacia la puerta abierta de mi casa. Se quedaría a pasar la noche conmigo.

Antes de que se cerrara la puerta, mi padre me hizo un ademán con la cabeza. Asintió como si fuéramos compañeros de conspiración. Como si yo fuera a guardarle el secreto. Como si él y yo fuéramos los únicos que sabrían la verdad sobre cómo perdí a mi madre. Él creía que estaba asintiéndole al niño frágil y débil que espiaba por el ojo de una cerradura, demasiado asustado como para salir de la habitación. Pero se equivocaba. Ese niño ya no existía. Ese niño murió cuando metieron a mi madre en una ambulancia y se la llevaron para siempre.

Sin embargo, mi padre no se equivocaba en un aspecto. Jamás le conté a nadie lo que hizo. Lo maté al día siguiente, por lo que no tuve ningún motivo para contárselo a nadie.

Coloqué la cinta para marcar la página y cerré el diario. Levanté la mirada y nuestros ojos se encontraron. Ella no dijo nada. Por lo general, yo buscaba sus percepciones cuando terminaba de leer mi diario. Pero tras la sesión de ese día, no fue necesario decir nada. Nuestra relación era poco ortodoxa, algunos hasta podrían llamarla inadecuada. Pero a nosotros nos funcionaba. Al menos, me funcionaba a mí. No podía sobrevivir sin ella.

Nos quedamos mirándonos durante un largo instante.

Suficiente por hoy.

CAPÍTULO 27

EL SÁBADO POR LA TARDE, el día después de que los seis se hubieran reunido para beber cerveza tibia y hablar sobre la misteriosa invitación que habían recibido, Gwen estaba sentada en la habitación de Gavin. Revisaba un montón de sobres y se detuvo ante uno de ellos.

—Aquí hay uno de tu madre.

Gavin puso los ojos en blanco.

—No es mi madre.

—Lo siento, se me olvidó.

A pesar de que habían estado saliendo desde el primer año, Gwen nunca había escuchado toda la historia de la vida de Gavin ni por qué la tía y el tío se habían convertido en sus tutores. Sabía que su hermano había muerto en un accidente hacía un par de años y que la familia nunca se había recuperado del todo. Eso era todo lo que había logrado que Gavin le contara. Había intentado en algunas ocasiones indagar más profundamente en su vida fuera del Instituto Westmont, pero Gavin Harms nunca hablaba de su hermano muerto ni de su familia. Nunca hablaba de sus tíos. Así era como actuaba. Había que tomarlo o dejarlo.

La incapacidad de Gwen para derribar los muros de Gavin

era el tema sobre el que más escribía en su diario y el más común en sus sesiones con el doctor Casper.

—No se comunica conmigo de ninguna otra forma —dijo Gavin—. Cartas enviadas por correo, eso es todo.

—Recibir correspondencia es divertido. Yo nunca recibo cartas. ¿Puedo leerla?

—Me da igual. Sé lo que dice. Es lo mismo que me escribió el verano pasado, por eso este año no abrí el sobre.

Gwen rompió el sobre y sacó la única hoja de papel que contenía, doblada en tres partes. Carraspeó y comenzó a leer con la voz afectada de una madre que le da malas noticias al hijo.

—"Querido Gavin, espero que esta carta te encuentre bien". —Gwen miró por encima de la carta, con ojos muy abiertos como los de un emoji—. Ay, por Dios.

—Es un robot. Así empiezan todas sus cartas.

Ella volvió a la hoja de papel.

—"Espero que esta carta te encuentre bien. Y ocupado. Tus últimas calificaciones fueron sobresalientes. Estoy muy orgullosa de ti, y por eso escribo para informarte que se han hecho los arreglos necesarios para que pases el verano en Westmont, en el programa de estudios avanzados. Ha sido una decisión muy difícil para nosotros, pero creemos que será una oportunidad para que puedas alcanzar tus objetivos. El programa es muy caro, tanto financiera como emocionalmente. Sabes el desafío que representa para nosotros, pero creemos que será dinero bien gastado. Si bien nos encantaría pasar el verano contigo, esta oportunidad será más útil para tu futuro de lo que podríamos brindarte en casa. Mucha suerte este verano. Estoy segura de que hablaremos pronto y a menudo. Con amor".

Gwen levantó la mirada de nuevo y alzó los hombros.

—A pesar de que el comienzo parecía de *Cadena perpetua*, me ha gustado, dentro de lo que cabe.

—Lo que tú digas.

—Ay, guárdate los lloriqueos para la doctora Hanover. Sabes bien que no querías volver a tu casa este verano.

Hubo una pausa; Gwen temía hacer la siguiente pregunta.

—¿Qué tal te va con ella? ¿Con la doctora Hanover?

Gavin se encogió de hombros.

—Bien.

Gwen estaba acostumbrada a no sacarle tampoco demasiado a Gavin sobre sus sesiones de terapia. Decidió no insistir. En cambio, se subió a la cama y se acurrucó junto a él. Le besó el cuello.

—No son todas malas noticias. Pasarás el verano aquí conmigo. ¿No es algo bueno, acaso?

—Sí —respondió él en tono distraído—. Está bien.

Ella rodó de espaldas y miró el teléfono, mientras apoyaba la cabeza sobre el brazo de Gavin.

—¿Cuál es el plan para esta noche? —preguntó.

—Esperar a que oscurezca y luego salir.

—¿Has estado alguna vez en la casa abandonada?

Gavin negó con la cabeza.

—Nunca.

—¿Tienes miedo?

—¿Y tú?

Gwen se volvió y lo miró.

—Sí.

CAPÍTULO 28

—Si alguien me toca —dijo Gavin mientras caminaban por el campus a oscuras— o si me quieren atacar, pienso defenderme.

Pasaron junto al edificio de la biblioteca de estilo gótico, donde se veía llamativamente expuesto el lema del instituto y el sitio donde se formaban todos los años en el Día de Ingreso.

—Vamos —dijo Gwen—. Nadie nos va a golpear. Hay como, no sé, leyes contra ese tipo de cosas.

—Estamos hablando de Andrew Gross y su grupo de gorilas. Quién sabe qué nos espera.

—Ay, no le hagan caso —les dijo Gwen a Theo y a Danielle—. Ha estado de mal humor desde que comenzó a ver a la doctora *Hangover*,[1] que como todos sabemos…

—¡Te da un dolor de cabeza horroroso! —acotó Danielle, terminando la oración de Gwen—. ¿Por qué te cambiaron? Supuestamente no te toca con Hanover hasta que estás en el último año.

—Ella fue la que lo pidió —dijo Gwen.

—¡Ja! Debe de creer que estás realmente jodido.

---

1 Juego de palabras entre el apellido Hanover y la palabra *hangover,* que significa "resaca". *(N. de la T.)*

—Supongo que porque soy superdotado —dijo Gavin.

—No sé qué voy a hacer cuando me cambien a mí —dijo Gwen—. El doctor Casper sabe toda la historia de mi vida. No hay modo de que le cuente a Hanover la mitad de lo que le cuento a él.

—No es a tu *terapeuta* al que tienes que contarle las cosas —dijo Gavin—. Se las tienes que contar a tu *diario*.

Todos rieron al oírlo. Escribir diarios personales era una de las prácticas principales del Instituto Westmont y todas las sesiones de orientación incluían una parte en la que los alumnos debían leer un extracto de su diario.

—Pongámonos todos de acuerdo en no incluir nada de lo que vamos a hacer en ninguno de nuestros diarios —dijo Theo, y luego señaló un punto en el sendero delante de ellos—. Allí está.

Los cuatro se detuvieron cuando llegaron al sendero que se perdía en el bosque. Pasearon la mirada por el campus silencioso, por los edificios a oscuras, vacíos, que esperaban que la sesión de verano comenzara ese lunes. Reflectores a ras del suelo iluminaban los edificios y capturaban los exteriores recubiertos de enredaderas en triángulos de luz que se hacían más brillantes a medida que los últimos rayos del sol recortaban las siluetas de las cornisas y las hacían parecer espinas de una corona sobre los techos. El zumbido constante de las cigarras llenaba la noche; todos permitieron que el sonido de fondo ocupara el silencio entre ellos.

Por fin, Theo habló:

—¿Estamos esperando a Tanner y a Bridget?

—Tanner dijo que irían a la carretera 77 por su cuenta, así que nos encontraremos con ellos allí —dijo Gavin.

Asintieron, sin nada más que decirse; todos sentían dudas y cada uno tenía esperanzas de que otro echara por tierra la idea. Pero ninguno dijo una palabra y finalmente entraron en el bosque. El sendero era ancho y estaba bien apisonado.

El denso techo de hojas bloqueaba los vestigios del atardecer, por lo que encendieron las linternas de sus teléfonos móviles para guiarse. A punto de comenzar el penúltimo año, ya no eran novatos; entonces estaban casi en la cima de la cadena alimentaria. Habían sido invitados a la casa abandonada. Aunque muchos estudiantes conocían la existencia de la casa, pocos sabían en detalle lo que sucedía allí. Y si bien casi todos los alumnos habían oído hablar del Hombre del Espejo —los rumores eran muchos y exagerados y la leyenda, legendaria— pocos tenían información específica. Por eso, ser miembro de ese grupo era algo exclusivo, y la hermandad tenía altas exigencias, así como un juramento de silencio absoluto.

Avanzaron por el bosque, movidos por una dosis constante de temor y curiosidad. Lo único que tenían que hacer era lidiar con los del último año, pasar el verano y conquistar la iniciación.

CAPÍTULO 29

Siguieron el sendero de tierra hasta llegar a un claro que los llevó a un camino pavimentado de dos carriles que todos conocían como la carretera 77. Giraron a la derecha y avanzaron por uno de sus lados con la grava crujiendo bajo sus pies.

—Allí está —dijo Gwen señalando hacia delante.

Un cartel mostraba el número trece, que se veía en sombras pero legible, ya que los números 1 y 3 captaban la luz de la luna.

—Trece, tres, cinco —dijo Theo cuando llegaron hasta ahí—. Ahora deberíamos caminar unos trescientos metros más.

—Esto me está asustando —dijo Danielle.

Gavin hizo un movimiento con el brazo para indicarles que avanzaran.

—Démonos prisa. No hay dónde ocultarse si viene un coche y ya ha pasado la hora en la que se nos permite estar fuera.

En fila india, caminaron con pasos rápidos hasta que unos trescientos metros más adelante divisaron una entrada en el bosque. Los arbustos se separaban y se abría un agujero negro hacia los árboles. Avanzaron por el terraplén hacia el lugar.

—¡Buu!

La voz sonó fuerte y desagradable. Todos se sobresaltaron y dieron un respingo. Las chicas gritaron. Se oyó una risa y Tanner Landing salió de entre los árboles del límite del bosque.

—¡Tanner, eres un imbécil! —dijo Gwen.

Tanner, doblado en dos al igual que la noche anterior, se reía y los señalaba con el dedo.

—¡Ay, tendrían que haberse visto las caras! Si lo hubiera grabado se habría vuelto viral.

—Lo siento —dijo Bridget mientras salía de entre los árboles detrás de Tanner—. Le pareció divertido que los esperáramos aquí.

—¡Muy divertido! —dijo Gavin con fingido entusiasmo exagerado—. ¡Qué suerte que nos hayan esperado! Me alegro *mucho* de que hayan venido. No sé qué habríamos hecho sin ustedes.

Tanner se enderezó y dejó de reírse.

—¿Cómo hace tu novia para aguantar tu malhumor?

—¿Cómo hace la tuya para aguantar tus estupideces?

Eso hizo que los demás soltaran risitas.

—Lo siento —dijo Gavin a Bridget.

—No lo sientas —respondió ella—. *Es* realmente un imbécil. Sencillamente, no le importa.

Se dirigieron al bosque para completar los últimos quinientos metros del recorrido. Bajo el espeso follaje, anduvieron por el sendero de tierra, tratando de calcular la distancia que recorrían. Cuando llegaron al extremo del bosque, vieron una cadena colgando como una sonrisa entre dos postes; un letrero advertía: PROPIEDAD PRIVADA. Más allá, la mítica casa de profesores abandonada quedó a la vista. Estaba en sombras, pero desde su interior, un brillo extraño, apagado, se derramaba desde las ventanas y caía al suelo. Tras mirar las ventanas, comprendieron que la luz estaba oscurecida por la pintura negra que las recubría.

El exterior de la casa seguía la tradición de los edificios principales del campus: piedra caliza de Bedford cubierta por hiedra. Pero esta estaba descuidada. La enredadera, descontrolada, trepaba por las ventanas y caía sobre sí misma al llegar a las canaletas. Muchas temporadas de hojas caídas se acumulaban en las esquinas de la casa y alrededor de los árboles que la flanqueaban. Un roble gigantesco en el jardín delantero expandía sus ramas inferiores de manera horizontal, como los brazos de un crucifijo.

—¿Y ahora qué? —preguntó Gwen.

Danielle sacó su teléfono y deslizó la pantalla de mensajes hasta llegar a la invitación que cada uno había recibido.

—"El Hombre del Espejo requiere tu presencia en el trece-tres-cinco" —leyó—. "Al llegar, ve al jardín delantero y espera instrucciones".

—No sé si quiero hacerlo —vaciló Gwen.

Tanner sonrió.

—Claro que lo vamos a hacer. Veamos de qué se trata todo este alboroto.

CAPÍTULO 30

Caminaron desde donde comenzaba el bosque hasta el claro delante de la casa. Luego, juntos, atravesaron la verja de hierro forjado que rodeaba la casa. En cuanto llegaron al jardín delantero, se materializaron unas siluetas en la oscuridad y se les acercaron. Envueltos en capas negras con capucha, los fantasmas cobraron forma desde las sombras de la hiedra que trepaba por las paredes, aparecieron por la puerta principal y emergieron como hechiceros desde el bosque que rodeaba la casa. Se acercaron rápidamente y Gwen vio todo negro cuando sintió que le tapaban la cara con una tela suave de nailon que le ataron detrás de la cabeza.

—Esta casa abandonada... —dijo alguien detrás de ella. Gwen reconoció la voz de Andrew Gross. Andrew era un alumno de último año a quien todos consideraban el responsable de las invitaciones. Hacía tiempo que se corría el rumor de que estaba involucrado en los desafíos del Hombre del Espejo sobre el que tantos compañeros rumoreaban— no es para cualquiera que decida venir. Es para los elegidos. Todos han sido invitados a unirse al Hombre del Espejo, un grupo pequeño y exclusivo del Instituto Westmont. Si aceptan o no la invitación, todavía está por verse.

Gwen sintió que una mano en el codo la guiaba por la hierba hasta un camino de grava. Con los ojos vendados, se desorientó rápidamente. Trastabilló por un terraplén y sintió que la mano en su codo la sostenía con más fuerza para impedir que cayera. Por fin, la mano se movió del codo a su hombro y la obligó a sentarse en una silla dura de madera.

—Todos han oído hablar del Hombre del Espejo y de los desafíos que propone. Este verano habrá varios, y el primero es esta noche. Es muy fácil. Quédense sentados donde están. Eso es todo. El primero que se levante de la silla pierde, y créanme, no querrán ser uno de los que pierdan.

Gwen oyó el ruido de pasos en la grava y sobre las hojas a medida que Andrew y los demás alumnos del último año se alejaban. Finalmente, los pasos se apagaron y solo quedó el zumbido de las cigarras. Instantes después, Gwen habló.

—¿Gavin?

No sabía por qué susurraba, pero todos la imitaron.

—Estoy aquí —respondió él—. Creo que a tu lado.

Gwen sintió que la mano extendida de Gavin le tocaba el hombro. Se sobresaltó y luego le tomó la mano y se la apretó.

—Esto es una estupidez tremenda —dijo Theo—. ¿Se supone que tenemos que quedarnos toda la noche sentados aquí?

—Así es —respondió Tanner—. Me quedaré una semana si es necesario. Pero ustedes, chicos, no duden en ser los primeros en abandonar.

Nadie habló.

—¿Hola? —dijo Tanner.

Gwen sabía que, desde el Día de Ingreso en el primer año, Tanner había estado desesperado por integrarse. Era un trepa que saltaba de grupo en grupo, buscando aceptación y aprobación de cualquiera que se las ofreciera. Haber sido incluido en este reducido grupo invitado a unirse a la célebre secta secreta dentro del alumnado de Westmont era su pasaje a lograr amigos y volverse popular. Gwen sabía que Tanner no exageraba;

realmente pensaba pasarse la noche allí sentado si eso significaba que los alumnos del último año lo incluirían en su círculo social.

—¿Hola? —volvió a decir Tanner.

—Tanner, cállate de una vez —dijo Gavin—. ¿Crees que podrás hacerlo?

En el momento en el que las palabras salían de boca de Gavin, se oyó un ruido en la distancia. Como un silbido distante que interrumpió el zumbido de los insectos.

—¿Qué es eso? —preguntó Gwen. Apretó con fuerza la mano de Gavin. El sonido llegó otra vez—. ¿Nos vamos?

—No lo sé —dijo Gavin.

Otro silbido, esta vez más fuerte. Luego un gruñido. Las sillas vibraron debajo de ellos. Finalmente, reconocieron el ruido de un tren que se acercaba. Al tener los ojos vendados y no poder ver, les pareció que el tren surgía de la nada.

—¿Gavin? —dijo Gwen.

—A la mierda con esto —dijo él—. ¡Vámonos!

Gwen se quitó la venda de los ojos. Vio que los seis estaban sentados en fila junto a las vías, con los respaldos de las sillas peligrosamente cerca de ellas. Miró hacia la izquierda y vio la luz de un tren que iba a toda velocidad hacia ellos. Dejó escapar un grito que hizo que todos se arrancaran la venda de los ojos. El éxodo fue masivo; se lanzaron terraplén abajo justo cuando el tren pasaba a toda velocidad. Tanner golpeó la silla con el talón cuando echaba a correr y la hizo caer hacia atrás sobre las vías. Cuando el tren pasó, la aplastó y la madera se rompió en mil pedazos.

Todos se quedaron al pie del terraplén mientras pasaba el tren como un rayo borroso; respiraban agitadamente por el shock y la adrenalina. En sus oídos atronaba el ruido de metal sobre metal. Un trozo de la silla de Tanner salió despedido y aterrizó a sus pies. Todos se quedaron mirándolo.

Era el 8 de junio. Trece días después, ocurriría la masacre en la casa que había detrás de ellos.

CAPÍTULO 31

MARC MCEVOY TENÍA UN PLAN. Iría a Peppermill el 21 de junio. Tomaría la carretera 77. Seguiría las indicaciones de las que tanto habían hablado sus compañeros —13:3:5— y buscaría la casa. Lo haría ese verano, como debió haberlo hecho en su penúltimo año en el Instituto Westmont. Debió haberlo hecho en aquel entonces como acto de rebeldía, para demostrar que los alumnos que elegían solo a un selecto grupito para que se unieran a su banda no tenían más preponderancia en el instituto que los chicos a quienes rechazaban. Si en su penúltimo año Marc hubiera tenido el mismo valor que tenía en ese momento, gran parte del rencor y la curiosidad que lo consumían se habrían disipado. En cambio, ahora era un hombre de veinticinco años con cicatrices de rechazo que todavía le ardían; seguía persiguiendo un sueño de aceptación. Una necesidad de ser parte de un grupo que lo había excluido años atrás.

Tenía que mantener en secreto su excursión a Peppermill. Su esposa no podía enterarse de nada. Lo haría pasar por un viaje de trabajo. Le diría que solo estaría ausente una noche. Iría en coche al aeropuerto y lo dejaría en el aparcamiento para tener un recibo. De allí tomaría la línea South Shore del tren Metra. Eran solo dos estaciones desde South Bend —Hudson Lake y Carroll Avenue— antes de que el Metra llegara a la orilla del lago Míchigan y a la pequeña ciudad de Peppermill. Su esposa era la encargada de pagar las facturas, por lo que tendría que usar solamente efectivo para no dejar rastros en la tarjeta de crédito. Una vez en Peppermill, tomaría algo en el bar de la esquina, esperaría hasta la hora adecuada y luego buscaría la carretera 77 y comenzaría el viaje que debió haber hecho años antes. Vería por fin de qué se trataban los rumores. Se mantendría en la sombra. Nadie lo vería. Sería invisible.

Era plenamente consciente de que posiblemente se sentiría decepcionado. Sabía que durante sus años en Westmont, seguramente había convertido la iniciación al grupo del Hombre del Espejo en algo más importante de lo que realmente era. Ahora, casi una década después, era muy posible que lo que descubriera en la casa abandonada no llegara a cubrir sus expectativas, sus pensamientos exagerados de lo que sucedía en el bosque oscuro a medianoche durante cada solsticio de verano. La excursión en sí tal vez no colmara sus fantasías. Pero podía *hacer* que esas fantasías se tornaran reales. Ya no era un adolescente asustado. Ya no estaba sujeto a reglas. Podía hacer lo que quisiera una vez que llegara esa casa.

Era 8 de junio. Le quedaban trece días para perfeccionar su plan.

PARTE IV

Agosto de 2020

CAPÍTULO 32

LA SILLA JUNTO A LA cama parecía de granito, por lo que Rory había optado por acomodarse en el alféizar del mirador, que por lo menos tenía un cojín. Estaba sentada con la espalda contra uno de los lados, las piernas extendidas delante de ella y las botas cruzadas, la derecha sobre la izquierda. Siempre la derecha sobre la izquierda, nunca al revés. Su cerebro no se lo permitía. La ventana estaba a su izquierda, y desde allí, cuatro pisos más abajo, se veían el estanque y la fuente, pero ella no les prestaba atención porque estaba leyendo. Sobre el regazo tenía el cuaderno de Lane que contenía la investigación inicial sobre los asesinatos del Instituto Westmont. Las notas incluían un perfil preliminar de Charles Gorman y otro perfil que enumeraba las probables características de la persona que había matado a los estudiantes.

El perfil de Gorman describía a un profesor de ciencias reservado, que se destacaba en química. Introvertido y con tendencia a mostrarse tímido en situaciones públicas fuera de clase, Gorman siempre había cumplido las reglas y nunca había recibido una amonestación seria, ni en Westmont ni en la escuela pública donde había enseñado durante una década antes de llegar a Peppermill. Provenía de una familia tradicional que continuaba unida. Sus padres seguían casados; ambos eran maestros jubilados que vivían de su pensión, en la misma casa donde habían criado a sus tres hijos. Gorman era el hijo del medio, y según la información que Lane había podido recabar, había tenido una infancia normal. Sin incidentes de violencia en la escuela primaria ni en el bachillerato ni en la universidad. Sin ninguna señal de alerta que indicara que era un hombre a punto de estallar en un ataque de furia o de planear una masacre atroz.

Charles Gorman era soltero, y Lane había descubierto solamente un período curioso de su pasado que había despertado su interés. Estaba marcado en las notas con tres estrellas rojas y dos líneas que subrayaban el encabezado: "Relaciones". Una antigua novia de la escuela donde había trabajado antes de llegar a Westmont había presentado una queja al departamento de recursos humanos tras terminar su relación de ocho meses con él. El informe decía que la colega de Gorman, una profesora de educación cívica, se sentía *incómoda* por la atención continua de él y su insistencia para que resolvieran sus problemas. Después de una reunión con Recursos Humanos y un representante del sindicato de maestros, el caso fue resuelto y no sucedió nada más entre ambos.

Gorman dejó la escuela al final del semestre y comenzó a trabajar en Westmont al año siguiente. La mujer se llamaba Adrian Fang. Lane había subrayado también su nombre dos veces, lo que significaba que tenía intención de hablar con ella para completar el perfil de Charles Gorman. Además, había anotado los nombres de los dos hermanos de Gorman y de sus padres para entrevistarlos.

Al final de la página, había enumerado sus contactos en el Hospital Psiquiátrico Penitenciario Grantville, donde Gorman permanecía. Rory marcó la página doblándole la esquina y pasó a la siguiente.

En la parte superior, en mayúsculas, estaba escrito: "*LA MASACRE DE LA CASA ABANDONADA*". El perfil que seguía incluía características que Lane pensaba que poseía el asesino de los dos alumnos del Instituto Westmont. El bosquejo describía a un asesino organizado, basándose en las pocas pruebas que se habían encontrado en la escena del crimen. Además de los cuerpos, el asesino no había dejado huellas dactilares, fibras ni pisadas. Un asesino desorganizado, en cambio —alguien que estallaba en un ataque de furia y mataba por reacción más que de manera calculada—, por lo general dejaba la escena del crimen salpicada de pruebas y rara vez se tomaba la molestia de limpiarla. El baño de sangre de la casa, suponía Lane, había sido planeado de antemano y llevado a cabo por un depredador habilidoso.

El único descuido hallado en la escena del crimen eran los rastros de sangre que no pertenecía a ninguna de las dos víctimas. Se les había tomado muestras de ADN a todos los alumnos y profesores, incluyendo a Charles Gorman. La sangre no identificada de la escena no pertenecía a ninguno de ellos. "¿DE QUIÉN ES LA SANGRE ENCONTRADA EN LA ESCENA?", había escrito Lane en mayúsculas.

La forma en la que el asesino había matado a cada uno de los alumnos también abonaba la teoría de que se trataba de alguien organizado y que había planeado cuidadosamente los asesinatos. A uno le había hecho un único tajo en el cuello que había cortado la yugular del lado derecho y al otro, una herida en la garganta que le había seccionado la tráquea, provocándole asfixia. La ausencia de heridas defensivas en las manos y los brazos de las víctimas sugerían un elemento de sorpresa. El ataque original había ocurrido dentro de una de las habitaciones de la casa y luego uno de los alumnos había sido arrastrado afuera y empalado en una de las puntas de la verja de hierro. Lane sospechaba que esto representaba un acto simbólico de venganza.

Era probable que esta persona, leyó Rory, fuera alguien con un pasado problemático y una niñez en la que hubiera sufrido abusos o hubiera tenido una familia disfuncional. El hecho de que ninguna alumna hubiera sido atacada sugería que tal vez el asesino tenía sentimientos adversos hacia los hombres, tal vez hacia su propio padre. Que hubiera una chica presente en la escena, pero ilesa, hablaba de que tal vez el asesino mantenía un vínculo fuerte con su madre o, al menos, que tenía una gran influencia maternal en su vida. Lane hacía dos observaciones allí: el asesino vivía con su madre de adulto y tenía una relación anormalmente estrecha con ella, por lo que era soltero; o había perdido a su madre de pequeño o en un suceso traumático que le había hecho desarrollar un recuerdo exagerado y poco normal de ella, como una deidad a la que otras mujeres no podían alcanzar.

Existían probabilidades de que la violencia formara parte del pasado de esta persona, tanto contra ella misma como contra alguien a quien amaba. Había internalizado el trauma de esta violencia y luego lo había proyectado hacia otros. Los alumnos del Instituto Westmont podían no ser sus primeras víctimas. Podía haber matado ya antes. La persona tenía que ser fuerte físicamente, con musculatura que le permitiera levantar a un adolescente de setenta kilos hasta la altura de la reja. Las probabilidades de que se tratara de un hombre eran abrumadoras.

Rory pasó la página y vio que Lane había dibujado un diagrama de Venn que incluía las características de cada perfil, el de Charles Gorman y el del asesino. Los círculos se superponían en el centro, creando un óvalo donde los dos perfiles coincidían. Había pocas características enumeradas allí: el asesino conocía la casa abandonada y sabía que los alumnos estarían allí la noche de los asesinatos. Conocía a las víctimas; tal vez tenía la autoestima baja, pero poseía una inteligencia superior a la normal. El asesino era lo suficientemente fuerte como para someter a dos adolescentes varones saludables.

Rory levantó los ojos y miró por la ventana. Su cerebro zumbaba, ansioso, con un impulso incontrolable de comenzar con los cálculos redundantes que eran necesarios para descifrar las piezas de un crimen. Charles Gorman encajaba en el perfil de Lane tanto como cualquier otro profesor de Westmont. Rory sabía que había más detrás de la historia. Una energía inquietante le inundaba el sistema circulatorio.

Se levantó del alféizar de la ventana y se dirigió a la cama, colocó una mano sobre la frente de Lane y se inclinó sobre él hasta que sus labios quedaron muy cerca de su oído.

—Te necesito, así que puedes despertar cuando lo desees.

CAPÍTULO 33

Que Ryder Hillier entrara en las oficinas del *Indianapolis Star* no era en absoluto frecuente. Recibía casi todos los trabajos por correo electrónico y entregaba sus artículos de la misma manera. Las reuniones de personal exigían su presencia dos veces por mes, pero de no ser por eso, era una periodista de crímenes que perseguía sus propias historias y esperaba a recibir luz verde de su editor una vez que encontraba una que le gustaba. Por lo general, sus esfuerzos recibían grandes elogios. Gracias a su trayectoria, se había ganado una cierta libertad de movimiento. Ese día, sin embargo, su editor estaba jalando de la correa. Su presencia en las oficinas del periódico no era el resultado de una reunión de personal ni de una fecha de entrega para la cual tuviera que pedir una prórroga. Se encontraba allí porque estaba hasta el cuello en un pozo de problemas.

La decisión de publicar el video de Theo Compton había sido insensata en el mejor de los casos, y Ryder estaba dispuesta a admitir que la había cegado la oportunidad de ganarle a Mack Carter con una primicia. Subir el video a internet era su forma de mostrarle al mundo su victoria. El tiro le había salido por la culata de la peor forma. Había invitado a Mack a ir con ella esa noche pensando que, si sucedía algo significativo en la casa abandonada, a él no le quedaría otra opción que incluirla a ella en el pódcast. Por supuesto, Ryder no tenía la menor idea de lo que les esperaba allí. En ningún momento pensó que encontrarían muerto al chico, pero cuando eso sucedió, comprendió que el misterio del Instituto Westmont era más profundo de lo que todos imaginaban. Los alumnos se estaban suicidando por un motivo y ella estaba decidida a averiguar cuál era.

Sin pensar en las repercusiones, había subido el video a su canal de YouTube a las 02.25, justo después de terminar de declarar ante la policía. Pensó que le ganaría al pódcast de Mack siendo la primera en hacer rodar la primicia. A pesar de todo, la jugada resultó muy efectiva. Para las seis de la mañana, el video había sido visto más de cien mil veces. A medida que sus seguidores lo compartían, tenía más y más vistas, hasta llegar a millones. Hasta de que lo eliminaron de internet, junto con su canal entero.

Si Ryder hubiera estado tan bien protegida como Mack Carter, en ese momento estaría en una posición mucho mejor que aquella a la que se enfrentaba. Mack Carter tenía abogados poderosos y un canal cubriéndole las espaldas. Seguramente los jefazos le ordenaron que se mantuviera lo más alejado posible del video de Theo Compton. Pero también querían que atacara por ese ángulo. Y él así lo hizo, con un éxito rotundo. Su pódcast en ningún momento se vinculó con el video del cuerpo de Theo, pero exprimió hasta la última gota el viaje de Mack a la casa abandonada tras recibir una "pista no identificada". Por supuesto, eliminaron la llamada de Ryder en la edición, y le dieron la vuelta a la historia para insinuar que el propio Mack había visto el mensaje de Theo y había decidido dirigirse al 13:3:5. Que hubiera allí esa noche otra periodista —descripta en el episodio del pódcast como "una investigadora aficionada"— era pura casualidad. Que esta aficionada hubiera tomado la fatídica decisión de filmar lo que habían descubierto junto a las vías era un problema que caía de lleno sobre los hombros de ella. Mack Carter salió ileso del asunto. Más que salir ileso, adquirió más popularidad que nunca. El cuarto episodio del pódcast tuvo millones de descargas. Pero lo genial de su logro era que, para distanciarse del video, tenía que mencionar que existía. Cosa que hizo una y otra vez.

Cada vez que reprendía a la "investigadora aficionada" por publicar un video tan abominable, Mack sabía que estaba invitando a sus oyentes a buscarlo en internet. Aun sin que hubiera enlaces directos al blog de Ryder ni a su canal de YouTube, ella veía que el tránsito en la web aumentaba y sabía que los oyentes de Mack estaban revisando su sitio web para dar con el video. Él había aprovechado el beneficio de la grabación sin ninguna de las repercusiones legales. Ryder tenía que admitir que era una jugada brillante de marketing.

—Elimínalo —le dijo su editor a Ryder, que estaba sentada frente a él, ante su escritorio.

—Ya lo han eliminado. YouTube prohibió el video e hizo todo lo posible para borrar su existencia. Han cerrado mi canal, y cuando lo vuelvan a abrir, seguramente estará desmonetizado.

—No me refiero solo al video —prosiguió su editor—, sino a todo. Se terminó la cobertura del Instituto Westmont.

—Nunca he escrito nada relacionado con Westmont para el periódico —dijo Ryder.

Era cierto. Su fascinación por los asesinatos del Instituto Westmont era un proyecto personal, y tanto el blog como el canal de YouTube eran emprendimientos propios que en ningún momento le habían costado un céntimo al periódico ni la habían hecho retrasarse con una entrega por estar trabajando con el caso.

—Ni lo harás. Eso incluye escribir sobre la muerte de Mack Carter.

—Soy la persona que *debería* escribir sobre Mack. Estuve con él unas noches antes de que muriera. Y su muerte tiene que estar relacionada con el caso Westmont.

—Ryder, no te metas en eso. Ya se lo he asignado a otra persona. Y si quieres seguir escribiendo para este periódico, te conviene cerrar todos los proyectos colaterales. No puedes trabajar en nada de eso hasta que sepamos la profundidad y el peso de las consecuencias legales de tu última hazaña. Y si te acusan formalmente de *cualquier* delito, de más está decir que tu trabajo aquí habrá terminado. Por ahora, mantente ocupada e invisible. Nada de firmas en los artículos hasta que se resuelva este otro desastre.

—¿Nada de firmas? ¿Darás de baja mi columna?

—La voy a poner en pausa.

—Oye —dijo Ryder tratando de controlar la conversación—, Mack Carter llega a Peppermill y se pone a investigar un caso del año pasado. Poco después, está muerto. Las circunstancias que rodean su muerte son sumamente sospechosas. Estoy íntimamente familiarizada con el caso que él estaba investigando, ¿y ahora me dices que no puedo tocarlo? Podría escribir algo para el periódico que sería una bomba. Y si el *Star* no confía en mí, otro lo hará. ¿Desde cuándo eliges apartarte de una historia?

—Desde que me preocupa que le pongan una demanda al periódico. Nuestros abogados sostienen que la única razón por la que no nos han demandado todavía es que no hay lazos directos entre nosotros y la historia de Westmont. Tú estás en el medio y los depredadores están esperando el momento de lanzarse a la yugular del periódico. No voy a permitir que suceda. Has quedado oficialmente relegada y no se habla más del asunto. —Fijó la mirada en la computadora y garabateó unos nombres y direcciones sobre una hoja de papel que dejó caer ante ella—. Aquí tienes una serie de pistas. Una chica desaparecida en Evansville. El asalto a una tienda en Carmel.

Una pelea en un partido de fútbol americano de pretemporada en la Universidad de Indiana. Una acusación de violación en la Universidad de Notre Dame. —Volvió a concentrarse en la pantalla—. Ah, y un tipo que recibió un disparo en el trasero cuando entró a robar en la casa de una anciana de ochenta años. Habla con ella. La quiero en la primera página de la sección metropolitana.

Ryder estudió la lista. Al final estaba el nombre del hombre que había desaparecido de South Bend el año anterior. Lo señaló con el dedo.

—Ya cubrí al tipo de South Bend. Nadie sabe qué le sucedió. La historia ya se ha enfriado y es aburrida.

—Entonces ponla a calentar otra vez —dijo su editor y le hizo un ademán con la mano para que se marchara—. Consígueme algo interesante con todo ese material. Te mantendrá ocupada durante varios días.

—¿Y después qué? Corro tras estas pistas y después, ¿qué hago con ellas? Dijiste que no iba a firmar ningún artículo.

—Exacto. No vas a escribir nada por un tiempo. Trae tus notas aquí, con toda la investigación pertinente y otro periodista se encargará de escribir la historia.

—¿En serio vas a hacerme esto?

—Te lo has hecho tú solita, Ryder. Si quieres volver a escribir artículos para este periódico, empieza a trabajar en las trincheras hasta que desaparezcan tus dolores de cabeza legales. Siéntete afortunada por seguir teniendo un empleo. Ningún otro periódico te contrataría en este momento.

Ryder tomó el papel, lo hizo un bollo en la palma de la mano mientras se ponía de pie, dio media vuelta y abandonó la oficina.

CAPÍTULO 34

Hacía mucho tiempo que Rory se hacía preguntas sobre su fascinación por la restauración de muñecas de porcelana. Utilizaba la obsesión para descargar la acumulación de pensamientos mundanos y redundantes que conspiraban para desestabilizarle la vida. La había utilizado durante la infancia para controlar su trastorno. Durante su vida adulta, el pasatiempo había sido una forma de mantenerse conectada con su tía abuela Greta, que la había iniciado en la actividad. Al hacerlo, Greta la había salvado de una vida de autodestrucción. A pesar de estos usos legítimos y admitidos, Rory también se preguntaba si encontraba consuelo en restaurar muñecas antiguas porque le permitía reparar partes que nunca podría reparar en sí misma. Resultaba casi un oxímoron que sus propios fallos y deficiencias fueran las herramientas que utilizaba para reparar los defectos e imperfecciones de las muñecas. Si se canalizaban correctamente, su trastorno obsesivo compulsivo y su forma de autismo servían para devolver la perfección a las muñecas. Si bien las carencias de Rory nunca podrían repararse del todo, las muñecas la hacían sentirse casi completamente entera.

Sentada en la galería de la casa, preparaba papel maché. El olor le traía recuerdos de su infancia en la granja de la tía

Greta, donde pasaba los veranos aprendiendo las fórmulas y técnicas secretas de la anciana que, cuando se aplicaban correctamente, podían transformar las ruinas de una muñeca alemana antigua en una obra de arte. Cuando la mezcla adquirió la consistencia indicada, usó una pequeña cantidad para comenzar a reconstruir la oreja de la muñeca, donde gran parte de la porcelana original se había rajado y quebrado, dejando un cráter. Tras crear una base resistente, secó el papel maché con una pistola de calor. Luego tomó un trozo de porcelana fría de una bolsa hermética, colocó una parte en el centro de la zona de papel maché y la moldeó para que tomara la forma deseada. Utilizó sus herramientas para esculpir la oreja y mejilla nuevas y luego calentó la porcelana para endurecerla. Abrió el juego nuevo de pinceles que le había regalado Lane, tomó uno y tocó uno de los extremos con el dedo. El mango de cada pincel estaba hecho de madera de pino y el extremo hacía las veces de herramienta para esculpir. Los mangos tenían diferente filo, desde romo a puntiagudo como un punzón. Eligió uno con punta roma para el trabajo grueso que se necesitaba en el proceso inicial de modelado de la porcelana. Más adelante utilizaría las puntas finas para el vaciado delicado de los rasgos sutiles de la oreja, la mejilla y el canto lateral del ojo izquierdo de la muñeca.

Trabajó sin interrupciones durante dos horas, purgando la ansiedad acumulada, descargando los pensamientos repetitivos y disipando el impulso constante de repetir actividades que acababa de completar. Cuando terminó, volvió a guardar la muñeca Kiddiejoy en la caja, cuidando de no estropear su trabajo. Luego cerró la casa y se dirigió al hospital, sintiéndose más ligera que unas horas antes.

Lane tenía los ojos abiertos cuando ella entró en la habitación del hospital. Estaban húmedos y enrojecidos por los medicamentos que recibía por vía intravenosa.

—Hola —dijo Rory.

—No era así como planeaba hacerte venir aquí.

Rory sonrió y le apoyó la mano sobre la mejilla.

—Me diste un susto terrible.

—Qué desastre —dijo Lane, e hizo una mueca de disgusto.

Rory vio un vaso desechable junto a la cama y se lo alcanzó; Lane bebió del sorbete.

—Siento la garganta como si tuviera piedras.

—¿Qué te han dicho los médicos?

—No los vi todavía, pero cuando abrí los ojos tenía delante dos detectives.

—Sí, ya he hablado con ellos.

—Mi garganta no colaboraba, así que no pude decirles demasiado. Tampoco hacerles preguntas. Por Dios, Rory, ¿qué sucedió?

—Supongo que despertarte en una cama de hospital te deja muchas lagunas. —Se sentó junto a la cama y le contó todo lo ocurrido desde que había viajado a la subasta en Miami; cómo había decidido luego ir a Peppermill, cómo lo había rastreado hasta la casa de Mack Carter y el incendio con el que se había encontrado. Lo puso al tanto de la muerte de Mack y de que los detectives Ott y Morris sospechaban de las circunstancias, por no decir otra cosa—. Pasé toda la noche pensando en lo furiosa que habría estado contigo si hubieras muerto.

—Esa es la mujer cálida y cariñosa que amo —dijo Lane, y luego bebió más agua.

—¿Cómo está tu cabeza?

—Me duele.

—¿Puedes usarla?

Lane asintió.

—Qué bien. Leí tus perfiles del asesino del Instituto Westmont. Tenemos que hablar.

CAPÍTULO 35

LANE FUE DADO DE ALTA del hospital en una tarde soleada de domingo, el día después de haber abierto los ojos. La hemorragia subdural se estaba reabsorbiendo y sus pulmones funcionaban con una eficiencia del ochenta por ciento. La lista de restricciones, debida en gran parte a su conmoción cerebral, incluía conducir, viajar en coche más de cuatro o cinco kilómetros, utilizar la computadora y leer. Dejó el hospital con la recomendación de que se recluyera en una habitación oscura, sin estímulos, hasta que se le pasara el dolor de cabeza. Lane accedió a todo y firmó el alta. Habría firmado cualquier cosa con tal de abandonar la cama de hospital. Rory lo ayudó a caminar hacia la entrada de la casa. Lane tuvo un atisbo de su imagen reflejada en la ventanilla del automóvil. Tenía la cabeza envuelta en un vendaje blanco.

—Madre mía, parezco Phineas Gage, ¿te acuerdas? Aquel empleado del ferrocarril que sufrió daños en el cerebro.

Rory lo sujetó por debajo del brazo.

—Las vendas no se tocan hasta que te quiten las grapas. Casi que es mejor que estemos atrapados en Peppermill. Será más fácil controlarte.

Subieron los escalones que llevaban a la puerta principal.

—¿Qué te parece la casa? —preguntó Lane—. Te dije que era un encanto.

—Me gustaron las cervezas Dark Lord en el refrigerador. ¿Cómo lo lograste?

—Hice una parada en Munster y hablé con Kip; le dije para qué las necesitaba y que estaba dispuesto a gastar una fortuna para comprar unas cuantas botellas. La cabeza me está empezando a latir. Creo que me tomaré una para aquietar el repiqueteo.

—Ni lo sueñes —dijo Rory.

Lo ayudó a llegar al sofá. El pincel que había utilizado anteriormente con la muñeca asomaba por el bolsillo de su camisa.

—Veo que has encontrado los pinceles —comentó Lane hundiéndose en el sofá.

—Así es. Estoy segura de que también te costaron una fortuna. Se dejaron de fabricar hace dos décadas.

—En internet se consigue todo. Solo es cuestión de saber cuánto estás dispuesto a gastar. —Se acomodó—. Fue todo dinero bien gastado, con el propósito deliberado y transparente de sobornarte para que te quedaras un par de días.

—Pues usted me tendrá aquí por más que un par de días, doctor Phillips. Estamos clavados en Peppermill hasta que le permitan conducir. O viajar como acompañante, en cualquier caso. Los médicos dijeron que serán por lo menos dos semanas.

Lane apoyó la cabeza sobre un cojín del sofá y cerró los ojos.

—Si estuvieras decidida a irte, me cargarías en tu coche y regresarías a toda velocidad a Chicago sin que te importaran ni los baches de la carretera. Estamos obedeciendo reglas y quedándonos en este pueblo porque el caso del Instituto Westmont te ha atrapado.

Rory se sentó a su lado.

—El panel de corcho de la galería captó mi atención, desde luego.

—Y mientras yo dormía plácidamente en el hospital, leíste mi perfil del asesino. ¿Qué piensas, hasta el momento?

Rory meneó la cabeza.

—Hay algo del caso que no me cuadra.

Lane abrió los ojos y levantó la cabeza.

—Sigue, sigue.

—Mi primera impresión es que Charles Gorman no encaja en tu perfil del asesino. Además de unas superposiciones geográficas y conocimientos básicos de los alumnos que serían aplicables a *cualquier* profesor, Gorman no parece poseer las características del asesino que has descrito.

—Repasemos lo que sabemos. —Se señaló la cabeza vendada—. Lo tengo todo medio borroso aquí.

—La escena del crimen —dijo Rory.

—Aislada. Oscura. Algo que una persona podría controlar con facilidad, sobre todo si conociera la casa.

—Sin peligro de que alguien apareciera inesperadamente —dijo Rory.

Así era como Rory y Lane funcionaban en su relación profesional: libre y fluidamente, utilizando pensamientos e ideas del otro y muchas veces completándose mutuamente las oraciones.

—Además de los alumnos que estaban en el bosque, no había posibilidad de que ningún espectador no deseado pudiera ver algo —añadió Rory.

—Exacto. Ni de quedar registrado en una cámara de seguridad. Un ambiente muy controlado —acotó Lane—. Un sitio donde podía estar al acecho. No se encontraron heridas defensivas en las víctimas, lo que significa que las tomó por sorpresa. Estaba en la casa cuando llegaron los dos chicos.

—Organizado. Planeado con antelación. Eligió el sitio, eligió el método y eligió el arma.

Permanecieron unos instantes en silencio.

—Háblame del asesino —dijo Rory—. Descríbeme su estructura mental y de dónde viene esta clase de violencia.

—De acuerdo —dijo Lane—; comencemos con lo que sabemos de las víctimas. Ambos estudiantes. Ambos varones. Uno iba a comenzar el penúltimo año, el otro, su último año de bachillerato. No habían consumido drogas. El asesino los quería muertos por algún motivo. Los asesinatos no fueron al azar. Fueron planeados. ¿Qué clase de persona querría matar a dos adolescentes? Alguien con un pasado problemático. Alguien resentido hacia los hombres. La chica salió ilesa. Suponiendo que se topase con el asesino y él le permitiese vivir, podemos decir que él tenía una relación estrecha con su madre.

—Sí, tu perfil sugería un vínculo maternal fuerte —aseveró Rory.

Lane asintió.

—Fuerte, pero tal vez roto de algún modo. El vínculo con la madre no es normal. Puede estar basado en el amor, pero es algo que se ha transformado en algo anormal y malsano. Y una relación inexistente o tóxica con su padre. La figura paterna estuvo ausente en su vida, por lo cual el asesino se sintió dejado de lado, o la relación con el padre fue de maltrato, lo que lo dejó ofendido y resentido. Tenemos que averiguar más sobre las víctimas. ¿Eran buenos chicos? ¿O eran matones? ¿Impactaron la vida del asesino de tal modo que le hicieron liberar los sentimientos hacia su padre?

Se hizo otro silencio mientras ambos visualizaban las diferentes posibilidades.

—Bien —continuó Lane—. Sabemos *qué* sucedió: dos chicos fueron asesinados en una casa abandonada. Sabemos *cómo* sucedió: les tendieron una emboscada y los degollaron.

—Para llegar a descifrar el *porqué* y el *quién* —dijo Rory—, vamos a tener que investigar bastante. —Su mirada pasó a la galería donde estaban las fotos de las víctimas en el panel de corcho. Los dos alumnos asesinados y los tres que se habían suicidado. Sintió el impulso de dirigirse hacia allí en ese momento y contemplar las fotografías. Deseaba experimentar esa conexión íntima con las almas perdidas que evocaba cada vez que reconstruía un homicidio—. Los chicos que se suicidan tal vez lo hacen para escapar de su dolor. Tal vez la culpa los atrae nuevamente a la escena del crimen y la muerte se les antoja como la única opción.

—¿De qué se sienten culpables?

Rory mantuvo la vista fija en la galería.

—¿Un secreto? —dijo por fin—. Los secretos suelen terminar devorando vivas a las personas.

—Compton tenía un peso que ciertamente quería quitarse de encima cuando habló con Mack Carter.

—Entonces, si estamos de acuerdo en que el perfil del asesino no se asemeja a Charles Gorman, y trabajamos con la premisa de que hay un grupo de alumnos que saben más sobre aquella noche de lo que le contaron a la policía, entonces es lógico concluir que la culpa de los chicos se origina en lo que realmente sucedió en la casa abandonada aquella noche. Y esa culpa los hace volver a la casa y arrojarse a las vías para poner fin a su vida.

CAPÍTULO 36

Gavin Harms caminaba por el bulevar que pasaba delante de la entrada principal del instituto. Las clases de verano estaban llegando a su fin y muy pronto comenzaría su último año académico. El campus estaba vacío. Los alumnos que se habían quedado en Westmont para pasar el verano estaban en sus dormitorios o en la biblioteca estudiando para los exámenes finales. El campus estaba más silencioso de lo habitual, aun siendo verano. Tras los asesinatos en la antigua casa de profesores, las inscripciones habían caído por primera vez en la historia de la escuela. El Instituto Westmont siempre había cubierto todas sus plazas cómodamente, el número de matrículas siempre había tenido que limitarse; el excedente de inscripciones pasaba a una larga y dudosa lista de espera. Pero tras los asesinatos del verano anterior, muchos alumnos no habían regresado en el otoño. Los que lo hicieron, se marcharon en cuanto terminó el curso, dejando muy mermada la matriculación del verano. En junio se había cumplido un año y Gavin era uno entre la escasa docena de alumnos que estudiaban durante el verano. Ojalá, pensó con amargura, sus tíos lo dejaran volver a casa.

Las columnas macizas de la prestigiosa biblioteca del instituto se elevaban para sostener el frontón donde estaba inscripto el lema del instituto. "Vendrán solos, se marcharán juntos". Gavin nunca se había creído esas palabras. Ni cuando era un ingenuo alumno del primer año, ni ahora, que estaba a nueve meses de graduarse. Se sentía más solo que nunca. Pero mucha de esa soledad que experimentaba provenía de sus decisiones durante el transcurso del año pasado. Gran parte se debía al secreto que guardaba. Un secreto que temía que se mantendría oculto poco tiempo más. Había hecho todo lo que estaba en su poder para evitar que saliera a la superficie. Había hecho cosas que lamentaba y cosas que deseaba poder deshacer.

"Vendrán solos, se marcharán juntos".

Se preguntó si Gwen y él podrían marcharse juntos de ese lugar, o si se alejarían en direcciones opuestas. Se ajustó la mochila con más fuerza al pasar junto a la biblioteca camino de su dormitorio. Una vez dentro, cerró la puerta con llave, sacó la computadora y buscó el blog de Ryder Hillier. Desde que el pódcast de Mack Carter había sido suspendido indefinidamente, el sitio web de Ryder era su única fuente de actualización. Había oído que Ryder estaba en graves problemas por haber publicado el video que mostraba el cuerpo sin vida de Theo junto a las vías. Los padres de Theo habían iniciado acciones legales contra ella y seguramente muy pronto tendría que cerrar su web. Ahora, el Instituto Westmont quedaría protegido del mundo y, con suerte, todos los sucesos del pasado se borrarían de la memoria de la gente. Cuanta menos atención le prestara el resto del país a Peppermill, mejor. Lo único que Gavin necesitaba era atravesar el último temporal, terminar su último año y abandonar ese lugar. Entonces las cosas mejorarían.

Pero mientras el blog de Ryder siguiera activo, Gavin lo utilizaría para actualizarse. Ese día, sin embargo, ella no había publicado nada nuevo. El tablón de anuncios estaba lleno de teorías conspirativas sobre la casa abandonada, el tren que pasaba por un extremo del terreno, el Hombre del Espejo y las razones por las que los alumnos se suicidaban. La última teoría entre los aficionados a los crímenes reales era que los dos chicos de Westmont habían muerto en una situación de asesinato-suicidio, donde uno había matado al otro, lo había colgado de la verja y luego había regresado a la casa abandonada y se había degollado. Los otros alumnos que habían vuelto al lugar a quitarse la vida estaban siguiendo un mensaje en código que había quedado allí. Esa teoría había sido refutada por el informe forense que determinaba que ninguna de las heridas en el cuello podía haber sido autoinfligida. No obstante, los fanáticos seguían sosteniéndola y hablaban de encubrimiento policial.

Las ávidas y disparatadas teorías sobre los asesinatos surgían porque el caso se había cerrado muy pronto. Cuando la policía encontró tantas pruebas contra el señor Gorman en los días que siguieron a la masacre, el público no tuvo acceso a los detalles de lo sucedido aquella noche en el bosque. La gente solo se enteró de que un profesor había tenido un brote psicótico y había asesinado a dos alumnos tras escribir un manifiesto sobre sus fantasías sádicas. Luego, cuando la policía acorraló a su sospechoso, el señor Gorman regresó a la escena del crimen e intentó matarse. Lo que nunca se había revelado sobre la historia alcanzaba para que los aficionados a los crímenes reales se volvieran locos.

Sin el pódcast de Mack Carter, Gavin revisaba el blog de Ryder cada cierto tiempo para ver si alguien se topaba accidentalmente con algún trocito de verdad. Hasta el momento, eso no había sucedido. Por supuesto, él no sabía casi nada sobre la investigación policial que seguía en curso ni cuánto habían descubierto. De momento, las autoridades parecían satisfechas con atenerse a la conclusión original sobre el señor Gorman y sus motivos. Pero el suicidio de Theo los había disparado de nuevo en una búsqueda de lo que podían haber pasado por alto. A Gavin le preocupaba que pudieran encontrarlo.

Llamaron a la puerta y Gavin de inmediato cerró la web y la laptop. Abrió la puerta y se encontró con Gwen en el pasillo. Gavin todavía no se había podido acostumbrar a su aspecto. Durante el último año, desde la noche de los asesinatos, ella había perdido ocho kilos de su constitución ya de por sí pequeña. El resultado eran mejillas demacradas y omóplatos cadavéricos. Gwen, que había sido una alumna sobresaliente de nacimiento, había bajado notablemente las calificaciones durante el cuarto año. Más alarmante que su aspecto o las calificaciones, era su indiferencia. Ella no solo había perdido interés en lo académico, sino en casi todos los otros aspectos de su vida, incluyendo la relación con Gavin. Eso era lo más peligroso de todo. Cuanto más se alejaba Gwen de él, menos sabía Gavin lo que hacía. Ahora más que nunca debían mantenerse unidos. Debían permanecer en silencio. Solo un año más. Hasta que se graduaran de Westmont y fueran a la universidad. Entonces las cosas mejorarían. Las imágenes de aquella noche se borrarían. Su conciencia sanaría. Podrían olvidar. Su secreto estaría a salvo y su vida recuperaría la normalidad.

Durante los primeros seis meses después de la masacre, Gavin había tratado de salvar su relación con Gwen. Pero sintió que se le escapaba entre los dedos. Tras el suicidio de Danielle, las cosas tocaron fondo y ahora Gavin y Gwen hablaban solo lo necesario. Esas ocasiones se daban por lo general en situaciones como las de esa noche, en la que Gavin tenía que hablar con ella para mantenerla callada y que no lo echase todo por la borda.

Él le hizo un ademán para que entrara y luego asomó la cabeza hacia el pasillo para asegurarse de que estuviera sola.

—¿Cómo te sientes? —le preguntó, mientras cerraba la puerta.

—Fatal.

—Tienes que comer algo, Gwen. En serio.

—La madre de Theo me envió un mensaje de texto.

—¿Qué quería?

—Dijo que no puede dar contigo y que quiere hablar con nosotros.

—No le devuelvas la llamada —se apresuró a responder él.

—Gavin, su hijo ha muerto. Quiere respuestas y naturalmente piensa que nosotros podríamos dárselas.

—¿Qué podemos decirle? Querrá saber qué sucedió. No solo últimamente, sino el año pasado también. Si empezamos a contarles a diferentes personas lo que sabemos, tarde o temprano alguno de nosotros dirá algo que no podía decir. ¿Eso es lo que quieres? ¿Quieres que la policía vuelva a hacernos preguntas sobre aquella noche? ¿Recuerdas *cada uno de los detalles* que les dijiste? Porque *ellos* sí los recuerdan. Y querrán saber por qué ahora tus recuerdos son diferentes, por qué no recuerdas lo mismo que en aquel entonces. Y una vez que metamos la pata con la historia, empezarán de nuevo a hacer averiguaciones. ¿Quieres que la policía empiece a investigar lo que sucedió aquella noche?

Gwen negó con la cabeza.

—Entonces no hables con nadie, ¿de acuerdo?

—Está bien —dijo ella—. ¿Has visto la página de Ryder Hillier?

—Sí; nada nuevo.

Los ojos de Gwen se llenaron de lágrimas.

—No sé cuánto tiempo más podré seguir así.

Gavin se pasó una mano por el pelo. Miró a Gwen y temió que no pudiera terminar el año.

—Oye, tranquilízate —dijo por fin—. Ya se me ocurrirá algo.

INSTITUTO WESTMONT

Verano de 2019

SESIÓN 4

Diario personal: Suicidio asistido

ME QUEDÉ EN MI HABITACIÓN *una vez que la ambulancia se hubo llevado a mi madre. La señora Peterson llamó a la puerta un par de veces para asegurarse de que estuviera bien. Me quedé en silencio, sentado en el suelo, con la espalda contra la puerta, hasta que por fin se dio por vencida. Escuché que mi padre llegaba a casa en medio de la noche e intenté escuchar su breve conversación con la señora Peterson. No pude entender demasiado. Una vez que la puerta se hubo cerrado y la señora Peterson se marchó, me metí bajo las sábanas, seguro de que mi padre vendría a ponerme al tanto. No lo hizo. Simplemente subió las escaleras y se fue a acostar.*

Tiempo después, volví a la puerta y espié por el ojo de la cerradura hasta que estuve seguro de que él dormía. Algo comenzó a revolverse en mi pecho la noche que mi padre me ignoró y ni siquiera se tomó la molestia de contarme lo que le había sucedido a mi madre. Su indiferencia avivó las brasas que se habían encendido dentro de mí, y en los días siguientes, cuando me enteré de que la madre a la que amaba se había ido para siempre, esas llamas ardieron como un incendio salvaje y nunca más se apagaron.

La puerta crujió levemente cuando la abrí. Sabía lo que necesitaba y dónde encontrarlo. Había planeado eso muchas veces, pero nunca había reunido valor para concretarlo. En los momentos en los que urdía mi plan, lo hacía con la promesa de que lo llevaría a cabo si alguna vez mi madre lo necesitaba. Pero era solo una fantasía. Una mentira flagrante que repetía para engañarme a mí mismo. Había utilizado un tiempo futuro ficticio, en el que pondría fin a los maltratos de mi padre hacia mi madre, como forma de pasar por alto la cobardía que dominaba mi vida. El truco me permitía no pensar en lo débil y frágil que me sentía cada vez que espiaba por esa cerradura y lo veía pegarle. Funcionó durante un tiempo. Durante demasiado tiempo, en realidad, porque le había permitido golpearla por última vez.

Finalmente salí de mi habitación, bajé la escalera que llevaba al sótano y me dirigí al rincón donde estaban las herramientas que necesitaba. En un principio había pensado que tendría que hacerlo con mi madre en casa. Pero sin ella, sería mucho más fácil. Cuando volví a subir, me detuve en el pasillo. A la izquierda estaba la puerta abierta de mi dormitorio; a la derecha, el sitio donde esa noche mi padre había arrastrado a mi madre por encima de la mesa. Pasé junto a la mesa, hasta el pie de las escaleras donde estaba el cuerpo de mi madre cuando llegó la ambulancia. Subí los escalones de uno en uno. Crujían ligeramente bajo mi peso de adolescente de catorce años, pero de pronto, ya no sentía miedo. Me inundó una sensación de determinación mientras avanzaba con la gruesa cuerda en las manos enguantadas. Sentía una firme resolución que me decía que aun si mi padre despertaba, yo podría llevar a cabo lo que había planeado. Nada podría detenerme.

Cuando abrí la puerta de su dormitorio, la luz del pasillo cayó sobre su cuerpo dormido. Roncaba como hacía siempre que había bebido. Estaba de espaldas y no perdí el tiempo. Con cuidado, le puse la cuerda alrededor del cuello. Tragó saliva cuando lo hice y los ronquidos cesaron momentáneamente. Permanecí inmóvil *hasta que volvió a roncar y luego me deslicé debajo de la cama. Estaba oscuro sin la luz del pasillo como guía. Tanteé los extremos de la cuerda y jalé hacia abajo para que colgaran junto a mis orejas. Luego envolví cuidadosamente cada extremo alrededor de una mano. Tenía puestos guantes de jardinería del sótano para que la cuerda no me quemara la piel. Flexioné las rodillas contra el pecho. Había poco sitio y para conseguir la palanca que necesitaba tuve que levantar ligeramente el colchón, cosa que hizo que mi padre casi no se moviera. Temía que despertara. No tenía tiempo de colocarme correctamente.*

Jalé de ambos extremos de la cuerda. Al mismo tiempo, apreté la espalda contra el suelo mientras mis rodillas empujaban con firmeza el colchón encima de mí. Cerré los ojos cuando lo escuché toser y retorcerse. Quería taparme los oídos, pero necesitaba oírlo morir. Tenía que estar seguro. El colchón se movió locamente mientras mi padre se retorcía por encima de mí. Seguí jalando con todas mis fuerzas. Durante cinco minutos seguidos. Hasta que me dieron calambres en los brazos y sentí que la espalda me ardía. Hasta que se me durmieron las piernas, hasta que mi padre por fin dejó de moverse. Me obligué continuar jalando de la cuerda durante otros cinco minutos más.

Cuando por fin la solté, mis músculos no se relajaron. Siguieron tensos y contraídos y un dolor penetrante me recorrió las rodillas cuando las estiré. Esperé unos minutos más, pero lo único que oía era mi respiración. Salí de debajo de la cama y miré por un instante a mi padre. Sabía que estaba muerto. No me resultó necesario verificarlo. Lo que hice, en cambio, fue atar los extremos de la cuerda a la parte más alta del cabecero y empujé su cuerpo sin vida hasta que quedó colgando del borde de la cama. Me aseguré de que no hubiera nada en la habitación que delatara mi presencia esa noche. Luego regresé al sótano y dejé los guantes de jardinería en el rincón donde los había encontrado, subí las escaleras hasta mi habitación y cerré la puerta. Espié por la cerradura durante toda la noche, hasta que el amanecer desplazó las sombras oscuras. Mi padre nunca volvió a aparecer en el ojo de la cerradura. Había comenzado un nuevo día.

Coloqué la cinta con borla entre las páginas del diario y lo cerré.

—En aquel entonces era demasiado joven para comprender cómo me sentía, pero nuestras sesiones me han aclarado el panorama. Lo que sentía era repugnancia. Desde aquel día, comprendí que los débiles no tienen lugar en esta tierra y que aquellos que se aprovechan de ellos también merecen la extinción.

Nos quedamos mirándonos mutuamente como siempre hacíamos cuando terminaba de leer de mi diario.

—¿Estás en desacuerdo conmigo? —pregunté por fin.

Ella negó con la cabeza.

—En absoluto.

—Bien. Más adelante quiero contarte lo que he planeado aquí en el campus. Resolverá el problema de los que son patéticamente frágiles y de los matones que se aprovechan de ellos. Eres la única que lo entendería, y como no puedes revelarle a nadie lo que hablamos durante nuestras sesiones, sé que guardarás mi secreto.

CAPÍTULO 37

En la larga historia del Instituto Westmont, ningún estudiante había sido expulsado jamás. Una vez que aceptaba a un joven, la institución tomaba el desafío de guiarlo, reformarlo y cambiar su vida. Lo hacían a través de disciplina, organización y orientación. Mucha orientación.

Christian Casper era médico psiquiatra y había completado una beca de investigación en psicoterapia para niños y adolescentes. Junto con Gabriella Hanover, el doctor Casper era codirector de orientación en Westmont. Los doctores Casper y Hanover supervisaban a los asistentes sociales, que entregaban lo mejor de sí para guiar a los adolescentes que pasaban sus años formativos en la escuela. La mayoría de los alumnos que pasaban por la puerta del instituto salían de allí mejores como seres humanos y con más herramientas para enfrentarse a los desafíos de la vida que cuando habían ingresado.

Al igual que la mayoría del cuerpo docente de Westmont, el doctor Casper residía en el campus. Además de su papel como terapeuta, enseñaba un curso avanzado de Historia de los Estados Unidos, un trabajo a tiempo completo al que le había dedicado los últimos diez años de su vida. Residía en el dúplex número 18 del Paseo de los Docentes, que funcionaba también como su consultorio. Gwen Montgomery estaba sentada frente a él, a punto de terminar la sesión.

—No has traído tu diario a las sesiones últimamente —comentó el doctor Casper—. ¿Has estado escribiendo de manera periódica?

—No tanto como siempre.

El doctor Casper no respondió; tras años de sesiones con él, Gwen sabía que eso significaba que no estaba satisfecho con la respuesta.

—Últimamente no he estado pensando en eso. En *mis* cosas, quiero decir. He estado distraída toda la semana.

—¿Con qué?

Gwen se encogió de hombros.

—Con acostumbrarme a estar en cuarto año y todo lo que eso significa.

—¿Qué tiene de diferente estar en el cuarto año? —preguntó el doctor Casper.

—Cosas de alumnos mayores.

—Déjame adivinar, has empezado a ir a la casa abandonada.

Gwen apartó la mirada y el doctor se Casper rio.

—Es el secreto peor guardado de Westmont. ¿La vieja casa del bosque donde los alumnos mayores beben y hacen otras tonterías? Sucede desde mucho antes de que llegaras tú y seguirá sucediendo durante mucho tiempo después de que te hayas ido. O por lo menos, hasta que derriben esa casa. El año que viene, cuando estés en tu último año, les harás las mismas cosas a los ingenuos de tercero.

—¿Qué cosas? —preguntó Gwen.

El doctor Casper acercó su laptop.

—Hacer que lo pasen mal. Es una tradición que los de cuarto les tomen el pelo a los de tercero.

Gwen se preguntó si la definición de *tomar el pelo* del doctor Casper incluía vendarles los ojos y sentarlos junto a las vías del tren. Y aun si él estaba al tanto de los encuentros en la casa abandonada, Gwen estaba segura de que no tenía idea de los detalles de lo que sucedía allí. Ella misma se estaba empezando a enterar ahora.

—Escríbelo en tu diario —dijo el doctor Casper—. Escribe sobre tus experiencias y qué es lo que te inquieta de ellas. Hablaremos de eso en la próxima sesión, ¿de acuerdo?

Gwen asintió.

El doctor Casper golpeó el teclado.

—¿Necesitas receta para tus medicamentos?

Ella no respondió.

El doctor Casper la miró. Gwen asintió.

—Sí, necesito más.

—La enviaré ahora y podrás recogerlos en el despacho de la enfermera mañana.

Gwen guardó silencio hasta que el doctor Casper dejó de teclear en la computadora y la miró.

—Es verano —dijo—. Supongo que vas a romper algunas reglas. Me preocuparía si no lo hicieras. Pero tampoco te excedas.

CAPÍTULO 38

La primera semana del trimestre de verano había comenzado, y tras solamente un día de clases, prometía ser todo lo espantosa que habían imaginado. Los alumnos miraban por las ventanas de las aulas, soñando con estar en cualquier otro sitio, fantaseando con el verano que se estaban perdiendo e imaginando a sus compañeros libres bronceándose en fiestas en la playa durante los largos días estivales y riendo alrededor de las fogatas nocturnas. El único aspecto positivo era que el programa de estudios era liviano, y cada alumno solamente estaba obligado a tomar dos asignaturas. Gavin y Gwen habían planeado estratégicamente las mismas clases: Química con el señor Gorman y el curso avanzado de Historia de los Estados Unidos del doctor Casper.

El curso del señor Gorman llevaba la carga extra de tres horas de laboratorio los martes y jueves, además del tiempo en el aula de los lunes, miércoles y viernes. Quitarse ese curso de encima mientras solamente se tenía otra asignatura era una triste pero legítima excusa para estar atrapados en Westmont durante el verano, como había mencionado la tía de Gavin en la carta que Gwen había leído.

Gwen y Gavin estaban uno junto al otro en el laboratorio, frente a probetas y vasos de precipitación, protegidos con gafas. Frente a ellos se encontraban Theo y Danielle, y en la mesa contigua, Tanner Landing y Bridget Matthews, que habían sido puestos en un grupo con Andrew Gross y otro alumno de cuarto. El señor Gorman monologaba en el fondo sobre la reacción química que estaba a punto de producirse.

—Chicos, ¿alguien está interesado en ir a Chicago alguno de estos fines de semana a ver un partido de los Cubs? —preguntó Andrew.

A Tanner casi se le hizo agua la boca ante la invitación.

—¡Pues claro! —asintió.

—Perfecto —dijo Andrew, y se le dibujó una sonrisa en la cara—. Tengo entendido que hay un tren que llega directamente al campo de Wrigley Field. Veré si puedo conseguir algún asiento.

Los otros alumnos de cuarto rieron desde la mesa contigua.

—Pero esta vez, te conseguiré un asiento que no se rompa en mil pedazos.

Tanner no supo qué hacer, así que sonrió. Sus mejillas se sonrojaron.

El señor Gorman se acercó a la mesa de Gwen.

—La señorita Montgomery nos demostrará la reacción química primero y luego ustedes repetirán el proceso en sus propias mesas. Acérquense.

Había solamente doce alumnos en el laboratorio, tres grupos de cuatro, y todos se acercaron a la mesa donde Gwen pasaba un líquido rosado de un vaso de precipitación a un matraz de destilación, que Gavin sostenía del cuello con unas pinzas por encima de la llama de un mechero Bunsen. Dentro del matraz, los cristales comenzaban a girar con el hervor del líquido. Gwen sostuvo una pipeta sobre el matraz. Dejó caer una única gota dentro del líquido rosado en ebullición y se oyó un ruido fuerte al que siguió la formación de una nube blanca gaseosa dentro del recipiente, que creció en intensidad hasta que el gas se desbordó por la boca y se derramó por el matraz.

—Señor Landing, ¿podría explicar por qué el vapor se desborda por el exterior del recipiente en lugar de flotar en el aire?

—¿Porque contiene esa cosa rosada?

El señor Gorman paseó la mirada por el laboratorio.

—¿Señorita Montgomery?

—Porque el vapor de yodo es más denso que el aire. Básicamente, es pesado, entonces desciende.

—Correcto. Señor Landing, intentémoslo de nuevo. Hábleme de la reacción que se produce entre el amoníaco y el yodo. ¿Qué es ese ruido de pequeña explosión que oímos?

Tanner contempló el líquido rosado en ebullición que burbujeaba y escupía más vapor.

—Mmm… ¿es explosivo?

—Muy gracioso. ¿Puede decirnos qué está sucediendo desde el punto de vista químico?

—Mmm… un tipo de reacción que está genial.

—¿Señorita Montgomery?

—El triyoduro de nitrógeno es inestable —explicó Gwen—, porque los átomos de nitrógeno y de yodo son de distinto tamaño. Los enlaces que conectan los núcleos se rompen, lo que provoca ese ruido explosivo. Cuando los enlaces yódicos se rompen, liberan esa nube de vapor.

—Excelente, señorita Montgomery. Tal vez podría mostrarle al señor Landing dónde se encuentra esa información en el libro de texto que claramente él no ha abierto todavía. Ahora añadamos la siguiente sustancia al matraz humeante.

Gwen agregó unas gotas de una segunda pipeta dentro del frasco que Gavin sostenía. En cuanto la sustancia tocó el líquido dentro del matraz, la nube se disipó.

—Guau, qué bajón —dijo Tanner, con una sonrisa tonta—. Me pregunto qué sucedería si te tragas esa mezcla.

Los alumnos de cuarto soltaron unas risitas.

—Perdería más neuronas de las que le quedan, señor Landing.

El remate del señor Gorman hizo que toda la clase estallara en carcajadas. Gavin reía tan fuerte que tuvo que estabilizar el matraz con ambas manos para que no se volcara la mezcla.

—Tranquilícense —dijo el señor Gorman—. Quiero que cada grupo haga el mismo experimento; luego dejen todo en los fregaderos y entreguen el informe escrito al final de la clase. —Luego, se dirigió a la parte delantera del laboratorio y se sentó en su mesa a revisar trabajos.

—Esta noche —dijo Andrew, cuando todavía seguían alrededor de la mesa de Gwen— trece-tres-cinco. A las once.

Gwen y Gavin se miraron y luego intercambiaron miradas con los demás.

—Hoy es un día entre semana —objetó Gwen—. No se puede salir después de las nueve de la noche.

Andrew sonrió.

—Entonces no se dejen atrapar.

CAPÍTULO 39

EL VIAJE EN COCHE DE South Bend hasta Peppermill llevaba poco más de una hora. Marc McEvoy se dirigió allí tras una ajetreada mañana en la oficina. Se había marchado con la excusa de que tenía que almorzar con un cliente. La realidad, sin embargo, era que iba a explorar el territorio. Salió por el sur de South Bend y tomó la carretera 2 hacia el oeste. El trayecto hasta Peppermill era recto, y una hora después, entro en el aparcamiento de la estación del Metra. Desde el coche, esperó cinco minutos a que llegara el tren, luego observó cómo los pasajeros descendían a la plataforma y se dispersaban.

Después, condujo hasta el Motel 6, sobre Grand Avenue y midió con el cuentakilómetros la distancia de 900 metros desde la estación de tren. Una caminata fácil. Enseguida, condujo hacia el norte hasta llegar a la carretera 77. Otros dos kilómetros, fáciles de caminar cuando fuera necesario. Para terminar, condujo por la carretera hasta que vio el cartel del kilómetro trece; aminoró la marcha a treinta kilómetros por hora para estudiar el follaje. Ubicó el punto por donde entraría en el bosque. Desde allí, sabía que serían otros quinientos metros hasta su destino.

En total, desde la estación de tren, tendría que cubrir a pie unos cinco kilómetros la noche del Hombre del Espejo. Ningún problema.

Para familiarizarse por completo con el trayecto, Marc dio media vuelta y regresó al Motel 6 para realizar todo el recorrido una vez más. Cuando llegara la noche, no quería sorpresas.

CAPÍTULO 40

El grupo llegó donde comenzaba el bosque a las diez de la noche del martes, tras seguir el mismo camino que habían tomado el sábado para dar con el 13:3:5. El letrero de PROPIEDAD PRIVADA seguía colgando de la cadena floja; delante de ellos se elevaba la antigua casa de profesores. Las luces interiores rebotaban en las ventanas pintadas de negro, produciendo un brillo apagado que se evaporaba en la noche negra.

Andrew Gross salió por la puerta principal y permaneció en el porche.

—Veo que han venido los seis. —Se encogió de hombros—. No puedo creer que el tren no los hiciera abandonar a ninguno. No se preocupen. Tenemos todo el verano por delante.

Andrew volvió a entrar y desapareció. Gwen y sus amigos esperaron unos instantes antes de encaminarse hacia la casa. Subir los escalones les pareció algo legendario. Habían oído hablar tanto de ese sitio que entrar se asemejaba a un sueño. Aunque la electricidad estaba conectada, las bombillas se habían fundido hacía tiempo y estaban demasiado altas como para que pudieran cambiarlas. La ausencia de luz dejaba el vestíbulo y las escaleras a oscuras. Sobre un trípode había unos focos naranjas como lo que se utilizan en las obras, que iluminaban la sala a la que daba el vestíbulo. En los rincones se veían incontables botellas vacías de cerveza, de vodka y latas abolladas de otras bebidas.

Andrew, de pie delante del grupo de alumnos del último año, esperaba en la sala principal. Los dos grupos, los mayores de un lado y los de cuarto año del otro, quedaron enfrentados.

—Dentro de los muros del Instituto Westmont, existe un grupo privado. Son muchos los que han oído hablar de este grupo, pero pocos los que saben algo de él. Los profesores niegan su existencia y los de fuera han tratado de develar sus secretos durante años. Delante de ustedes, tienen a los miembros de quinto año. Los de primero y segundo no merecen estar incluidos y se elige solo a un grupo selecto de chicos de cuarto año para la iniciación. Ustedes seis son los únicos que han sido invitados.

"Pero para ser aceptados en la exclusiva élite de nuestra sociedad deberán superar una serie de pruebas. Quien no pase una de ellas, será expulsado del grupo. Los desafíos terminan en una noche de la que seguramente ya han oído hablar: la noche en la que los nuevos miembros se enfrentan al Hombre del Espejo. Esto sucede en el día más largo del verano, el 21 de junio. La tradición del solsticio de verano se remonta al año inaugural en el que Westmont abrió sus puertas, 1937. Las cosas que suceden en esta casa abandonada son solo para los miembros de la sociedad y no se puede hablar de ellas con nadie que no sea miembro. El juramento de guardar el secreto es uno de nuestros compromisos más importantes.

"Cada año, la sociedad elige a un profesor para que los nuevos iniciados lo tomen como blanco. El verano pasado, fue la señora Rasmussen. Como alumnos de cuarto año, se nos asignaron varios desafíos relacionados con ella. Todos recuerdan la bomba de humo que estalló durante su discurso en la ceremonia de graduación, ¿verdad? ¿Y el mapache muerto que apareció en una gaveta de su escritorio? ¿El día en el que se quedó encerrada en el baño hasta que los bomberos vinieron a rescatarla? ¿La vez que alguien entró en su casa del Paseo de los Docentes y causó pequeños destrozos? Llamaron a la policía e interrogaron a los alumnos. —Andrew extendió los brazos para indicar al grupo de alumnos del último año—. Ninguno de nosotros se vio implicado en esos incidentes. Eso fue gracias a nuestro juramento de guardar el secreto.

"Este verano tendrán que llevar a cabo desafíos similares. Su blanco no debe ver venir el golpe ni saber quién se lo atestó. Trabajamos en las sombras, y si bien la mayoría del alumnado sabrá que la sociedad estuvo detrás de una broma en particular, nadie tiene que poder identificar a ningún miembro de nuestro grupo. Si los *atrapan* durante uno de los desafíos, el secreto de nuestra organización requiere que asuman la culpa personalmente.

Andrew dio unos pasos hacia ellos.

—¿Han comprendido todas las reglas?

Gwen y sus amigos asintieron, sin tener plena conciencia de qué era lo que estaban aceptando, todavía anonadados por la realidad de estar dentro de la célebre casa abandonada.

—Perfecto. Su blanco para este verano es el señor Gorman. Para resumir, tendrán que hacerle pasar un verano desagradable. Tanner, ¿te quedan las suficientes neuronas como para comprender esto?

Algunos de los alumnos del último año que estaban detrás de Andrew rieron.

—Una vez que hayan superado las pruebas, tendrán la oportunidad de pasar a ser miembros del grupo. Esto sucederá el 21 de junio, cuando todos ustedes se reúnan en el bosque detrás de la casa durante la noche del Hombre del Espejo. Seguramente ya han oído rumores de lo que sucede durante el solsticio de verano, pero créanme si les digo que cualquier cosa que hayan podido oír no es nada comparado con la realidad. Los que superen la iniciación, serán miembros de por vida. —Andrew miró a los ojos a cada uno de los alumnos del penúltimo año—. ¿Alguna pregunta?

Si las tenían, no pudieron hacerlas. Justo cuando Andrew terminó de hablar, se oyó el silbido del tren en la distancia.

—¡El tren! —dijo uno de los alumnos mayores.

Andrew sonrió.

—Hora de ponerse en movimiento.

El estruendo hacía temblar las paredes y se volvía más atronador a medida que el tren se acercaba.

—¡Abran las ventanas! —ordenó Andrew, mirando a los de cuarto año—. ¡Abran todo!

Rápidamente, los alumnos mayores se pusieron a abrir todas las ventanas pintadas de negro. Otros se dispersaron por la casa para hacer lo mismo. Se abrieron todas las puertas, hasta las de los armarios de la cocina y la despensa.

Gwen conocía la leyenda. El tren que pasaba junto a la casa transportaba los espíritus de aquellos a quienes el Hombre del Espejo se había llevado. Los espíritus entraban en la casa, pero solamente podían residir en habitaciones en las que las ventanas y puertas estuvieran cerradas. Puertas de armarios, vestidores, guardarropas. Los espíritus podían descansar en cualquier sitio que estuviera cerrado.

Gwen se puso en movimiento. No podía decidir si lo que sentía era temor o una emoción tonta por ser parte del mito del que tanto había oído hablar en sus primeros dos años en Westmont. Corrió escaleras arriba con Danielle. Entraron en la primera habitación y abrieron las ventanas. El gruñido del tren se hizo más fuerte. Abrieron los armarios, los botiquines del baño y un viejo baúl abandonado en un rincón. Corrieron de habitación en habitación repitiendo las acciones hasta estar seguras de que todo estaba abierto.

Cuando volvieron a bajar a la planta principal, el resto regresaba de distintas partes de la casa. En la sala, Andrew comenzó a cubrir con una lona el gran espejo de pie que ocupaba una esquina. A Gwen le habían dicho que los espíritus también podían residir en un espejo descubierto. Y hasta que el tren hubiera pasado, nunca había que mirarse en él.

El silbido del tren se oyó justo cuando Andrew cubría el espejo. Antes de que hubiera terminado del todo, Gwen posó la mirada en la superficie durante un segundo. Estaba girado hacia un lado, por lo que no pudo ver su propia imagen, pero sí vio claramente a Tanner reflejado en el espejo. Estaba mirando el mismo punto que ella. Gwen cerró los ojos y apretó los párpados con fuerza.

Era 11 de junio. Diez días más tarde, Andrew Gross yacería muerto en esa misma sala y Tanner Landing estaría clavado en la reja de hierro de la casa.

PARTE V

Agosto de 2020

CAPÍTULO 41

Caía la noche cuando sonó el timbre de la puerta. Rory y Lane habían estado intercambiando ideas toda la tarde hasta que Lane quedó agotado. Estaba recostado sobre el sofá con la cabeza apoyada en los cojines. Por la ventana del frente, Rory vio que un coche policial sin identificación aparcaba en la entrada detrás del suyo.

—Llegaron los detectives —anunció Rory, e instintivamente se protegió detrás de sus lentes—. ¿Te sientes bien como para hablar con ellos?

—Si han venido un domingo, no creo que tengamos opción.

Rory se puso de pie y se dirigió a la puerta. Antes de abrirla, se colocó el gorro de lana bien calado sobre la frente.

—Señorita Moore —saludó el detective Ott.

—Detective. Pase. —Rory se hizo a un lado para que Ott pudiera entrar en la casa.

Lane se puso de pie con dificultad y le estrechó la mano.

—Doctor Phillips. Soy Henry Ott.

—Encantado de conocerlo, detective.

—En realidad, nos conocimos en el hospital, pero usted acababa de despertarse.

—Es cierto. Lamentablemente, la cabeza todavía me retumba. ¿Le molesta si me siento?

—Claro que no. Seré breve. O podemos hablar otro día cuando se sienta mejor.

—Mejor quitémonoslo de encima cuanto antes —dijo Lane.

Se sentaron alrededor de la mesa de la sala; Rory y Lane sobre el sofá, el detective en una silla al lado. Lane le explicó al detective Ott el motivo de su presencia en Peppermill, el pódcast y su relación con Mack Carter. Repasó sus tres días en Peppermill, culminando con la tarde que había ido a la casa de Mack para escuchar el audio de la noche en la que él había descubierto el cuerpo de Theo Compton junto a las vías cerca de la casa abandonada.

Ott escuchó atentamente e hizo algunas preguntas. Le pidió a Rory que repitiera algunas de las cosas que le había relatado en su primer encuentro. Ella lo hizo. Además de que no tenía nada que ocultar, poseía una memoria fotográfica, por lo que su segunda declaración fue idéntica a la primera, algo que podía solidificar su honestidad o arrojar dudas sobre ella.

—Es el único detective con quien he hablado que no toma notas —dijo Lane.

Ott se movió en la silla como si lo que iba a decir fuera incómodo.

—Sí, es que mi visita es tanto profesional como personal. Prefiero no dejar registro, en caso de que lo que voy a pedirle no salga bien.

—Pregunte lo que quiera —dijo Lane con un movimiento de la cabeza.

—Oficialmente, el caso de los asesinatos del Instituto Westmont está cerrado desde hace un año. Charles Gorman fue acusado, y si bien técnicamente no fue condenado por el sistema judicial, es nuestro hombre. Comprendió lo que hizo y trató de librarse de ello arrojándose bajo el tren. Lo arrestamos y lo acusamos formalmente al día siguiente en el hospital, mientras estaba en coma. Es probable que nunca llegue a juicio, pero oficialmente el caso está cerrado.

—Oficialmente, sí —dijo Rory.

Ott se pasó la palma de la mano por la barba incipiente del mentón.

—Así es. Oficialmente. Pero extraoficialmente, algo sobre este caso nunca terminó de convencerme. Desde el momento en el que acudí a Westmont la noche del crimen y fui trasladado en un coche de golf por el bosque a esa escena de horror, todo pareció encajar perfectamente. *Demasiado* perfectamente. No me malinterpreten, me alegré de cerrar el caso, y casi todas las pruebas que reunimos nos llevaron a Gorman. Pero cada vez que otro alumno se suicida, me cuestiono todo lo que sé sobre el asunto.

—¿Cómo qué? —preguntó Rory.

Su postura había cambiado. Ya no estaba hundida en el sofá, deseando que los cojines la ocultaran. Estaba erguida y alerta. Su mente permitía que sus pensamientos se fijaran solamente en lo que carecía de sentido. Mucha gente evitaba la confusión y el caos. Rory se sentía atraída por ellos. Lo misterioso e inexplicable la intrigaban y no podía pasarlo por alto, del mismo modo que una mariposa nocturna no puede resistirse a una fuente de luz.

—Bien, la pregunta más importante que me hago es si atrapamos al hombre indicado o si ocurrió algo más aquella noche. O si *sigue* ocurriendo algo más…

—Eso es lo que Mack Carter estaba tratando de dilucidar —dijo Lane.

—Sí, bueno, pero eso es entretenimiento. —Ott hizo un ademán con la mano—. Era alguien de la televisión que producía un pódcast sensacionalista para obtener buenos índices de audiencia, dinero y fama. Por eso nunca hablé con él cuando me lo pidió. Prefiero trabajar en la sombra. No necesito que el público esté al tanto de cada paso que doy en el caso o de cada pista con la que me topo. Y lo que menos necesito es que detectives aficionados persigan esas pistas. —Meneó la cabeza—. Pero ahora Mack está muerto y tengo al jefe de bomberos convencido de que la fuga de gas en la casa fue provocada intencionadamente.

Rory y Lane se miraron. Todavía no habían verbalizado sus temores sobre lo sucedido en casa de Mack, pero ambos eran conscientes de la pregunta que flotaba entre ellos.

—¿Alguien quería impedir que Mack Carter investigara el caso? —preguntó Rory.

—Supongo que esa es la pregunta del millón —dijo Ott.

—El último chico que se mató, Compton —dijo Lane—. Él habló con Mack. Parte de esa conversación se emitió en el pódcast. Por lo que dijo el chico, parecía que en el instituto había un grupo de alumnos que sabía algo sobre esa noche y que no se lo habían contado a nadie. Dijo que Gorman no asesinó a sus compañeros. No fue tan explícito, pero lo dio a entender.

—Si esos alumnos existen —dijo Ott—, no van a hablar. Entrevisté a todos los alumnos del instituto. A muchos, más de una vez. Ninguno de ellos tiene nada nuevo que decir, así que si hay un grupo que está ocultando algo, van a mantener la boca cerrada.

—O se van a suicidar —dijo Rory.

Se hizo un silencio en la habitación antes de que Ott finalmente mirara a Rory.

—Creo que por eso he venido esta noche.

—¿Tiene una teoría diferente de lo que sucedió? —preguntó ella.

—No. Si reviso el caso, cosa que hago cada vez que otro alumno de Westmont se suicida, prácticamente todo sigue señalando a Charles Gorman.

—¿Por qué resultó Gorman sospechoso? —quiso saber Lane—. Por lo que he podido saber hasta el momento, no había pruebas físicas que lo relacionaran con la escena del crimen.

—No, pero había muchas pruebas circunstanciales como para ir tras él.

—Usted dijo que *prácticamente todo* señalaba a Gorman —dijo Rory—. ¿Qué es lo que no encaja?

El detective Ott se inclinó hacia delante para apoyar los codos sobre las rodillas.

—Ese es mi mayor problema. —Miró a Lane—. ¿Podría beber algo?

—Lamentablemente, casi no tengo nada. Solo he estado aquí unos días.

—Tenemos cerveza —dijo Rory.

—¿Podría tomarme una?

—Por supuesto —respondió Rory esforzándose por mantener la calma.

Pero mientras se dirigía a la cocina para buscar una Dark Lord, las manos le temblaban de impaciencia; su cerebro estaba famélico de información.

CAPÍTULO 42

—Llegué a la casa de madrugada —relató el detective Ott mientras se echaba hacia atrás en la silla con un vaso de cerveza en la mano—. Serían las tres o cuatro de la mañana. Me encontré con dos chicos muertos. Uno empalado en la reja y el otro en un charco de su propia sangre en una de las habitaciones. Solo quedaba una alumna en la casa, una chica llamada Gwen Montgomery. Estaba en estado de shock, sentada en el suelo junto al chico clavado en la reja. La vi cubierta de sangre y, al principio, pensé que se encontraba herida. Pero la mayoría de la sangre pertenecía a Tanner Landing. —Respiró hondo—. Dijo que había intentado descolgarlo, pero se dio cuenta de que era inútil. Estaba atravesado por un hierro de forma atroz. Así que se sentó junto a él, llamó al 911 y luego permaneció allí, meciéndose hacia atrás y hacia delante hasta que llegó el equipo de emergencias. Estaba tan enajenada, que los policías le permitieron quedarse sentada en el suelo hasta que llegué yo.

Ott se irguió y se mordió el labio inferior; luego meneó la cabeza y miró a Rory.

—Esta chica —dijo—. Es lo único que no tiene sentido. —Bebió un trago largo de cerveza—. ¿La sangre que tenía en las manos y en el pecho? *Gran parte* de ella pertenecía a Tanner Landing, pero hay una parte que sigue sin identificar. Nunca pudimos saber a quién pertenecía esa sangre.

—¿Qué dice la chica? —preguntó Lane. Él también se había incorporado y estaba inclinado hacia el detective.

—Dijo que corrió por el bosque para llegar a la casa, donde pensaban encontrarse todos los alumnos. Cuando llegó, descubrió a Tanner en la reja y trató de desengancharlo, por eso terminó cubierta de sangre. Dice que en ningún momento entró en la casa. La sangre sin identificar también se encontró en el cuerpo de Tanner. No mucha, solo rastros. Y había mucha sangre en la escena. Parecía una masacre. Tanner Landing estaba degollado, y uno de los pinchos de la reja le atravesaba el mentón y la cara. Casi toda la sangre era de él.

—¿Entonces esa sangre sin identificar podría ser del asesino? —preguntó Rory.

—Sí, así es —corroboró el detective Ott.

—¿Pero la sangre no era de Charles Gorman?

Ott bebió otro sorbo de cerveza.

—La sangre no pertenecía a Gorman, ni a Gwen Montgomery ni a ninguno de los alumnos. Les tomamos muestras a todo el cuerpo docente. No se halló ninguna coincidencia.

—¿Les tomaron muestras a todos? —preguntó Rory—. ¿A todos los profesores, personal de limpieza y empleados a media jornada?

—A todas y cada una de las personas que pisaban ese campus se les extrajo una muestra de sangre. Y nada.

—¿Entonces cómo llegaron tan rápido a Gorman?

—Después de inspeccionar el lugar de los hechos, dejé que los técnicos hicieran su trabajo y documentaran todo en fotos y videos. La casa, los cadáveres, el bosque, las vías. Mientras trabajaban, regresé al campus principal y comencé a recabar información. Para entonces todos estaban despiertos, serían las cinco o las seis de la mañana y corrían rumores sobre lo que había sucedido en la casa abandonada. Yo estaba con la directora de asuntos estudiantiles, la doctora Gabriella Hanover. Ella recorrió conmigo los edificios de los dormitorios. Interrogué a todos los alumnos esa mañana. Rápido, y de manera informal, solo para hacerme una idea de lo sucedido. La mayoría ni siquiera conocía la existencia de la casa. Pero algunos dijeron que habían estado allí. Habían ido por atrás, por el bosque, y al llegar a la casa vieron a Tanner Landing colgando de la reja, se asustaron y regresaron corriendo a pedir ayuda. La hora de las llamadas coincide con esa versión. Primero llamó la chica, Montgomery, y luego siguieron varias llamadas más. Leí todas las transcripciones del 911 y escuché las grabaciones. Todos suenan como adolescentes aterrados.

"Ninguna de las historias de los alumnos sonaba sospechosa y todas eran demasiado parecidas para mi gusto. En aquel momento, ninguno de ellos estaba en mi radar. Gwen Montgomery fue la única chica a la que no interrogué aquella noche. Los de emergencias se la llevaron al hospital, donde pasó el día y la noche siguiente antes de que le dieran el alta. Para entonces, yo ha había pasado un día investigando y ya estaba siguiéndole el rastro a Gorman. Hablé con el cuerpo docente esa mañana, tras interrogar a los alumnos. Hablé con el vicedirector, el doctor Christian Casper. Hablé con un par de profesores. No había demasiados, porque era verano y casi todos estaban de vacaciones. Nada de lo que dijeron en esas entrevistas me resultó interesante hasta que llamé a la puerta del dúplex número 14.

—La casa de Gorman —dijo Lane.

—En cuanto abrió la puerta, supe que algo sucedía. Estaba muy nervioso y sus respuestas eran evasivas. No fue nada coherente al explicar dónde había estado la noche anterior y con quién. Lo puse al principio de mi lista inicial y le conté a mi supervisor mis sospechas. Más tarde ese día, después de que bajáramos a Tanner Landing de la reja y lo llevásemos a la morgue, tuvimos acceso a su teléfono. Descubrimos un video que parecía haber sido filmado a través de la ventana de un dormitorio. El video mostraba a Charles Gorman... —Ott miró a Rory y bebió otro sorbo de cerveza— en pleno coito, en estado de éxtasis.

—¿Teniendo sexo? —preguntó Lane.

—Sí. El video mostraba a Gorman en su habitación y... —el detective Ott levantó la mirada hacia el techo mientras buscaba las palabras adecuadas— era una invasión absoluta de privacidad y podría considerarse muy embarazoso. Más tarde nos enteramos de que Landing lo había subido a una red social. La línea de tiempo muestra que lo hizo unas horas antes de que lo mataran.

Rory y Lane se miraron. Socios profesionales desde hacía quince años, y amantes desde hacía más de una década, solamente necesitaban cruzar sus miradas para comprender qué estaba pensando el otro. El perfil del asesino elaborado por Lane incluía la posibilidad de que la muerte de Tanner Landing —con el extremo puntiagudo de una reja de hierro atravesándole la cabeza— hubiera sido un acto de venganza. La novedad de este video hacía que el pequeño óvalo en el diagrama de Venn de Lane, que incluía las características superpuestas de Gorman y el asesino de Westmont, se agrandara ligeramente.

—Logré conseguir una orden de registro para el día siguiente. Gorman no estaba en su casa cuando los doctores Hanover y Casper nos abrieron la puerta de su vivienda. Registramos el lugar y encontramos el manifiesto oculto en una caja fuerte empotrada en la pared.

—¿Un manifiesto? —repitió Rory.

—Tres páginas manuscritas que describían en detalle lo que pensaba hacerles a Tanner Landing y a Andrew Gross. Era una descripción exacta de la escena del crimen. Nombraba a las víctimas. Describía la forma en la que mataría a cada uno. Más tarde me enteré de que Gorman había sido objeto de bromas pesadas por estos dos alumnos. El video fue la gota que colmó el vaso y le hizo perder la razón. Tras descubrir el manifiesto, tuvimos suficientes pruebas para arrestarlo. El problema fue que no podíamos localizarlo. Pensamos que había huido, así que comenzamos a buscarlo. Cubrimos todos los puntos para rastrearlo.

—¿Cuándo lo encontraron?

—Uno de nuestros agentes estaba en la escena del crimen, allí, en la casa abandonada. En aquel momento, seguíamos recogiendo pruebas. Cuando revisó la zona aledaña a la casa, encontró a Gorman junto a las vías. Se había arrojado delante del tren. Al principio, el agente creyó que estaba muerto, pero estaba equivocado. Enviamos una ambulancia al lugar de los hechos y lo mantuvieron con vida. Lo estabilizaron en el hospital, pero estuvo en coma durante semanas antes de abrir finalmente los ojos. Pero Charles Gorman nunca regresó del todo. Su mente no funcionaba. Las lesiones traumáticas en el cerebro lo han dejado en estado vegetativo.

—Muerte cerebral —comentó Lane.

El detective Ott asintió.

—Finalmente lo trasladaron al Hospital Psiquiátrico Penitenciario Grantville. En catorce meses no ha dicho una palabra. Los médicos dicen que no volverá a hablar. Cada cierto tiempo voy a verlo. Solía ir para asegurarme de que supiera que lo había atrapado. Últimamente, sin embargo, voy para ver si es capaz de decirme que me equivoqué. Casi no parpadea cuando estoy en la habitación. Seguí varias pistas después de que Gorman intentase matarse, solo para atar cabos sueltos. No llevaban a ninguna parte. Gorman era nuestro hombre. Punto.

Rory se colocó los lentes.

—Es un caso circunstancial muy convincente —dijo—. Un hombre con motivos para vengarse y un manifiesto que es prácticamente una confesión.

—Creemos que Gorman lo comprendía, razón por la cual intentó poner fin a su vida.

—¿Lo único que en ningún momento tuvo sentido fue la sangre que no pudieron identificar?

El detective Ott echó la cabeza hacia atrás y se bebió el resto de su Dark Lord.

—Y los chicos que no paran de arrojarse debajo de los trenes.

CAPÍTULO 43

RORY LLEVÓ EL VASO VACÍO del detective Ott a la cocina y le sirvió otra Dark Lord. Ella se sirvió otra.

—Gracias —dijo Ott cuando Rory le entregó la cerveza negra servida con pericia para que quedara espuma en la parte superior.

—Tengo la sensación de que no ha venido aquí esta noche a interrogar a Lane.

—No, vine por otra cosa —respondió él mirándola a los ojos—. Y hay un motivo por el que vine solo.

Rory quería apartar la mirada, como habría hecho normalmente cuando alguien establecía contacto visual de manera forzada. Pero esa noche no lo hizo. Esa noche le sostuvo la mirada al detective porque sabía por qué estaba allí.

—Sí —comentó ella—. He echado de menos a su pitbull.

—Morris es buen detective, pero es joven e inexperto y se mueve estrictamente según el reglamento.

—¿Y usted se salta las reglas? —preguntó Lane.

—Cuando es necesario. —Ott seguía mirando a Rory—. Voy a ser completamente transparente: tras hablar con usted en el hospital, reconocí su nombre e investigué un poco. Luego llamé a su jefe en Chicago. Ron Davidson y yo nos conocemos desde hace tiempo y se mostró muy convincente cuando me dijo que usted es muy buena en su trabajo. Sé que nuestra policía estatal ha trabajado con usted y el doctor Phillips a través del Proyecto de Responsabilidad de Homicidios.

El PRH era la empresa que había creado Lane para identificar asesinos en serie. Había desarrollado un algoritmo que rastreaba características específicas de homicidios en el país y detectaba coincidencias entre ellos. Cuando aparecían suficientes marcadores, se creaba un punto de acceso y se llevaban a cabo más análisis para ver si las etiquetas que el algoritmo recogía señalaban a una misma persona como responsable de los homicidios. Hasta el momento, el PRH había descubierto una docena de asesinos en serie y el software estaba siendo mejorado y se estaba certificando para los departamentos de policía de los Estados Unidos.

—Su trabajo en reconstrucción forense es legendario —prosiguió Ott—. Y para serle franco, me vendría bien una ayuda. Necesito que otra persona estudie el caso del Instituto Westmont y lo aborde desde una perspectiva nueva. Necesito a alguien que pueda reconstruir casos sin resolver y descubrir lo que otros han pasado por alto. —Enderezó la espalda y ensanchó el pecho—. Soy buen detective y tengo amor propio. Pienso que hice todo lo posible en este caso. Pero si otro chico más vuelve a esa casa y se arroja delante de un tren, creo que no lo resistiré.

Rory sentía la nuca mojada de sudor; por un instante, se le cerraron los pulmones, pero les dio la orden de volver a expandirse.

—Voy a necesitar acceso a todo —dijo antes de darse cuenta de lo que estaba pensando—. Si voy a ayudarlo, voy a necesitar todo el material.

Ott asintió como si ya lo hubiera considerado.

—También voy a querer ver la escena del crimen con mis propios ojos. Recorrerla en persona.

Rory no mencionó que caminar en las huellas dejadas por los muertos era su modo de obtener acceso a las víctimas cuyas almas esperaban la conclusión que ella podría darles. Cuando se trataba de resolver un caso de homicidio, tenía sus propios métodos y su propia filosofía, que nunca había tratado de explicar a otros. Solo sabía que su rutina le permitía volver a mirar lo que todos los demás habían visto y pensar cosas que a nadie se le habían ocurrido.

Ott asintió.

—Puedo conseguirlo.

—Y también quiero todos los archivos del caso. No solamente lo que usted quiere que vea; no solo lo que le mostraría al público. Si quiere que encuentre algo que puede habérseles pasado por alto a los demás, voy a necesitar toda la información que tenga. Sobre el instituto, sobre los chicos y sobre Gorman. No quiero que se guarde nada.

Ott se pasó la lengua por el interior de la mejilla mientras lo pensaba.

—Oficialmente, por lo que al público respecta, hemos capturado al culpable. Si mi investigación de la muerte de Mack Carter revela otra cosa, pues que así sea. Pero de momento, el caso del Instituto Westmont está cerrado. El caso Carter está siendo tratado como muerte sospechosa y mi departamento está investigando todas las pistas. Así es como lo quiere hacer mi superior y comprendo su razonamiento. Si yo fuera a reabrir formalmente una investigación sobre los asesinatos del instituto, se produciría un efecto dominó. Además del temor público a que un asesino esté suelto, habría repercusiones legales. Demandas de las familias de las víctimas. Demandas de la familia de Gorman. Rodarían cabezas, la mía entre ellas. Pero ¿extraoficialmente? Algo de este caso huele mal y necesito ayuda para descubrir qué es.

Rory miró a Lane para asegurarse de que estuviera de acuerdo, pero aun antes de que sus ojos se encontraran con los de él, supo que lo estaría. Él había ido a Peppermill por ese motivo, y por esa misma razón había intentado convencerla de que lo acompañara. Por eso mismo había llenado el refrigerador de la cerveza que ella bebía y le había creado una réplica de su despacho en la galería.

—Los fanáticos de crímenes reales que seguían el pódcast de Mack deben de tener sus propias teorías sobre lo sucedido —comentó Lane.

—Sí, hoy en día cualquiera que tiene afición por los crímenes cree que puede lograr más que los detectives con la mitad de la información. Que los aficionados se inventen las teorías que quieran. Dos tercios de lo que esos tontos creen que saben son disparates y el otro tercio es erróneo.

—Con todo —insistió Lane—, el pódcast de Mack tenía una audiencia numerosa. La gente va a hablar del asunto, más aún tras su muerte. Hasta es posible que aparezcan otros reporteros para terminar lo que Mack comenzó.

—Razón por la cual estoy aquí esta noche —dijo Ott—. Quiero adelantarme a los hechos. Ver si puedo comprender qué está sucediendo antes de que aparezca el equipo B y lo estropee todo. ¿Cuento con ustedes, entonces?

Rory se subió los lentes y notó que la pierna derecha le vibraba, lo que hacía tintinear los detalles de metal de sus botas.

—¿Para cuándo puede conseguirme los archivos? —preguntó.

CAPÍTULO 44

En una mañana desagradable de lunes, Ryder detuvo el coche junto a la acera frente a la casa de South Bend perteneciente a la esposa del hombre que había desaparecido hacía más de un año. Era uno de los títulos de la lista que su editor le había entregado el viernes anterior. La historia no era nueva para ella. Ryder había investigado el caso misterioso del padre de dos hijos que un día se había marchado para un viaje de negocios y nunca había regresado a su casa. Ryder había escrito sobre el caso en su blog el año anterior —"Desaparece sin dejar rastro un residente de la zona"—, que era exactamente para lo que su blog estaba pensado. Los aficionados a los crímenes reales que la seguían se deleitaban opinando sobre casos no resueltos y persiguiendo pistas que la policía había abandonado. Cualquier información con la que se podían llegar a topar los ciudadanos detectives que pudiera ayudar a resolver el misterio era considerada un éxito.

Sin embargo, el interés por el hombre desaparecido de South Bend se apagó una vez que la noticia de los asesinatos del Instituto Westmont acaparó la primera plana de todos los periódicos de Indiana. A medida que se hacían públicos los detalles morbosos del crimen en el instituto, el interés fue creciendo hasta que todo el país comenzó a seguir el caso. En solamente dos días, el ciclo de noticias de la televisión por cable se saturó de historias sobre el Instituto Westmont. La noticia era la estrella en los telediarios de la mañana y hasta la reina de la televisión de las mañanas, la presentadora Dante Campbell, había paseado sus tacones altos por la anteriormente ignota ciudad de Peppermill.

Debido al minucioso análisis que hacían los medios de cada detalle de la historia, cuando se descubrió la primera información importante —el manifiesto de un profesor dentro de una caja fuerte empotrada en la pared, donde describía los detalles de la masacre ocurrida en la casa abandonada—, la noticia se extendió como un incendio sin control. Cuando ese mismo profesor, Charles Gorman, intentó luego suicidarse, el Instituto Westmont y las muertes en Peppermill pasaron a tener cobertura absoluta. El padre de dos hijos desaparecido de South Bend quedó en el olvido. El interés por su paradero se esfumó, igual que el hombre mismo.

Ryder era tan culpable como cualquier otro periodista. Ella también se había subido al carro del Instituto Westmont junto con todos sus colegas. La única diferencia era que ella no había aceptado con tanta facilidad lo que ofrecía la policía sobre los asesinatos en la escuela. Cuando Dante Campbell y los demás jerarcas de los informativos pasaron a noticias y escándalos nuevos, Ryder permaneció en Peppermill. Ella y sus seguidores creían que había más detrás de la historia y Ryder había pasado casi un año persiguiendo pistas y revelando incoherencias del caso. Lo único que consiguió su arduo trabajo fue que Mack Carter tuviera su propio pódcast y le robara la exclusiva. En ese momento, no solamente ya no estaban Mack ni su pódcast, sino que la posibilidad de que Ryder descubriera algo más sobre Westmont se estaba volviendo remota.

Ryder pensó mucho sobre cuál era la mejor manera de responder a su descenso de categoría. Su primera reacción fue renunciar. Si hubiera podido contar todavía con los ingresos de su canal de YouTube, le habría dicho a su jefe que se fuera a la mierda. Pero YouTube había eliminado su canal y era poco probable que volviera a obtener un céntimo de él. Necesitaba su empleo en el periódico para pagar las facturas y no sabía qué tipo de dolores de cabeza financieros la esperaban tras las acciones judiciales iniciadas por los padres de Theo Compton. Por más que intentara encontrar la solución, de momento no le quedaba otra opción que hacer el trabajo aburrido para otros columnistas. Ese trabajo comenzaba en una pequeña casa de South Bend de la que había desaparecido un hombre llamado Marc McEvoy.

CAPÍTULO 45

UNA VEZ QUE EL CASO de Westmont se hubo cerrado, Ryder volvió a sus otras historias. Una de ellas había sido la de Marc McEvoy. Era un hombre de veinticinco años, padre de dos niños, que una tarde había partido en un viaje de trabajo del que nunca había regresado. Su automóvil había sido encontrado en el Aeropuerto Internacional de South Bend, pero a él nadie lo había vuelto a ver. Además de las publicaciones que Ryder había hecho en el blog sobre el caso, también había escrito crónicas para el *Star* sobre el misterio de Marc McEvoy. Los artículos habían sido en su mayoría actualizaciones breves sobre la falta de avances en el caso y análisis de viejos detalles, pero no contenían nada sustancial ni revelador. Desde el comienzo, había habido muy poco sobre lo cual basarse. El hombre simplemente se había hecho humo.

A falta de detalles, sin embargo, abundan los rumores. Estos variaban considerablemente, desde los que decían que Mark McEvoy había huido de un matrimonio infeliz, los que aseguraban que se había fugado con la amante y los que afirmaban que la esposa lo había asesinado y se había deshecho del cadáver. Pero Ryder sabía que las mujeres rara vez mataban por motivos que no fueran pasionales, y hasta el momento no se habían encontrado pruebas de que el hombre tuviera una aventura. También era poco frecuente que una esposa de una zona residencial tuviera las habilidades criminales requeridas para llevar a cabo un asesinato de manera tan limpia y precisa, sin dejar pruebas de ningún tipo. El loco que había matado a su mujer y sus dos hijos un par de veranos antes en Colorado quedó arrestado poco después de acceder a una entrevista televisiva, en la que le suplicó a su familia que volviera a casa. Su mirada huidiza y sus vacilaciones resultaron delatoras aun para los peores jugadores de póquer. Después de que prácticamente se declarase culpable por televisión, la policía registró su casa. Había dejado tantas pruebas físicas que enseguida lo arrestaron. Hasta un asesino diabólico como Robert Durst había hecho un pésimo trabajo para deshacerse del cuerpo de su vecino tras asesinarlo. Una vez que lo desmembró, intentó hundir las partes en la bahía Galveston, pero no tuvo en cuenta que las bolsas de plástico negras que contenían las extremidades se llenarían de gases en cuanto estas comenzaran a descomponerse. Poco tiempo después de que sumergiera la evidencia, las bolsas hinchadas flotaron a la superficie y llegaron a la costa. No pasaron muchas horas antes de que un transeúnte curioso abriera una de ellas. Durst fue arrestado al día siguiente. Por lo que la teoría de que la esposa de Mac McEvoy, maestra de escuela primaria y miembro del coro de la iglesia, había llevado a cabo un homicidio tan pulcro y había escondido el cuerpo durante todo un año era imposible de sostener. Ryder se manejaba con la suposición de que Marc McEvoy estaba con vida en alguna parte. Si llegaba a encontrarlo, podría salvar su carrera.

La única noticia real —Ryder se negaba a llamarla pista— era el descubrimiento de que la mujer de Marc McEvoy estaba intentando cobrar un seguro de vida de un millón de dólares. No era mucho, pero valía la pena investigarlo. Ryder subió los escalones del porche y llamó a la puerta. —¿Brianna McEvoy?

—¿Sí?

—Me llamo Ryder Hillier y soy periodista del *Indianapolis Star*. Quería saber si le molestaría que le hiciera unas preguntas sobre su esposo.

La mujer se cruzó de brazos.

—¿Qué quiere saber?

—Estoy escribiendo un artículo sobre la desaparición de su esposo y la policía mencionó unos detalles sobre un seguro de vida.

Brianna McEvoy puso los ojos en blanco con expresión de fastidio.

—Tengo dos hijas pequeñas y estoy viendo cómo hacer para criarlas yo sola. No tengo idea de qué decirles cuando preguntan dónde está su padre. ¿En serio cree que me importa un rábano lo que piense la gente sobre un seguro de vida? Marc lo contrató hace tres años. No es ninguna primicia, estoy tratando de cobrarlo porque con mi sueldo de maestra no me alcanza para vivir.

La mujer dio un paso adelante y miró a Ryder a los ojos.

—¿Le parece factible que una madre de dos niñas, que enseña en la comunidad, haya matado a su esposo, el padre de sus hijas, para cobrar el seguro? Lo que les sugiero a la policía y a todos ustedes, los periodistas, es que dejen de ver tanta televisión y le dediquen un poco de tiempo a averiguar qué le sucedió a mi marido.

Ryder sintió el aire en la cara cuando la esposa de Marc McEvoy le cerró la puerta en las narices. Recordó por qué detestaba el trabajo arduo de perseguir pistas. Insertó la tarjeta con sus datos en el marco de la puerta y regresó al coche. El papel arrugado con la lista de pistas estaba sobre el asiento del copiloto. Ryder cerró los ojos y se apretó el puente de la nariz con los dedos. ¡Qué mierda todo! Hacía solo unos días escribía, feliz, para la sección de sucesos de uno de los periódicos más importantes de Indiana. Tenía un blog muy popular sobre crímenes reales y un canal de YouTube que le proporcionaba un atractivo ingreso suplementario. En ese momento su carrera se había hecho añicos. Perseguía historias que no llevaban a ningún sitio y tenía que entregarles cualquier información útil a otros periodistas para que escribieran el artículo.

El teléfono vibró. No reconocía el número.

—Habla Ryder Hillier.

Hubo silencio del otro lado.

—¿Hola? Habla Ryder Hillier.

Una mujer carraspeó.

—Soy Paige Compton. La madre de Theo.

Ryder levantó las cejas y miro hacia todos lados como si la hubieran atrapado cometiendo un acto ilegal.

—Hola.

—Necesito hablar con usted.

—Señora Compton, quiero disculparme por esa filmación de su hijo. Fue irresponsable y *muy* inapropiado haberlo publicado en las redes sociales. Muestra realmente una gran falta de juicio de mi parte.

Hubo un largo silencio y Ryder pensó que la llamada se había cortado. Miró el teléfono para comprobar si el contador de segundos seguía funcionando.

—Además —continuó por fin—, quiero que sepa que mi periódico no tuvo nada que ver con…

—No me importa el video —dijo la señora Compton, interrumpiéndola en seco—. No fue idea mía iniciar acciones legales. Mi abogado me lo sugirió. Dijo que me convenía demandar al periódico porque había muchas posibilidades de que quisieran llegar a un arreglo extrajudicial. Me dijo que primero la demandara a usted, pero a mí no me interesa nada de eso. Ninguna suma de dinero va a devolverme a Theo. Hasta estoy dispuesta a anular las acciones legales si usted me ayuda.

Ryder apretó con firmeza el teléfono contra su oreja.

—¿Ayudarla? ¿Con qué?

Otro largo silencio.

—¿Señora Compton? ¿Que la ayude con qué?

—Theo me llamó la noche antes de... de morir. Quería advertirme.

Ryder se echó hacia delante en el asiento y fijó la mirada en un punto del panel de control.

—¿Sobre qué?

—Él y sus amigos se habían metido en problemas.

—¿*Qué clase* de problemas?

La señora Compton carraspeó.

—No quiero hacer esto por teléfono. ¿Podemos hablar en persona?

—¿Cuándo? —dijo Ryder, sin vacilar.

—Ahora, o en cuanto pueda llegar aquí.

—¿Dónde es *aquí*, señora?

—En Cincinnati.

Cincinnati estaba a cuatro horas en automóvil. Ryder repasó mentalmente la lista de entregas de trabajo que debía para poder mantener su empleo. Correr tras la historia de Theo Compton y los asesinatos del Instituto Westmont no estaban en la lista.

—Podría ir el fin de semana —dijo—. El viernes.

Ryder garabateó la dirección sobre el papel autoadhesivo que contenía las pistas que le habían encomendado seguir. Subrayó la dirección y la línea que trazó tachó el nombre de Marc McEvoy.

CAPÍTULO 46

Gwen Montgomery movía las piernas en su sueño. Estaba intentando correr por el bosque oscuro, pero solo podía dar uno o dos pasos antes de hundirse en el lodo espeso. Con gran esfuerzo, despegaba el pie del fango, creando un ruido sonoro de succión. Luego intentaba correr de nuevo. En cuanto cambiaba el peso a un pie, se le volvía a hundir. El progreso era terriblemente lento; por fin llegaba al extremo del bosque. Allí, veía la casa abandonada. Sentía la sangre pegajosa en las manos y en el pecho, y deseaba correr adentro y lavarse, poner las manos bajo el chorro de agua del grifo de la cocina y dejar que la sangre se escurriera por el desagüe. Entonces desaparecería y nunca más tendría que pensar en el origen de esa sangre.

De pronto, sus pies se liberaban del lodo y corría hacia la casa. Veía la reja de hierro y el cuerpo empalado. La luz de la luna iluminaba la cara hinchada y desfigurada de Tanner Landing; tenía los ojos entreabiertos con la mirada vacía de la muerte y el extremo puntiagudo de la reja le asomaba por el cráneo. Ella dejaba escapar un grito gutural y corría a tratar de desengancharlo. El cuerpo de Tanner estaba mojado; al mirarse las manos, Gwen veía que estaban más ensangrentadas que cuando había salido del bosque.

Llamaba a Gavin. No había respuesta. Llamaba y llamaba, hasta que sus esfuerzos finalmente la despertaron. Se incorporó en la cama y comprendió que le estaba sucediendo de nuevo. El aleteo en el pecho, el sudor en el cuello y por la espalda, la incapacidad de lidiar con el menor estímulo rutinario. Se sobresaltó al oír que dos compañeros pasaban riendo por el pasillo frente a su dormitorio. Respirando agitadamente, se levantó de la cama; el ataque de pánico era inminente. Pensó en hablar con Gavin. Él estaba al tanto de las pesadillas. Gavin lo sabía todo. Pero su voz, que en un tiempo la había reconfortado, había perdido ese poder en los últimos meses. Eran los dos únicos que quedaban y habían avanzado demasiado por ese camino oscuro. Tanto, de hecho, que Gwen ya no sabía si alguna vez encontrarían la salida. O si la salida era lo que ella realmente deseaba. Desviarse del camino ahora no le traería felicidad. La llevaría a otro camino que era mucho más oscuro y ominoso que el de entonces. Pero el camino en el que ella y Gavin se encontraban —el mismo que todos habían tomado aquella noche en el bosque— no solo estaba resultando malsano, sino también peligroso.

Se recogió el pelo en una coleta y se vistió con jeans y una camiseta sin mangas. Salió de Margery Hall y cruzó el campus en dirección al Paseo de los Docentes. Llamó en el número 4. Instantes después, apareció la doctora Hanover.

—Gwen, ¿qué sucede?

Desde los sucesos del 21 de junio del año anterior, cuando habían sido asesinados Tanner y Andrew, todos los alumnos de Westmont habían sido observados con atención. Después de que Bridget Matthews se arrojase delante del tren, los de su círculo más cercano habían recibido seguimiento continuo. Gwen, con su actitud nerviosa, sus períodos de depresión, la pérdida de peso y los ataques de pánico, había recibido más atención que cualquiera de los demás. En una reunión cara a cara con sus padres y con el doctor Casper, la doctora Hanover había anunciado que pasaría a Gwen a su propio programa de orientación. Como directora de asuntos estudiantiles de Westmont, la doctora Gabriella Hanover no quería más tragedias dentro de los muros del instituto. A pesar de sus esfuerzos y los del doctor Casper, al suicidio de Bridget pronto le siguieron los de Danielle y Theo. El estado de salud de Gwen continuaba empeorando.

Gwen se tocó en el pecho en la puerta de la casa de la doctora Hanover.

—No puedo respirar. No puedo pensar. Estoy aterrada.

—Pasa —dijo la doctora Hanover haciéndose a un lado—. Te vas a poner bien.

En el despacho, Gwen se sentó en su lugar habitual, frente a la doctora.

—Respira profundamente y cuéntame qué sucede —dijo la doctora Hanover con su voz suave.

—Tuve otra pesadilla. Estoy con un ataque de pánico y me he quedado sin Xanax.

—El Xanax era una ayuda a la que accedí solamente al principio. El plan era lograr que manejaras mejor tus temores sin medicación. Háblame sobre la pesadilla.

Gwen negó con la cabeza. Aquí era donde tenía que tener cuidado. No se había sentido cómoda hablando con ella y nunca podría ser tan franca en las sesiones como lo era con el doctor Casper.

—Estaba en el bosque. Allí en la casa. Veía a Tanner en… en la verja.

—Es natural tener recuerdos vívidos del pasado, sobre todo cuando duermes. Es parte del proceso. Tu mente está eliminando esos pensamientos. Al principio, los bloqueaba. Ahora está intentando eliminarlos. ¿Has estado escribiendo en tu diario personal?

Gwen volvió a negar con la cabeza.

—En el diario tienes permitido preocuparte —dijo la doctora Hanover—. Es allí donde puedes volcar el estrés. Deberías pasar la ansiedad, la ira y los miedos a esas páginas, así, cuando cierras el diario, todo eso queda allí y no interfiere con tu vida cotidiana.

Claro que interferiría, se dijo Gwen. Purgar sus preocupaciones en las páginas del diario las volvería reales. Daría vida a las cosas que había hecho, mientras que ahora podía fingir que no existían. Solamente en momentos como este, cuando la realidad de lo que habían hecho la acosaba tan profundamente, se arriesgaba a quedar expuesta. Había pasado un año entero luchando contra la flotabilidad de su secreto; todos los días se esforzaba por mantenerlo hundido debajo de la superficie.

—De acuerdo —dijo por fin, con tono inexpresivo y poco convincente—. Lo intentaré.

—Muy bien —dijo la doctora Hanover—. Relata por escrito todo lo que sucedió en el sueño. Todo lo que recuerdes. Me pondré en contacto contigo esta tarde. Hablaremos sobre todo eso.

Gwen asintió y se dirigió a la puerta.

—Gwen —dijo la doctora Hanover, y ella se volvió antes de llegar a la puerta—. Te sorprenderías si supieras lo útil que es escribir en un diario personal. Todos y cada uno de mis alumnos se han beneficiado con esa práctica.

Gwen asintió y siguió hacia la puerta. Una vez fuera, por fin soltó el aire. Caminó de prisa por el Paseo de los Docentes y subió los escalones del dúplex número 18, donde hizo sonar el timbre. Un instante después, el doctor Casper abrió la puerta.

—Gwen —dijo—. ¿A qué se debe el placer? Hace tiempo que no te veo.

—Necesito hablar.

El doctor Casper entornó los párpados con expresión preocupada.

—Por supuesto. ¿En qué estás pensando?

Ella se mordió el labio inferior, sopesando lo que estaba por decir.

—En el verano pasado y todo lo que sucedió.

Las cejas del doctor Casper se levantaron unos milímetros.

—¿No has estado hablando con la doctora Hanover sobre el tema? Todos decidimos que lo mejor para ti, en vista de todo lo sucedido, era que vieras a la doctora Hanover.

—Todos no. La doctora Hanover y mis padres lo decidieron. Usted estuvo de acuerdo y a mí nadie me pidió opinión.

El doctor Casper miró a su antigua paciente y su expresión se suavizó.

—De todas maneras, Gwen, la decisión se tomó y creo que lo mejor es que nos atengamos a ella. Habla con ella, es una médica muy capacitada.

—No puedo contarle todo.

El doctor Casper entornó los párpados.

—¿Cómo qué?

Un silencio hinchado llenó el espacio entre ellos.

—No le contamos a la policía todo lo que sucedió aquella noche.

—¿*Quiénes* no se lo contaron?

—Mis amigos y yo. —Se pasó la mano por la cabeza y luego a lo largo de la coleta—. ¿Puedo pasar? —preguntó finalmente.

Tras unos segundos de vacilación, el doctor Casper asintió y Gwen pasó junto a él para entrar en la casa.

INSTITUTO WESTMONT
Verano de 2019

SESIÓN 5

Diario personal: Orientación

RESPONDÍ A TODAS SUS PREGUNTAS *sobre mi padre. Era un niño y estaba en shock. Había perdido a mi madre y ahora mi padre se había quitado la vida. Qué tragedia terrible. Todos me miraban con tristeza y compasión. Creían que no tendría oportunidad en una vida que me había repartido unos naipes tan trágicos a una edad tan temprana. Yo aceptaba su compasión y absorbía su tristeza, pero las reconocía por lo que eran realmente: debilidad. La policía y los trabajadores sociales y el abogado de oficio asignado por la justicia me miraban —a mí, el niño repentinamente huérfano de madre y padre— con tanta debilidad que me daban náuseas.*

Disimulaban su aflicción e intentaban hacerla pasar por solidaridad. Pero yo sabía que debajo de sus sonrisas tristes y detrás de sus ojos acongojados había miedo. Trabajar conmigo era como hacerlo con un leproso. Como si por acercarse demasiado fueran a contagiarse de la maldición que había tocado mi vida. Yo sentía su debilidad y la reconocía de inmediato. Fue algo que durante un tiempo me atormentó. Tomé la decisión de no permitir nunca más que esa sensación volviera a dominarme. Nunca más sería el cobarde que espiaba por el ojo de una cerradura. Juré que me elevaría por encima de todo eso para poder llevar mi perspectiva nueva al mundo y comenzar con el arduo trabajo de corregir las cosas.

Lo que había tocado mi vida no era una maldición, sino iluminación. Me llevó un cierto tiempo darme cuenta de ello. Una vez que lo hice, puse mi vida en orden y vine a Westmont. Y te encontré a ti.

Cerré el diario. La mujer me miraba como queriendo escuchar más.

—Mi madre ya no estaba. Había matado a mi padre. Estaba solo en el mundo, hasta que te encontré a ti. Desde entonces, has guiado mi vida. Has orientado mis decisiones. Cada una de ellas.

Me quedé mirándola durante un largo instante. No era necesario que siguiera hablando; ella comprendía mis palabras. Comprendía cómo le había dado forma a mi vida.

—¿Te sientes avergonzada de mí? —pregunté.

Me sostuvo la mirada durante varios segundos. Luego, finalmente, parpadeó.

—En absoluto.

CAPÍTULO 47

Estaban todos de pie alrededor de las diferentes mesas del laboratorio del señor Gorman, revisando mensajes de texto y jugueteando con los teléfonos. Las clases de verano eran distintas de las del resto del año, en las que los teléfonos jamás se permitían dentro del aula. Prácticamente no se permitían en ningún sitio fuera de los dormitorios. Pero en verano, todo era más relajado. Estaban esperando la llegada del señor Gorman para comenzar con el proyecto en el laboratorio.

Andrew Gross se acercó a la mesa de Gwen.

—Aquí tienen —dijo Andrew dejando caer una bolsa de papel en el centro de la mesa. Gwen y sus amigos se quedaron mirándola—. Dense prisa antes que llegue Gorman.

Gwen se acercó la bolsa y miró dentro, luego dejó caer el contenido sobre la mesa. Una trampa para ratones barata y un rollo de cinta adhesiva plateada.

Andrew señaló los objetos.

—Uno de ustedes tiene que armar la trampa y luego pegarla con cinta a la pared junto al interruptor de luz del baño. Cuando Gorman salga a echarse una meada, cosa que hace siempre en algún momento durante la hora de laboratorio, oiremos los gritos.

Gwen negó con la cabeza.

—¿Dices que la peguemos a la pared?

Andrew asintió.

—Ni loca —dijo ella.

—De ninguna manera —dijo Gavin, también meneando la cabeza.

Theo y Danielle se apartaron de la mesa sonriendo. Theo también se negó.

—Nop.

—Yo lo haré —dijo Tanner, y tomó la trampa.

—No. —Bridget lo sujetó de la muñeca—. Te meterás en problemas.

Andrew se alejó, sonriendo.

—Decídanlo ustedes, pero recuerden lo que sucede si no cumplen un desafío. —Se unió a sus compañeros del último año que miraban al resto.

—Lo voy a hacer —dijo Tanner.

Gwen meneó la cabeza.

—Le va a romper el dedo.

—Es una trampita de mala muerte, no le va a romper el dedo a nadie. Deberías agradecérmelo, en lugar de tratar de convencerme de que no lo haga. —Tanner los miró a los ojos—. Sin mí, ninguno de ustedes pasaría las pruebas. Soy el único que tiene huevos para hacer las cosas.

Tanner tomó la trampa y la cinta, paseó la mirada alrededor del laboratorio y salió al pasillo. Un minuto después, se oyó correr el agua del retrete y Tanner volvió a entrar en el laboratorio con una sonrisa tonta en la cara. Llegó a su sitio justo en el momento en el que el señor Gorman entraba en el salón.

—A sus puestos —dijo el profesor.

Los alumnos se callaron de forma abrupta, ahogando risitas detrás de sonrisas misteriosas. Gwen meneó la cabeza cuando Gavin la miró.

—Es una pésima idea —dijo.

El señor Gorman sacó sus cosas y las puso sobre su escritorio en el frente del aula. Vestía una camisa de manga corta que no era de su talla. Los brazos delgados y peludos colgaban desde las mangas, y a través de la tela fina se veían los círculos oscuros de sus pezones a cada lado de la corbata torcida.

—Hoy vamos a mezclar los compuestos para demostrar la reacción de Briggs-Rauscher. Como siempre —dijo mientras se colocaba las antiparras de seguridad—, tienen que protegerse los ojos y poner al máximo la ventilación.

El señor Gorman tardó quince minutos en escribir instrucciones en la pizarra y diez más en asegurarse de que cada mesa tuviera los ingredientes correctos. Uno de los químicos debía ser llevado a ebullición, y una vez que cada grupo tuvo los recipientes sobre los mecheros, el señor Gorman pidió que los vigilaran durante diez minutos, en los que monitorearían el punto de ebullición siguiendo el progreso del termómetro. Con los alumnos ocupados a la espera del experimento, salió al pasillo bajo la mirada atenta de Gwen.

Tanner se mordió el labio inferior y sonrió.

—Ay, mierda —susurró.

Una energía nerviosa llenó la habitación. Oyeron el crujido de las bisagras de la puerta del baño y un segundo después, un ruido fuerte y seco.

—¡La puta madre!

La voz del señor Gorman retumbó en los pasillos vacíos. Los alumnos intentaron ahogar las risas, pero Tanner no lo logró. Cuando el señor Gorman volvió al aula, tenía la mano derecha debajo de la axila y en la mano izquierda sostenía la trampa para ratones.

—¿Quién mierda fue? —chilló al entrar.

Para entonces, todos los alumnos menos Tanner habían logrado controlarse. Gwen estaba asustada y los demás tenían expresión escandalizada. Tanner apretaba los labios con firmeza para disimular una sonrisa.

—¿Quién fue? —volvió a gritar.

Gwen se adelantó.

—¿Qué pasó?

—Alguien pegó esto al interruptor de luz.

—Permítame ver —dijo Gwen.

El señor Gorman se quedó mirándola.

—No hemos sido ninguno de nosotros —dijo ella mirándolo a los ojos—. Llegamos al laboratorio justo antes que usted. —Asintió—. Permítame ver.

Él extendió la mano. Los dedos índice y anular estaban enrojecidos e hinchados, con una clara línea marcada en los nudillos.

Gwen le tocó ligeramente los dedos.

—¿Cree que están rotos?

El señor Gorman apartó lentamente la mano y flexionó los dedos.

—Vuelva a su sitio.

Ella asintió y retomó su lugar junto a Gavin.

El señor Gorman tragó con fuerza y miró al grupo de alumnos.

—Si su recipiente está en ebullición, avancen al paso dos —dijo, antes de dirigirse a su escritorio y arrojar la trampa a la basura.

Tanner carraspeó, en un pésimo intento por disimular la risa.

Era 13 de junio.

CAPÍTULO 48

AL DÍA SIGUIENTE, CHARLES GORMAN entró en la sala de profesores. Tomó una bandeja y se dirigió al bufet, donde eligió cuidadosamente su almuerzo: pollo asado y verduras, un postre de chocolate y un refresco. Llevó la bandeja a una mesa donde estaban sentados Gabriella Hanover y Christian Casper.

—¿Qué te ha sucedido? —preguntó Gabriella.

Tras finalizar la hora de laboratorio, Charles había ido a la farmacia a comprarse una férula para sus dedos doloridos. Tenía el índice y dedo mayor inmovilizados por un metal forrado con esponja, envuelto en tela adhesiva blanca.

Charles colocó la bandeja sobre la mesa y se sentó.

—Las travesuras de verano han vuelto a comenzar.

—¿Quién? —quiso saber Gabriella.

—Tanner Landing, probablemente. Alentado, no lo dudo, por Andrew Gross.

—Hablé con Andrew el año pasado cuando le estuvo gastando bromas pesadas a Jean Rasmussen. Lo del mapache muerto y la ropa interior colgada en la biblioteca. Le hice una advertencia en ese momento y tuve una larga conversación con sus padres.

Charles se encogió de hombros.

—Supongo que no entendió el mensaje.

—¿Qué ha pasado? —preguntó Casper—. Tendremos que tomar medidas serias si ha habido alguna agresión.

Charles negó con la cabeza.

—Nunca lo admitirán y los muy cabrones saben que no puedo probar nada.

—¿Cómo sucedió? —preguntó Christian de nuevo.

—Pegaron una trampa para ratones al interruptor de luz del baño.

—Desgraciados —dijo Gabriella.

—No creo que hayan sido todos. Uno o dos, nada más.

—De todas maneras —dijo Gabriella—, no podemos tolerarlo. Convocaré una reunión del cuerpo estudiantil para detener esto antes de que estemos a mitad del verano.

PARTE VI

Agosto de 2020

CAPÍTULO 49

EL DETECTIVE OTT FRENÓ EL coche y apagó el motor. Instantes después se apagaron las luces del vehículo y el aparcamiento quedó iluminado solamente por la luz halógena del poste de la calle. Las oficinas del Departamento de Policía de Peppermill estaban oscuras; solo unas pocas almas estarían trabajando en el turno de la noche: los oficiales de ronda circulando en sus patrulleros; el sargento a cargo, en su despacho, y los operadores de radio ni siquiera parpadearían al ver entrar a un detective a la una de la mañana.

No podía contarle a nadie el motivo real de su presencia allí a esa hora de la madrugada y tenía una historia preparada por si se topaba con alguien. Había evaluado el asunto y había decidido que llevar a cabo el robo durante las horas de trabajo habitual sería imposible. Había demasiadas personas en las oficinas durante el día y su joven protegido lo seguía como una sombra en el horario de trabajo. Las horas nocturnas le brindaban una mejor oportunidad para mantenerse invisible.

Abrió la puerta y salió a la humedad de la noche. Buscó la chaqueta del traje en el asiento trasero y metió los brazos dentro de las mangas antes de dirigirse a la puerta principal. Deslizó la tarjeta de identificación por el lector para tener acceso al vestíbulo y pasó junto al mostrador de recepción, desde donde el guardia nocturno le dirigió una sonrisa soñolienta y lo saludó con la mano.

—Detective.

—¿Cómo estás, Donny?

—Viviendo la vida loca.

—Igual que yo, compañero. Igual que yo.

El detective Ott pasó a la oficina central, donde junto con otros doce detectives formaban el equipo de investigadores del cuerpo de policía de Peppermill. Se sirvió una taza de café y revolvió el azúcar dentro del vaso desechable mientras echaba un vistazo a su alrededor. Solamente un detective estaba presente —Gene Norton— y estaba tecleando con tanta concentración que Ott intuyó que debía estar trabajando en un informe para entregar. Norton detestaba las computadoras más que nadie en el cuerpo y tardaba el doble que el resto para escribir los informes.

Ott se sentó en su cubículo, abrió los casos activos en los que estaba trabajando y entró en un archivo para tener una coartada por estar tan tarde en la oficina. Anteriormente había guardado trabajo sin hacer y se puso a escribir un informe. Era más eficiente que su colega y diez minutos después, había completado la tarea. Dejó el caso abierto y se puso de pie. Norton seguía tecleando, jurando como hacía siempre que las teclas no estaban en el mismo sitio que el día anterior; un temor permanente que le había quedado desde que los compañeros le habían cambiado la configuración de las letras del teclado.

Desde su cubículo, Ott se dirigió a la sala de pruebas. Volvió a utilizar la tarjeta de identificación para entrar y buscó la caja que contenía todas las pruebas del caso que había abierto en la computadora. Tomó también otra caja y llevó ambas a su escritorio. Se sentó y esperó un minuto escuchando cómo Norton tecleaba y refunfuñaba. Finalmente, tomó la segunda caja y fue hasta la fotocopiadora. Lentamente, colocó cada sección en la boca de alimentación automática. Esperó con paciencia mientras la máquina hacía su trabajo ruidosa pero eficientemente. Cada vez que terminaba de fotocopiar una sección, colocaba las copias en una caja nueva, devolvía el original a su sitio y recomenzaba el proceso con la siguiente sección. Le llevó unos minuciosos veintidós minutos copiar el contenido entero de la caja; Ott notó que, en un momento dado, Gene Norton asomó la cabeza por encima de su cubículo, de modo que lo saludó con un movimiento del mentón.

—Tengo que entregar un informe —se quejó— y me han jodido el teclado otra vez. ¿Sabes algo al respecto?

—Yo no fui —respondió Ott.

Norton desapareció en su cubículo y Ott cargó los últimos documentos de la carpeta en la máquina. Cinco minutos más tarde, tenía la caja original ordenada otra vez y la llevó a su escritorio junto con la caja que contenía las copias. Dejó esta última a un lado y llevó las otras dos a la sala de pruebas, entró otra vez con la tarjeta y guardó las cajas en su lugar.

No se despidió de Norton, pero al salir, saludó a Donny con la cabeza. Colocó la caja en el asiento trasero del coche y salió del aparcamiento. Las carpetas contenían el caso que lo había despertado a las tres de la mañana el verano anterior. Desde aquel día, no había dormido bien ni una sola noche.

Se preguntó si eso cambiaría pronto.

CAPÍTULO 50

Rory estaba sentada en la galería de la casa. Sobre el escritorio delante de ella estaba la muñeca alemana, con la cara iluminada por la lámpara de mesa. La zona reparada de la oreja y la mejilla —que Rory había reconstruido con pericia utilizando papel maché y porcelana fría— ya estaba seca y lista para esculpir. Se puso a trabajar con sus pinceles Foldger-Gruden, utilizando los extremos para tallar pequeños surcos que se convertirían en el detalle del cartílago de la oreja. Para esa parte, trabajaba sin una fotografía de referencia. Todo lo que necesitaba ya había quedado grabado en su cerebro cuando había investigado sobre la muñeca, como si la imagen de lo que aspiraba a lograr estuviera sobre un atril delante de ella, iluminada por un reflector.

Trabajó metódicamente con los pinceles, pasando de los romos a los puntiagudos, para terminar con el que tenía una punta como de aguja, que tallaba la porcelana fácilmente. Su concentración era tan intensa que veía solo lo que tenía delante y prácticamente no parpadeaba. Cada surco que creaba requería de la precisión de un artista y la concentración de un cirujano. Las llamadas de atención de su mente para repetir y perfeccionar, que ella acumulaba durante las horas de vida que no pasaba restaurando muñecas, se purgaban sobre la mesa de trabajo. Allí, esos pensamientos disruptivos resultaban útiles y necesarios.

Cuando terminó de esculpir la oreja, pasó al extremo de la boca y talló una comisura perfecta en los labios. Terminó reconstruyendo el borde externo del ojo izquierdo. Era un trabajo minucioso que tomaba horas. Tras terminar la última hendidura, guardó el pincel en el bolsillo superior de la camisa, sopló para eliminar los residuos y por fin se echó hacia atrás en la silla. Su visión se amplió, como cuando la luz del cine cobra intensidad al final de una película. La muñeca ya estaba estructuralmente reconstruida. La textura y el color no estaban bien, por lo que el siguiente paso sería lijar y suavizar las zonas reparadas y luego recubrir la porcelana con una capa de epoxi para borrar las grietas. Para terminar, lustraría y pintaría la superficie, devolviéndole su belleza original. Todavía quedaba mucho por hacer, pero después de solo tres sesiones ya había hecho muchos progresos.

El ruido de una puerta de coche al cerrarse interrumpió su concentración. Cuando sonó el timbre, miró el reloj. Era la una de la tarde. Había trabajado sin interrupción durante tres horas, olvidándose del tiempo. Corrió la lámpara hacia un lado y guardó la muñeca en la caja. Buscó sus lentes y se los colocó, luego se puso una chaqueta gris del mismo color que los jeans. Se la cerró hasta la barbilla y se colocó el gorro. Las botas le cubrían los pies y completaban el atuendo de batalla. Mientras se dirigía a la puerta, tomó la mochila y se la echó por encima del hombro. Lane dormitaba en el piso superior y Rory decidió no interrumpir su sueño; el médico le había advertido que pasaría tiempo durmiendo mientras su cerebro se reponía de la conmoción. Abrió la puerta y se encontró al detective Ott en el porche.

—¿Lista? —le preguntó.

Rory asintió. Ese día recorrería la escena del crimen, la casa de abandonada, oculta en el bosque en un extremo del campus de Westmont, donde dos alumnos habían sido asesinados hacía solamente un año. Sabía lo que la esperaba en todas las escenas del crimen que analizaba: las almas de los que habían perdido allí sus vidas. El objetivo de Rory era sentirlas y conectarse con ellas a fin de poder llegar, con el tiempo, a comunicarse con ellas a su modo. Su conexión con las víctimas no era física, y la comunicación que establecía no era verbal. A esas almas perdidas Rory les hacía una simple promesa: la de llevarlas a un sitio adecuado de descanso donde encontrarían paz y serenidad.

En su carrera como reconstructora forense, hasta el momento, Rory Moore, nunca había dejado una promesa sin cumplir.

CAPÍTULO 51

Rory iba sentada en el asiento del copiloto mientras el detective Ott conducía por las calles de Peppermill. Ella nunca se había sentido cómoda en presencia de desconocidos, fueran o no policías. Los aviones y los coches, en particular, eran sitios inquietantes. Tal vez una leve claustrofobia acentuaba su nerviosismo, pero en gran parte este se debía al desagrado que le había producido toda la vida estar en compañía de otra persona en un espacio tan cerrado. Años atrás, Lane había derribado rápidamente sus muros para convertirse en el único hombre —con excepción de su padre— al que ella le permitía el contacto físico. En ese momento, mientras Ott conducía, Rory sentía un conocido temblor en el pecho. Era una señal de que la vía endovenosa que goteaba ansiedad lenta pero constantemente dentro de su sistema circulatorio se había abierto un poco más.

—Teníamos dos opciones —dijo Ott—. Podíamos tomar el camino de atrás, la entrada menos conocida que da a la carretera 77. Es el camino que tomaron los chicos la noche del 21 de junio. O podemos dejarnos de rodeos y entrar por la puerta principal del instituto. Como estoy haciendo todo lo posible para no perder mi empleo, vamos a tomar la ruta más obvia. Le dije a la directora que necesitaba acceso a la casa y a las vías del ferrocarril que pasan muy cerca para completar mi investigación del suicidio de Theo Compton. Accedió a acompañarnos.

Rory asintió.

—Creo que es la mejor forma de hacerlo.

Tomaron por Champion Boulevard y se detuvieron delante de los dos pilares de ladrillos conectados por el gran portón de hierro sobre el que un arco de hormigón ostentaba el nombre: "Instituto Westmont".

El detective Ott se detuvo delante del portero automático, pulsó el botón y sostuvo su placa delante del visor para que la escanearan.

—Bienvenido a Westmont —dijo una voz femenina por el altavoz.

—Soy el detective Ott, vengo a ver a la doctora Hanover.

Un instante después, las hojas del portón se abrieron hacia adentro, como en un abrazo de bienvenida. Ott aparcó en uno de los lugares para visitas. Rory abrió la puerta, se acomodó los lentes y el gorro y siguió al detective Ott hacia el edificio principal, cuyas cuatro columnas góticas macizas brillaban bajo el sol de la tarde. Un hombre y una mujer esperaban sobre los escalones. Rory supuso que eran Christian Casper y Gabriella Hanover, los directores de asuntos estudiantiles. Junto a ellos se veía un coche de golf.

—Doctora Hanover —saludó Ott—. Me alegro de verla.

—Lo mismo digo, detective.

Se estrecharon las manos.

—Doctor Casper —saludó Ott, estrechándole la mano—. Ella es Rory Moore, es consultora y hoy me va a ayudar.

La doctora Hanover alargó la mano, pero Rory no se la estrechó. Nunca había podido tocar las manos de desconocidos ni de nadie. Su mente no estaba configurada para ello. No sufría de fobia a los gérmenes ni sentía aversión por las enfermedades. Su incapacidad de estrechar la mano de otra persona se originaba en la misma dolencia que le hacía correr sudor por la espalda en cuanto cerraba la puerta del coche de Henry Ott: su rechazo a la interacción entre seres humanos. Ni Rory podía explicar su enfermedad ni otros podían comprenderla. Así era como había vivido durante cuarenta años, y a esas alturas, cambiar resultaba imposible. Para hacerlo, necesitaba motivo y medios. Carecía de ambos. Prefería la incomodidad de rechazar una mano tendida que los pensamientos angustiantes y la incomodidad que sentía si la aceptaba. Por lo tanto, se colocó los lentes, cruzó la mirada con la doctora Hanover por un breve instante y luego asintió. La doctora finalmente retiró la mano. Casper comprendió lo suficiente como para no tender la suya.

—Por aquí —dijo la doctora Hanover, señalando el coche de golf—. De otro modo es una larga caminata.

El detective Ott y Rory se subieron a los asientos traseros. La doctora Hanover conducía, con el doctor Casper a su lado. Atravesaron el campus, pasando junto a edificios cubiertos de enredaderas, hasta que llegaron a un muro alto de ladrillos que se extendía unos cien metros hacia cada lado antes de convertirse en una verja de hierro que dejaba fuera el bosque del otro lado del campus.

El doctor Casper descendió del vehículo y utilizó un juego de llaves para abrir el candado de la puerta que había en el muro de ladrillos. La doctora Hanover aceleró, pasó y esperó a que el doctor Casper volviera a cerrar la puerta. Rory sintió un estremecimiento de aprensión cuando la puerta se cerró a sus espaldas, como si la seguridad del campus hubiera desaparecido y por delante aguardaran los peligros del bosque ominoso.

El doctor Casper se subió al coche y comenzaron a avanzar de un modo irregular por una senda que se adentraba en el bosque. Emergieron unos minutos más tarde y Rory vio la casa delante de ella. La piedra resultaba visible solo en los pequeños espacios donde no había crecido la hiedra. Esta era tan frondosa que se asemejaba más a camuflaje que a un detalle decorativo.

—Esperaremos aquí si les parece bien —dijo la doctora Hanover.

—Por supuesto —respondió el detective Ott mientras Rory y él descendían del coche.

Rory no esperó a que él tomara la delantera. Echó a andar hacia la casa mirando hacia uno y otro lado, absorbiendo el entorno como si sus ojos estuvieran grabando todo lo que entraba por sus pupilas. Eso, precisamente, era lo que hacía su cerebro. La comprensión absoluta de su procesamiento subconsciente podía tardar más, pero la clasificación sucedía de inmediato. Se aproximó a la verja de hierro en la que Tanner había sido clavado. El extremo puntiagudo estaba a casi dos metros de altura. Entró por la puerta al jardín delantero y luego se volvió para mirar desde allí y obtener una perspectiva diferente.

El detective Ott sacó una fotografía del sobre de papel manila que llevaba y se la entregó. La imagen de veinte por veinticinco centímetros mostraba el cuerpo sin vida de Landing atravesado por uno de los hierros de la reja. Rory estudió la macabra imagen, luego contempló la reja y los extremos puntiagudos de hierro. Ella medía un metro y medio, por lo que la verja se elevaba más de treinta centímetros por encima de su cabeza. Dejar caer a un adolescente de setenta kilos sobre la reja afijada requería fuerza y estatura. También tiempo. El asesino sabía que tenía tiempo. Era alguien que conocía la casa y los alrededores. Alguien que sabía lo que estaban haciendo los alumnos esa noche.

—Cuando llegué a la escena —dijo el detective Ott— me resultó obvio que el cuerpo de Landing había sido arrastrado desde el interior de la casa. Había un rastro de sangre en los escalones y en los surcos en la tierra que llevaban desde el último escalón hasta la reja.

—Entonces no hay duda de que primero lo atacaron dentro de la casa —dijo Rory.

—Sí. En el salón principal que se abre desde el vestíbulo. —El detective le entregó otra fotografía de la escena del crimen. Mostraba sangre en el suelo de madera del vestíbulo y junto a la puerta.

—¿No se encontraron pisadas en la sangre ni en la tierra? —preguntó Rory.

—Nada. Hallamos unas fibras que nos llevaron a creer que el asesino pudo haber utilizado cubrezapatos, como los que usan los trabajadores de la limpieza para entrar en una casa o caminar sobre alfombras. Pero ninguna huella.

—Organizado —susurró Rory, mientras estudiaba la foto. Levantó la mirada hacia las puntas afiladas de los hierros de la verja—. ¿Cuál es la línea temporal? ¿Cuánto tiempo llevó todo esto?

Ott le entregó otra foto, esta vez del cuerpo desnudo de Tanner Landing tendido sobre la mesa de autopsias.

—El informe del forense dice que la herida de la verja ingresó justo debajo del mentón de la víctima —explicó el detective—. Y continuó a través de los huesos de la cara, atravesando el lóbulo frontal del cerebro hasta salir por la frente. Se determinó que estas heridas fueron previas a la muerte.

Rory seguía estudiando la fotografía de la autopsia.

—El chico estaba moribundo por la herida que le cortó la garganta, pero seguía vivo cuando lo colgaron.

—Correcto.

—Entonces sucedió rápido —concluyó Rory—. Nuestro hombre no esperó demasiado tras el ataque inicial para realizar este acto ritual. Lane sugirió que podía ser ceremonial, llevado a cabo como venganza. No bastaba con matarlo. Tenía que castigarlo.

—Prácticamente le practicó una lobotomía.

—Hasta ahora —dijo Rory devolviéndole la foto al detective Ott—, con su metro noventa, Charles Gorman tenía la estatura, la fuerza y el motivo como para cometer el asesinato.

Rory pasó la mirada de la verja a la casa abandonada y derruida; la hiedra rojiza cubría las ventanas.

—¿Qué hacían aquí? Me refiero a los chicos. ¿Por qué estaban aquí esa noche?

—Logré averiguar que participaban de un juego llamado El Hombre del Espejo. Según lo que investigué, es un juego ritual y de culto que se juega en todo el mundo. Participan mayormente adolescentes, pero el juego tiene también seguidores adultos. Sobre todo en el extranjero.

—¿De qué se trata?

—Espíritus. Maldiciones. Y una entidad que reside en espejos descubiertos cuyo poder puede aprovecharse dos veces por año, en los solsticios de verano y de invierno.

—Y los asesinatos ocurrieron en junio del año pasado.

—Exacto —confirmó Ott—. El 21 de junio. El día más largo del año.

—¿Cómo funciona el juego?

—Los participantes cruzan un bosque hasta una casa vacía. El primero que llega busca el espejo elegido, lo descubre y susurra "Hombre del Espejo" a las imágenes que refleja. Eso permite transcurrir el año en paz y armonía con los espíritus del Hombre del Espejo. Si no logran encontrar las llaves y completar la acción de susurrar al espejo antes de medianoche, les espera un año de maldiciones.

—Madre mía. Suena aterrador.

—He investigado mucho —dijo Ott—. El juego no es nuevo. Existen muchas versiones diferentes, pero parecería que los chicos de Westmont lo llevaban a otro nivel. Esto decididamente no era jugar a los fantasmas en el cementerio como en mi infancia.

Rory seguía contemplando la casa.

—¿Puede mostrarme la sala donde sucedió?

—Sí —dijo Ott y buscó unas llaves en el aro que colgaba del cinturón—. Sígame.

CAPÍTULO 52

RORY ENTRÓ POR LA PUERTA principal de la casa abandonada. Tenía techos altos y el vestíbulo de entrada llegaba hasta el primer piso. Una escalera con la barandilla rota subía en espiral hasta la primera planta.

—En el pasado —dijo Ott, y su voz hizo eco en la casa vacía—, aquí vivían los profesores residentes. Tiene ocho habitaciones que fueron convertidas en dormitorios con baño privado. La casa quedaba fuera del circuito habitual y brindaba privacidad a los docentes.

Señaló un salón amplio a la derecha.

—Esta era la zona comunitaria para cenar, con una cocina grande en la parte posterior de la casa y aquí —señaló a la izquierda, donde un pasillo corto llevaba a una puerta cerrada— estaba anteriormente la biblioteca. Allí fue donde encontraron el cadáver de Andrew Gross.

Rory siguió a Ott por el pasillo hasta la sala en cuestión. El detective tomó otra foto del sobre y se la entregó. En el centro de la habitación había un espejo salpicado con sangre y una lona de pintor en el suelo junto a él. El cadáver de Andrew Gross estaba frente al espejo, con un círculo perfecto de sangre oscura, coagulada, a su alrededor.

—La sangre alrededor del cuerpo está intacta, lo que significa que se desangró allí sin interrupciones —observó Rory—. El otro chico, Landing, fue arrastrado rápidamente afuera, hasta la verja. El asesino sabía que los otros estaban a punto de llegar. Sabía que tenía que darse prisa.

—¿Por qué colgó solamente a Landing? —preguntó Ott—. ¿Por qué no a ambos?

Rory seguía estudiando la fotografía.

—Por falta de tiempo. O tal vez porque solo quería vengarse de Tanner Landing. De nuevo, el argumento que propone a Gorman como el criminal es convincente. —Mantuvo la mirada fija en la foto—. ¿Y esta lona de pintor? —preguntó.

—Es parte del juego en el que participaban. Los espejos tienen que estar cubiertos hasta el momento en que se invoca al Hombre del Espejo.

Rory meneó la cabeza y se dirigió a la ventana cubierta con pintura oscura que tapaba la visión de la verja donde habían colgado a Landing.

—¿Nadie más había estado en la casa aquella noche? —preguntó.

—Por lo que sabemos, no. Los otros alumnos estaban en el bosque y cuando llegaron a la casa, vieron la masacre de fuera y regresaron corriendo al campus.

—¿En esta sala no se encontró ADN desconocido?

—No. La única sangre que encontramos aquí pertenecía a Andrew Gross y a Tanner Landing.

—La sangre que no se logró identificar, ¿la encontraron solamente junto a la verja?

—Correcto —respondió Ott.

—¿Estaba en las manos y en el pecho de la chica y también sobre el cuerpo de Tanner Landing?

—Así es. Gwen Montgomery tenía sangre de Tanner encima, como resultado de su desesperado intento de descolgarlo de la verja cuando lo encontró, y una pequeña cantidad de sangre que no pudimos identificar.

Rory se volvió hacia él.

—¿Cómo pudo dejar de lado esta cuestión de la sangre sin identificar?

—Es que no lo hice.

CAPÍTULO 53

Una Dark Lord descansaba sobre el escritorio de la galería en penumbra, en la parte posterior de la casa. La única luz provenía de la lámpara del escritorio. Alcanzaba para permitirle a Rory leer la caja de archivos que el detective Ott le había entregado una vez que terminaron el recorrido por la casa e inspeccionaron la zona de las vías donde Charles Gorman había intentado quitarse la vida. En ese mismo sitio, tres alumnos habían logrado posteriormente su cometido. Rory todavía estaba procesando el vertiginoso día; su subconsciente clasificaba y ordenaba todo lo que había visto y aprendido. Había reforzado lo descubierto contándole todo sobre la excursión a Lane tras volver. Ahora la casa estaba oscura y en silencio. Era pasada la medianoche; Rory tenía por delante sus horas más productivas.

Bebió un sorbo de cerveza. Hacía ya una hora que estudiaba el caso; primero había leído la carpeta sobre Gorman, para ver todo lo que el detective Ott y la policía habían descubierto sobre el profesor de química de cuarenta y cinco años. Leyó sobre su vida antes de Westmont y sobre sus ocho años en ese instituto. Leyó sobre las pruebas utilizadas por Ott para obtener la orden de registro y entrar en su casa. Dentro de la carpeta estaba el manifiesto que había escrito, y que Ott había encontrado en su caja fuerte: tres páginas escritas a mano, en las que el profesor había descripto con vívidos detalles lo que planeaba hacerles a Tanner Landing y a Andrew Gross. Era un documento perturbador que estremeció a Rory hasta lo más profundo de su ser. Había visto las fotos de la escena del crimen, ese mismo día, cuando Ott se las había ido seleccionando y mostrando, y de nuevo por la noche, pues acompañaban al manifiesto. Le resultó escalofriante disponer las fotos, una por una y ver exactamente lo que Gorman describía en el manifiesto. El informe de un perito calígrafo confirmaba que la letra coincidía con muestras de la caligrafía de Charles Gorman.

Para terminar, leyó sobre la escena en las vías cuando el policía descubrió a un Gorman casi sin vida tras haberse arrojado delante del tren. Una pregunta inquietante no dejaba de rebotarle por la mente: si Gorman era inocente, ¿por qué había querido matarse? Comenzaba a preguntarse si, al fin y al cabo, Ott no habría arrestado al hombre indicado. Dudaba de que la caja de pruebas contuviera secretos después de todo; tal vez todo lo que había para descubrir ya había sido encontrado.

Algunas señales llamativas, sin embargo, la hacían sentirse convencida de que algo se les había escapado. La primera era la sangre sin identificar. La segunda eran los alumnos que se habían suicidado. Bebió otro sorbo de cerveza, guardó la carpeta de Gorman dentro de la caja y sacó la de Bridget Matthews, la primera alumna de Westmont en seguir los pasos de Gorman hasta las vías de tren junto a la casa abandonada.

Tenía la certeza de que la clave del misterio de los asesinatos del Instituto Westmont estaba en esas víctimas de suicidio.

CAPÍTULO 54

Rory leyó los apuntes del detective Ott sobre Bridget Matthews. Incluían su entrevista inicial con ella el día que Tanner Landing había sido encontrado asesinado y las conversaciones del detective con los padres de Bridget tras su suicidio. Provenía de una familia acaudalada y su relación con sus padres no parecía más tensa que la de la mayoría de los adolescentes de su edad que son enviados a un internado durante diez meses al año.

La versión de Bridget sobre los sucesos de la noche del crimen coincidía perfectamente con las declaraciones de los otros alumnos cuando Rory las comparó, lo que significaba que todos estaban diciendo la verdad o se trataba de una mentira muy bien ensayada. La historia era la siguiente: todos se habían encontrado en una ubicación planeada con antelación junto a la carretera 77 en el extremo sur del campus. Este era el camino que los alumnos normalmente tomaban para llegar a la casa abandonada: un camino poco conocido y transitado que les evitaba la necesidad de atravesar el campus. La noche del 21 de junio, se reunieron en la carretera 77 para participar en la iniciación de un juego llamado El Hombre del Espejo. El desafío de esa noche era adentrarse solos en el bosque que rodeaba la casa y buscar las llaves que los alumnos del último año habían escondido y servirían para abrir la "habitación segura" dentro de la casa. Debían completar el desafío antes de la medianoche.

El grupo estaba formado por cinco chicos del cuarto año: Bridget Matthews, Gwen Montgomery, Gavin Harms, Theo Compton y Danielle Landry. Tanner Landing, que era el novio de Bridget, había ido al bosque antes que los demás. Todos los alumnos explicaron del mismo modo por qué Tanner estaba solo esa noche. Dijeron que Tanner mostraba más entusiasmo por el desafío que el resto del grupo y estaba decidido a ser el primero en llegar a la casa y completar la prueba. El beneficio de esa hazaña era convertirse en el líder de los iniciados y el jefe del grupo al año siguiente, cuando ellos se hicieran cargo de todo como alumnos del último año, una posición que había ocupado Andrew Gross.

Tras llegar al punto acordado de la carretera 77, se adentraron todos en el bosque. Buscaron durante una hora, encontraron las llaves y corrieron de regreso a la casa en distintos momentos. Cuando salieron del bosque, lo primero que vieron fue a Tanner Landing empalado en la reja. Presas de pánico, corrieron de regreso al campus. Todos menos uno. Gwen Montgomery se quedó y trató de descolgar a Tanner antes de sentarse finalmente en el suelo y esperar a que llegara ayuda.

Rory bebió un sorbo de Dark Lord e imaginó a los adolescentes merodeando por un bosque oscuro. Muy pocos de esos detalles habían llegado al público. Ott le había contado que tras comenzar a sospechar de Gorman, se abstuvieron de forma intencionada de revelar los detalles del juego de culto, por miedo de que una repetición de la paranoia de los años ochenta sobre cultos satánicos les arruinara la investigación.

Acto seguido, desplegó los registros médicos de Bridget Matthews delante de sí, incluyendo las transcripciones de sus sesiones de terapia con el doctor Christian Casper. Rory las leyó todas. Las sesiones de Bridget anteriores al verano de 2019 carecían de relevancia e incluían las preocupaciones de la mayoría de las adolescentes: novios, mejores amigas, la carga de las tareas escolares y la ansiedad por encontrar la universidad indicada. Pero tras los asesinatos, las transcripciones mostraban a una chica abrumada por la congoja y el dolor por la muerte de Tanner. Rory leyó una carta escrita por el doctor Casper, dirigida a los padres de Bridget, que describía su preocupación por el estado mental de su hija. La carta hablaba de tendencias suicidas y las señales de advertencia características que las acompañaban. Bridget las mostraba todas y el doctor Casper sugería tratamiento médico y psicoterapia. Pero fue demasiado tarde. El 28 de septiembre de 2019, tres meses después de la fatídica noche en el bosque, Bridget Matthews se arrojó debajo del tren de carga de la línea Canadian National aproximadamente a las diez y media de la noche.

Rory sacó de la carpeta el informe de la autopsia de Bridget. Bebió otro trago de cerveza para tranquilizarse y lo abrió. Pegada al extremo superior izquierdo de la tapa había una foto pequeña de Bridget Matthews. Una chica muy bonita, joven e inocente, con muchos años de vida por delante. Rory se sintió atraída de inmediato. Era como si Bridget, igual que todas las víctimas cuyas muertes ella reconstruía, arrojara —desde el otro lado del abismo que separaba la vida de la muerte— un arpón que se clavaba en el alma. Sabía que permanecería allí y crearía una conexión y jalaría de ella constantemente hasta que Rory pudiera proporcionarle respuestas y una conclusión. Esa vulnerabilidad, la incapacidad de olvidar a los muertos hasta estar segura de que sus espíritus descansaban en paz, no le agradaba del todo. Por eso era tan particular respecto de los casos que aceptaba. La conexión que formaba con las víctimas le resultaba extenuante y conllevaba una gran responsabilidad.

Ella no había elegido el caso de Westmont. Circunstancias fuera de su control la habían metido en él. Su incertidumbre no provenía solamente del miedo de que no hubiera nada nuevo que descubrir sobre el caso, sino también de que había múltiples víctimas involucradas. Cinco estudiantes habían muerto: dos habían sido asesinados salvajemente y tres se habían quitado la vida. Construir vínculos con tantas víctimas al mismo tiempo podía resultarle abrumador a sus sentidos y quitarle la capacidad de ver lo que otros habían pasado por alto. Pero comprendía que no tenía opción. Los susurros habían comenzado y solo las respuestas los acallarían.

Pasó una hora leyendo el informe de la autopsia de Bridget Matthews mientras bebía media botella de cerveza. Prestó atención a cada uno de los hallazgos y a cada renglón. Suicidarse bajo un tren era una escena horripilante y leyó las descripciones del médico forense de las devastadoras lesiones en la cabeza y el torso que habían causado la muerte de la joven. Echó una mirada a las fotos de la autopsia, pero no les dedicó tiempo. No había drogas ni alcohol en su organismo. El informe terminaba con la causa de la muerte: lesiones traumáticas múltiples. Forma de muerte: suicidio.

Leyó la página final y cerró la carpeta. Estaba a punto de apartarla a un lado y comenzar con el siguiente alumno, cuando algo la detuvo y activó su mente. Volvió a abrir el informe en la última página. Releyó la información rápidamente, pasando el dedo por la página. Casi lo había pasado por alto, y estaba segura de que los demás también lo habían hecho. Pero Rory Moore lo veía todo. Si un detalle crucial no le resultaba inmediatamente obvio, su cerebro guardaba la información en un rollo infinito y en constante movimiento y luego enviaba una señal de alerta hasta que su mente consciente la notaba. Ahora esa señal se había activado y atraía toda su curiosidad. Había algo en el informe de la autopsia. No era un descubrimiento físico, sino algo más inocuo, parte de la lista del médico forense que incluía los objetos encontrados en el cuerpo de Bridget en el momento en el que se había realizado la autopsia.

En el bolsillo de los jeans de Bridget había tres objetos: un tubo de bálsamo labial, una tarjeta de débito y una moneda de un centavo. Podría haber pasado por alto la descripción de esta última, pero no lo hizo. Se detuvo y leyó con atención las notas del forense que describían la moneda como "aplanada y ovalada".

La mente de Rory dio un chispazo. Como un cortocircuito, algo se encendió y su memoria hizo girar el rollo hasta el punto exacto que necesitaba. Empujó la silla hacia atrás y se puso de rodillas a revisar la caja de pruebas. Allí encontró las notas sobre el intento de suicidio de Charles Gorman. Tomó la carpeta y la colocó sobre el escritorio, sobre el informe de la autopsia de Bridget, algo que normalmente nunca haría, ya que el concepto desorganizado de tener una carpeta abierta sobre otra la hubiera alterado. Pero el hilo que buscaba era tan frágil que no tenía tiempo de ordenar los papeles con pulcritud.

Abrió la carpeta de Gorman, se pasó la lengua por el dedo índice y hojeó el contenido hasta que encontró la lista de objetos hallados en la escena del intento de suicidio. El objeto setenta y dos, fotografiado junto a un marcador amarillo invertido, era una moneda de un centavo aplanada y ovalada que había sido encontrada a medio metro del cuerpo casi sin vida del profesor. Una huella clara y reconocible tomada de la moneda resultó ser de Gorman, lo que sugería que la moneda estaba en su mano en el momento en el que el tren lo arrolló. Un análisis de la moneda indicaba que su forma inusual se debía a que había sido colocada sobre las vías para que un tren le pasara por encima.

CAPÍTULO 55

EL HALLAZGO MERECÍA UNA CONVERSACIÓN en la mitad de la noche. Tras enterarse de que una moneda de forma extraña había sido encontrada en el bolsillo de Bridget Matthews en el momento de su muerte y en la escena del intento de suicidio de Charles Gorman, Rory había leído por encima los informes de las autopsias de los otros alumnos que se habían quitado la vida. Entre los objetos personales tanto de Danielle Landry como de Theo Compton había monedas de un centavo aplanadas y ovaladas. Se trataba de algo que los relacionaba y era demasiado inusual como para ser una casualidad.

Lane estaba sentado a la mesa de la cocina, frente a Rory. Eran las tres y media de la mañana.

—¿Qué significa? —preguntó.

—No lo sé —respondió Rory—. Solo que es algo extraño que los vincula a todos.

—Son varias las cosas que los vinculan —dijo Lane—. Pero esto es verdaderamente interesante. Los chicos suelen poner monedas sobre las vías para que los trenes les pasen por encima y las aplasten. Podría ser tan simple como eso. Todos habían colocado monedas en las vías porque pasaban mucho tiempo en la casa y en los alrededores.

—Sí, pero Gorman también tenía una moneda.

Rory hizo girar el vaso de cerveza delante de ella mientras pensaba. Instantes después, miró a Lane.

—Pasémoslo por la base de datos del PRH. Veamos si el algoritmo encuentra coincidencias.

Él asintió. El algoritmo del Proyecto de Responsabilidad de Homicidios había encontrado coincidencias mucho más extrañas que monedas aplanadas.

—¿Cuál es el indicador? —preguntó Lane—. ¿Moneda de un centavo?

—Centavo, monedas aplanadas, vías del tren.

—Vías del tren hará saltar muchos resultados. Pero lo usaré y veré qué nos arroja el algoritmo. Nos tomará uno o dos días filtrar toda la información y refinar la búsqueda.

Rory bebió un último trago de Dark Lord y vació el vaso.

—Me pregunto si mostrarle estas monedas a Gorman dispararía alguna reacción.

Lane arqueó las cejas mientras pensaba. Se pasó una mano por la nuca de su cabeza aún vendada. La mente de Rory no descansaba nunca. Funcionaba sin dificultad durante las horas de la noche. Lane necesitaba ocho horas de sueño y una jarra de café para que sus neuronas se activaran. Y en ese momento estaban embotadas por la hora y la conmoción cerebral.

—Ott dijo que Gorman no ha hablado desde que salió del coma —observó—. Los neurólogos piensan que el cerebro no le funciona. El electroencefalograma no muestra actividad. Pero el cerebro es misterioso. Nunca se sabe qué lo puede estimular. Todavía me quedan algunos contactos en el Hospital Psiquiátrico Grantville de cuando escribía mi tesis. Haré una llamada para ver qué puedo hacer.

CAPÍTULO 56

LA ENFERMERA ENTRÓ EN LA habitación 41 y vio a su paciente de pie junto al lavabo, con el cepillo de dientes en la mano, contemplando el espejo. Era una escena familiar. Su paciente había tenido los recursos para comenzar una tarea, pero se había atascado en la mitad y había olvidado el objetivo final. La enfermera atendía a muchos pacientes, pero encontraba a menudo a quien ocupaba la habitación 41 en situaciones como esta. A veces, estaba de pie junto a la puerta del baño, habiendo olvidado que su intención original había sido la de sentarse en el retrete, o se sentaba a la mesa con el tenedor en la mano, sin recordar que quería comer. Aquel día estaba delante del espejo, mirando fijo la pasta dentífrica que sostenía en la mano.

La enfermera se acercó. Todos merecían compasión y dignidad, por más perdidos que estuvieran. En sus treinta años de profesión, había aprendido que el contacto humano era una forma de traer de nuevo al presente a los pacientes con lesiones cerebrales traumáticas. Un golpecito suave sobre un hombro, una mano sobre el antebrazo, cualquier contacto leve daba buenos resultados. Siempre se movía con cuidado y delicadeza, para no asustar a su paciente. Luego establecía contacto visual, cosa que hizo en ese momento.

—Iba a cepillarse los dientes, ¿recuerda?

Después de varios segundos, la enfermera vio por fin un leve asentimiento de cabeza. La expresión facial nunca variaba: siempre tenía la misma expresión de distante indiferencia. Pero el movimiento de cabeza era una buena señal. Esa mañana ella había logrado comunicarse con su paciente. Con una persona tan ida, era lo único que podía esperar. Las cosas habían sido así desde el comienzo y ella creía que seguirían así para siempre. Solo a veces esta persona en particular mostraba algo de comprensión de lo que sucedía a su alrededor; eso sucedía cuando recibía una visita. Una vez por semana, invariablemente.

La enfermera vio cómo lentamente levantaba el cepillo de dientes. No acertaba, de modo que guio el cepillo hacia la boca de su paciente y ayudó con el movimiento de las cerdas hacia arriba y hacia abajo.

CAPÍTULO 57

CAÍA LA TARDE DEL JUEVES, el día después de que Rory hubiera descubierto la conexión entre las monedas de un centavo y los alumnos que se habían suicidado. Que Charles Gorman también tuviera en su poder una de estas monedas añadía otra pieza al rompecabezas. Lane comenzó la búsqueda en la base de datos del PRH utilizando los marcadores —centavos, monedas aplanadas, trenes, vías del tren— y buscando coincidencias con otros homicidios. Era consciente de que la búsqueda era amplia y que el algoritmo tardaría en filtrar los resultados. Rory y él esperaban los resultados preliminares con la atención fija en la laptop de Lane, que estaba abierta delante de ellos en la sala delantera de la casa. Un *pendrive* asomaba desde un puerto USB y la pantalla mostraba el video de la escena del crimen que los investigadores habían filmado tras llegar a la casa abandonada la noche de los asesinatos de Andrew Gross y Tanner Landing.

Una escena del crimen bien gestionada, sobre todo la de un homicidio, requiere de un estricto orden de jerarquía. Una vez que los agentes de policía que llegan primero determinan que se ha cometido un homicidio, llaman a sus superiores para establecer una cadena de mando. Se envían detectives a la escena y se llama a la unidad de investigación forense. Se comienza a documentar en una bitácora quiénes entran en la escena. El primer grupo que pisa la escena del crimen, después de los paramédicos, es el de los investigadores forenses. Su trabajo consiste en documentar todo a través de fotografías y videos. Esto se hace antes de que otros puedan contaminar la escena con pisadas, huellas y ADN. La caja de pruebas que Henry Ott le había entregado a Rory contenía un *pendrive* con las fotos y filmaciones de la escena del crimen. Rory y Lane vieron cómo se materializaba la casa abandonada en la pantalla. En la parte inferior de la imagen aparecía la fecha: sábado 22 de junio, 2019, 00.55 h.

Los reflectores iluminaban una burbuja de luz dentro del bosque negro. La imagen del video filmado por uno de los investigadores forenses se sacudía mientras la cámara se trasladaba desde la zona de detrás de la casa a la puerta de entrada. El interior de la casa también estaba iluminado por reflectores que causaron sobreexposición de la cámara cuando entró la persona que filmaba.

Una vez que la cámara se adaptó al contraste, Rory y Lane pudieron ver un pasadizo estrecho que llevaba a la cocina. Lane detuvo el video y señaló el monitor.

—¿Por qué están abiertas todas las puertas de los armarios?

—Ott me habló de un juego llamado El Hombre del Espejo. Esa noche los alumnos estaban jugando a una versión de ese juego. Los espíritus que vienen con este personaje mítico se refugian dentro de cualquier espacio cerrado. Armarios, cajones, roperos, habitaciones. Abrir todo lo que está a la vista impide que los espíritus se queden y te acosen.

—Ah, pero qué bonito —ironizó Lane—. ¿Ya nadie juega a girar la botella?

—Te aseguro —dijo Rory mientras ponía en funcionamiento el video otra vez— que estos chicos estaban mucho más allá que el juego de la botella.

En la pantalla, la cámara se movía por la cocina y por el primer piso, donde todas las puertas estaban abiertas. Luego se trasladaba a tropezones hasta la biblioteca en el salón principal. Rory había recorrido esa habitación dos días antes con el detective Ott. Delante del espejo de pie, se veía una hilera de velas. Había cerillas desparramadas en el suelo junto a las velas y delante de todo eso yacía el cuerpo de Andrew Gross. El *rigor mortis* todavía no le había afectado, por lo que el cuerpo parecía estar desinflado, como si las extremidades hubieran perdido presión, dejándolo hecho un montículo en el suelo. Un charco de sangre oscura y espesa, bien demarcado, rodeaba el cadáver. El espejo reflejaba la imagen de la técnica forense mientras movía la cámara por la habitación, lo que producía una extraña colisión entre los vivos y los muertos. La superficie del espejo estaba salpicada con sangre al igual que la pared detrás de él. No había nada más en la sala, salvo ramas de hiedra rojiza que entraban por la ventana abierta; las hojas se movían en la brisa que soplaba desde fuera. La cámara se alejó de la ventana y apuntó a la puerta del salón. En el suelo se veían líneas de sangre desde donde había sido arrastrado el cuerpo de Tanner Landing.

La siguiente imagen que vieron Rory y Lane estaba filmada en el exterior, con la iluminación de los reflectores. Se escuchaba el zumbido del generador que proporcionaba energía a las luces policiales. La cámara recorría el jardín delantero, documentando las huellas de sangre y las marcas en el suelo producidas por el cuerpo de Tanner Landing. Lentamente, la cámara pasó a la verja de hierro. De manera inconsciente, Rory se echó hacia atrás, para alejarse de la pantalla, cuando el cadáver del chico apareció en la imagen. Recordó que Henry Ott había descripto la escena como una masacre, y al ver la imagen de la púa de la verja atravesando el mentón de Tanner y asomando por su frente, no pudo pensar en una palabra más adecuada que esa.

Detuvo el video sin dejar de mirar la pantalla.

—No había señales de lucha dentro de la sala —dijo a Lane—. Las víctimas no tenían lesiones defensivas. Pensamos que el asesino los atacó por sorpresa, pero tal vez no haya sido así. Tal vez el asesino era *uno de ellos*. Tal vez el asesino estaba con ellos.

—¿Otro alumno?

—Posiblemente. En ese caso, estos dos chicos habrían sido tomados por sorpresa, no porque el asesino hubiera actuado con sigilo, sino porque no tenían motivos para pensar que la persona que estaba con ellos tenía intención de hacerles daño.

Lane extendió el brazo y rebobinó el video hasta la parte que mostraba el interior de la casa.

—Mira el espejo —dijo—. Está salpicado con sangre. Eso significa que el asesino atacó desde atrás, lo que hizo que el chorro de sangre saliera hacia delante. A los dos chicos les cortaron la garganta. Para que la sangre salpique de ese modo el espejo, ambos tienen que haber estado frente al espejo y el asesino detrás de ellos.

Rory asintió.

—Por lo que me dijo Ott, y por lo que encontré en internet, este juego requiere que los chicos miren el espejo y susurren "Hombre del Espejo" varias veces. Tal vez estaban haciendo eso cuando los mataron.

Lane asintió también y se deslizó hacia delante en el sofá.

—Entonces, el asesino está esperando al acecho o está con ellos cuando llegan a este salón y se plantan frente al espejo. Les corta la garganta, deja a uno desangrándose en el suelo y arrastra al otro afuera para empalarlo en la verja. El atacante quería demostrar su dominio o vengarse. Pero arrastrar a un adolescente de setenta kilos hasta afuera y colgarlo de la verja debió de llevarle tiempo. Por lo menos cinco minutos tras el ataque. Eso sugiere que el asesino conocía la zona y no tenía prisa. Estaba tranquilo. Decididamente, fue algo organizado.

Premeditado. Esto no sucedió de la nada. Si vamos más allá de lo truculento, lo que veo en esta escena del crimen no condice con la idea de que Charles Gorman enloqueció. Esto es demasiado calculado y complicado como para creer que simplemente se enfadó y perdió el control.

Lane se llevó la mano a la parte posterior de la cabeza vendada y presionó mientras pensaba.

—Perder el control puede hacer que alguien mate de manera inesperada —dijo—. Pero esta forma ritual de colgar al chico es algo diferente. No se trató de una reacción. Fue algo planeado e intencionado. Por más que estos chicos hayan acosado a Gorman, su perfil no describe a alguien que perdería el control. No describe a una persona que mataría de esta manera, ni siquiera que fuera capaz de matar a alguien.

—Pero Gorman describió la escena exactamente como la muestra el video —dijo Rory—. Escribió sobre cortarles la garganta y empalarlo en la verja. Eso condice con tu perfil de premeditación. Habla de que lo planeó todo con antelación. —Se quedó mirando el monitor unos instantes y finalmente se volvió hacia Lane—. Los alumnos tenían que reunirse con sus orientadores una vez por semana. Leí los registros médicos de Bridget Matthews y Danielle Landry y noté que en las sesiones de terapia se las alentaba a volcar sus pensamientos en diarios personales. Miedos, preocupaciones, algunas de sus reflexiones más privadas.

—Es una herramienta común de la psicoterapia.

—Tal vez el manifiesto de Gorman era solamente eso: sus pensamientos íntimos volcados por escrito como forma terapéutica de disiparlos.

Lane ladeó la cabeza.

—Pero eso significaría…

—Que otra persona pudo haber leído el diario de Gorman y haber montado la escena exactamente como la describía él.

Lane se irguió, interesado en la hipótesis de Rory.

—El privilegio médico-paciente determina que solamente otra persona pudo haber tenido acceso a su diario.

—Correcto.

—¿La carpeta de Gorman indica que recibía terapia?

—Sí —respondió Rory.

—¿Y menciona el nombre del terapeuta?

Rory asintió.

—Gabriella Hanover.

INSTITUTO WESTMONT

Verano de 2019

CAPÍTULO 58

Esperaron hasta la medianoche y se encontraron bajo el frontón gótico del edificio de la biblioteca. Los reflectores que iluminaban hacia arriba dibujaban sombras sobre el lema de la escuela: *Veniam solum, relinquatis et.* Ciertamente estaban juntos esa noche, aunque de mala gana. El más reciente desafío presentado por Andrew Gross les exigía entrar en la casa del señor Gorman y robarle un objeto personal. Durante la última expedición a la casa abandonada, todos habían bebido cerveza Miller Lite mientras Andrew se jactaba sobre esa misma etapa de los desafíos del año anterior cuando él era un iniciado y su grupo de tercer año le había robado una gaveta entera de sujetadores a la señora Rasmussen. El rumor sobre el robo se había desparramado por el campus y se decía que los responsables eran los que participaban en los desafíos del Hombre del Espejo. Unos días más tarde, los sujetadores de la señora Rasmussen aparecieron colgados de las vigas del edificio de la biblioteca, en una pulcra línea justo debajo del lema del instituto. La nueva camada de iniciados tenía pocas probabilidades de superar el legado de fechorías de Andrew y ninguno de ellos estaba dispuesto a acercarse a la ropa interior del señor Gorman. Pero Tanner estaba convencido de que podrían hacer algo que llamaría la atención de los alumnos del último año y les hiciera ganarse su respeto.

La llave que Andrew les había dado supuestamente abría todas las puertas traseras de las casas del Paseo de los Docentes. Tendrían que comprobar si era cierto. Gwen había mencionado que tras la desaparición de los sujetadores de la señora Rasmussen el año anterior, era posible que se hubieran cambiado las cerraduras de todos los dúplex del Paseo de los Docentes. Gwen también comentó que desde el incidente con la trampa para ratones, otra broma no iba a ser recibida. Los estaban vigilando de cerca, y llamaron tanto a Tanner como a Andrew para hablar con la doctora Hanover y el doctor Casper, que les habían advertido que no tolerarían el mismo nivel de faltas de respeto que había ocurrido el verano anterior. A todos se les recordó el código de conducta que exigía el instituto. Entrar por la fuerza en una casa no formaba parte de él.

Sin embargo, allí estaban, ocultos en la oscuridad, dirigiéndose sigilosamente al Paseo de los Docentes. Cada uno tenía sus razones para estar allí esa noche. Tanner estaba desesperado por ser aceptado y pertenecer y haría prácticamente cualquier cosa para superar a aquellos a quienes trataba de impresionar. Gwen y los demás deseaban, de algún modo, ser parte del grupo exclusivo del Instituto Westmont. Ninguno discutía ese razonamiento. Pero también había otra cosa que los impulsaba. El miedo. Desde su llegada a Westmont como cándidos alumnos del primer año de secundaria, habían perseguido el mito del Hombre del Espejo. Casi todos los alumnos lo hacían. La leyenda era tan poderosa que solamente un puñado de alumnos lograba escapar a su atractivo. Entonces, de algún modo, a ese grupo de seis les habían dado la oportunidad de participar de la fábula. No en una réplica barata que otro puñado de alumnos había tratado de crear. El 21 de junio era el auténtico. Pero para llegar allí, para recibir los privilegios que se obtenían completando el desafío del Hombre del Espejo, tenían que pasar por las pruebas de iniciación. Todos creían en el mito lo suficiente como para seguir a Tanner esa noche por las sombras del campus.

Ninguno de ellos sabía cuánto estaban por cambiar sus vidas.

CAPÍTULO 59

Según el plan, Tanner entraría por la puerta trasera de la casa del señor Gorman y tomaría lo primero que viera en la cocina. No importaba lo que fuera, solo que perteneciera a Charles Gorman. Luego, volverían a cerrar la puerta con llave y desaparecerían en la noche habiendo completado la última prueba antes del evento del solsticio de verano.

Permanecieron en las sombras y llegaron al Paseo de los Docentes, donde solo algunas luces de los porches estaban encendidas. El resto de las casas estaban a oscuras. Se acercaron al número 14 y dieron la vuelta hacia la parte posterior; los pasos de cada uno eran sigilosos, pero colectivamente sonaban como una brigada. Cuando rodearon la casa, vieron que una de las ventanas del señor Gorman estaba iluminada con luz amarilla brillante.

—Uy, mierda —dijo Tanner—. ¿Está despierto?

—Basta, lo cancelamos —dijo Gwen.

—Ni locos. No podemos abandonar el desafío.

—Si nos pescan, nos expulsarán. Hanover y Casper nos tienen en la mira este verano.

—Vete, entonces —dijo Tanner—, pero Bridget y yo lo vamos a hacer.

Tanner miró al resto.

—¿Se quedan o se van?

—Ve a espiar qué sucede —dijo Gavin—. Si está despierto, no vamos a poder entrar. Tendremos que volver otra noche.

Tanner se volvió y, agazapado, se aproximó a la ventana trasera. Su silueta se deslizó por el extremo de la casa hasta que quedó justo a un lado de la ventana iluminada; luego se inclinó y espió el interior. Hubo un instante de inmovilidad mientras los otros lo observaban. Todos contenían el aliento. Estaban en alerta máxima, listos para huir en la oscuridad si se abría la puerta o se movían las cortinas. Pero en vez de eso, vieron que la silueta oscura de Tanner les hacía gestos frenéticos para que se acercaran a la ventana.

—¡Vengan! —susurró con intensidad—. ¡Vengan ya!

Gwen y Gavin se miraron y el grupo avanzó lentamente hacia la ventana. Tanner reía a carcajadas en silencio, sujetándose el pecho como si le fuera a dar un infarto. Señaló la ventana.

—¡El señor G está echando un polvo!

Gwen y Gavin se inclinaron hacia el lado, más allá del marco de la ventana, hasta que el interior de la casa les resultó visible. Theo, Danielle y Bridget hicieron lo mismo; la luz suave que se derramaba desde la ventana les iluminó la cara. Dentro, la luz provenía de una lámpara de la mesita de noche. Su brillo tenue alumbraba el cuerpo desnudo de Charles Gorman, que movía las caderas en rítmica cadencia. Unas piernas esbeltas le rodeaban la cintura; todos tuvieron un atisbo voyerista del trasero de su profesor de química mientras tensaba y aflojaba los glúteos.

—¡Micrda! —exclamó Gavin, apartándose inmediatamente de la ventana. Todos hicieron lo mismo, ahogando la risa.

—Vámonos ya —dijo Gwen—. No podemos hacerlo esta noche.

—Esto es demasiado bueno como para perdérselo —dijo Tanner sacando el teléfono.

Encendió la cámara, deslizó el dedo hasta la opción video y comenzó a filmar la acción a través de la ventana. En un momento, el señor Gorman se posicionó como si estuviera haciendo una flexión de brazos, giró la cabeza hacia un lado y mostró una inconfundible expresión de éxtasis antes de impulsar los glúteos hacia delante una última vez, mientras su cuerpo se estremecía. Tanner intentaba mantener la cámara inmóvil pero la risa se lo impedía.

Los demás también habían vuelto a fijar la mirada en la ventana, incapaces de no espiar. Parecían los curiosos que se quedan contemplando un accidente de tráfico. Cuando el señor Gorman giró la cabeza y pudieron verle la cara, todos se agazaparon debajo del marco de la ventana. Tanner sostuvo el teléfono en alto durante unos segundos más.

—Vámonos —insistió Gwen.

—Ya casi estoy —dijo Tanner mientras bajaba el teléfono y lo guardaba en el bolsillo. De ese mismo bolsillo sacó una corneta de aire. Luego se arrastró por debajo de la ventana y se dirigió a toda prisa a la puerta trasera. Los otros miraban, todavía azorados por lo que acababan de ver, sin plena conciencia de sus intenciones. Hasta que, claro está, oyeron el chirrido suave de la puerta trasera al abrirse. Tanner desapareció adentro por un instante y luego volvió a aparecer con un diario personal con tapas de cuero en la mano.

—Lo primero que encontré —dijo sin aliento por la oleada de adrenalina en su cuerpo.

—¡Estás más loco que una cabra! —dijo Gavin. Tomó a Gwen de la mano—. Vámonos de aquí.

Todos le dieron la espalda a la puerta abierta de la casa y comenzaron la huida silenciosa. Fue entonces cuando sonó la corneta. Tres estallidos largos que destrozaron el silencio de la noche con un chillido ensordecedor.

—¡Será mejor que corran, tontos! —dijo Tanner mientras pasaba como un rayo junto a ellos. La puerta del señor Gorman seguía abierta de par en par.

Con el corazón al galope, todos huyeron en la oscuridad.

CAPÍTULO 60

CHARLES GORMAN RESPIRABA ENTRECORTADAMENTE CUANDO se dejó caer sobre la mujer que estaba debajo de él. Sintió las uñas de ella recorriéndole la espalda.

—Quédate esta noche —le susurró al oído.

—No puedo, lo sabes —repuso ella.

Él nunca la presionaba, solo se lo pedía. Permanecieron en silencio, enredados; solo se oían sus respiraciones. De pronto un chillido ensordecedor atravesó la casa. Luego otro, y otro más. Tres chillidos que los asustaron a ambos.

—¡Pero qué mierda...! —gritó Charles; rodó de la cama y cayó al suelo como si el estallido agudo lo hubiera levantado físicamente y luego arrojado al suelo.

La mujer se cubrió el cuerpo desnudo con la sábana. Charles oyó risas y una estampida de pasos. Se puso la ropa interior y salió disparado de la habitación, por el pasillo, hasta la cocina. La puerta trasera estaba abierta. Encendió las luces y miró a su alrededor. La casa estaba vacía. Corrió afuera, miró hacia uno y otro lado por el sendero que pasaba detrás de las casas. Los pasos se oían a su izquierda y se esfumaban en la noche. Avanzó unos metros en esa dirección y volvió a escuchar, pero lo único que se oía era el zumbido de las chicharras.

Pasaron unos instantes y sintió la tentación de echar a correr en la oscuridad siguiendo las pisadas. Estaba seguro de que podría atraparlos. Supuso que se dirigirían a los dormitorios. Pero lo único que llevaba puesto era ropa interior blanca. Dio media vuelta y regresó a su casa. Cuando llegó, Gabriella Hanover ya estaba vestida y visiblemente alterada.

—Malditos chicos —dijo Charles—. Se creen los dueños del instituto en el verano.

Gabriella se pasó una mano temblorosa por la boca y la mejilla.

—¿Quiénes eran?

—No los vi, pero tienen que haber sido Andrew Gross o Tanner Landing.

—Charles, ¿crees que nos han visto?

—¿Cómo podrían habernos visto?

—¡Entraron en la casa, Charles! ¿Crees que nos han visto?

—No. Es una de esas apuestas idiotas. Abre la puerta y haz sonar la corneta o no sé qué diablos era eso. No tendrían huevos como para entrar en mi casa, esos pendejos de mierda.

—Podríamos estar en graves problemas si alguno se enterara de lo nuestro. Lo que hemos estado haciendo va contra las reglas.

—Nadie se va a enterar de nada, Gabriella. Nadie vio nada. Son solo unos chicos tontos con una apuesta tonta.

—Soy tu superior. Esto demuestra una total falta de juicio de mi parte. Si alguien se enterara de esto, la junta directiva del instituto me despediría de inmediato. Y ni hablemos del hecho de que me estoy acostando con uno de mis pacientes. ¡Podrían quitarme la licencia, Charles!

Él se le acercó y trató de calmarla, pero Gabriella lo apartó.

—Tengo que irme —dijo—. Hablaremos mañana.

Gabriella Hanover salió apresuradamente por la puerta trasera. Gorman se quedó mirando su partida desde la cocina. Fue hasta la puerta y la cerró con estrépito.

PARTE VII
Agosto de 2020

CAPÍTULO 61

Rory despertó el viernes por la mañana cuando el tenue brillo cobrizo que precede al amanecer iluminó la ventana. Oyó la respiración todavía esforzada de Lane, el ligero gorgoteo cuando espiraba, un síntoma que aún le quedaba de la inhalación de humo. Miró el reloj junto a la cama y vio que eran las 5.12. De sueño extremadamente liviano, Rory se despertaba con el menor de los ruidos. Y una vez que dejaba el sueño, volver a conciliarlo le resultaba difícil. Abrir los ojos era como encender una computadora. Su cerebro se activaba y comenzaba a procesar información, listo para el trabajo. Eso sucedía sobre todo cuando estaba en medio de un caso.

Se levantó de la cama y salió al pasillo en pantalones cortos y camiseta sin mangas. Se puso una camisa de algodón grueso sobre los hombros. La planta baja de la casa estaba en sombras. Bajó la escalera, tomó una Coca Diet del refrigerador y se dirigió a la galería. Sentada al escritorio, encendió la lámpara. La muñeca Armand Marseille estaba en la caja protectora. La levantó para examinar el trabajo que había hecho en la oreja y la mejilla. Le había aplicado una capa de epoxi que había eliminado las grietas. Se puso a trabajar para borrar los diferentes colores con la mezcla secreta de la tía Greta hecha con vodka y jabón. Cuando hubo terminado, comenzó la difícil tarea de lijar la porcelana. Era un trabajo meticuloso y tedioso que requería muchas pasadas de papel de lija, de grano cada vez más fino (el último era de grano 600, tan fino que casi no lo sentía en los dedos) hasta que la textura del lado reparado quedaba idéntica a la del lado contrario. Dos horas más tarde, Rory cerró los ojos y pasó las yemas de los dedos por la cara de la muñeca, buscando imperfecciones que tal vez sus ojos no habían notado. No las encontró. Después, comenzó con el proceso de pintura de la porcelana para devolverle su color original. Consultó fotografías que había obtenido en la subasta y también otras tomadas de internet. El catálogo de muñecas alemanas estaba abierto sobre un atril delante del escritorio, y la página mostraba una muñeca igual en su estado natural, con mejillas del color del vino rosado sobre pálida piel blanca.

Comenzó con el pincel más grueso, con cerdas de casi dos centímetros de ancho. Lo utilizó para aplicar la primera capa de base selladora, que dejó la cara de la muñeca de un tono amarillo almendrado. La secó con la pistola de calor y luego pasó la luz azul ultravioleta sobre la porcelana. Después, otra capa de base. A medida que pasaba de pintar a secar, Rory sacaba los pinceles del bolsillo superior de la camisa y volvía a guardarlos allí con movimientos rápidos, casi sin pensar, concentrada en las exigencias meticulosas de su trabajo.

Transcurrieron dos horas más antes de que se diera cuenta de que le dolía la espalda. Se puso de pie y estiró los músculos agarrotados antes de dejar la muñeca a un lado. Casi había terminado. Lo que faltaba era añadir los detalles de las pestañas, el rubor de las mejillas, el sombreado alrededor de las fosas nasales y el color alrededor de los labios. En un instante, su cerebro repasó cada una de las cuidadosas pinceladas que se necesitarían: miles y miles de ellas, una después de la otra.

Le ardían los dedos por comenzar con esos detalles finales. Era, tal vez, la parte que más disfrutaba de la restauración. Pero necesitaba que la porcelana se secara bien para que pudiera aceptar adecuadamente los finos colores pastel que le agregaría.

Tomó otra Coca Diet del refrigerador y oyó que la silla de la habitación del piso superior se deslizaba por el suelo. Comprendió que Lane estaba frente a la computadora, agregando marcadores a la base de datos del PRH y buscando cualquier conexión que pudiera encontrar con suicidios y monedas aplastadas en las vías. Lane había pasado gran parte de la tarde anterior trabajando sobre el hallazgo de las monedas, clasificando cada resultado que escupía la base de datos y tratando de encontrarle sentido a todo eso. Anoche había dicho que había encontrado una pista prometedora. Rory estaba ansiosa por saber qué había descubierto, pero al igual que ella, Lane tenía sus propias peculiaridades. Una de ellas era su necesidad de estar solo cuando estaba en la mitad de un proyecto. Lo dejaría tranquilo hasta que estuviera listo para compartir lo que había averiguado.

Volvió a sentarse delante del escritorio en la galería. Eran casi las diez cuando centró la atención en la caja de pruebas policiales. Frente a ella tenía el panel de corcho con las caras de los alumnos del Instituto Westmont y del hombre acusado de haberlos asesinado. Abrió la carpeta de Theo Compton. Rory había leído el contenido una vez, la primera noche después de que el detective Ott le hubiera entregado la caja. Volvió a leer la información completa. Su cerebro había registrado todo durante la lectura inicial, pero un pensamiento lejano no dejaba de aflorar en su mente, un presentimiento subconsciente que no podía identificar ni reconocer. Solo sabía que tenía que excavar hasta llegar a ese pensamiento enterrado. Si lo ignoraba, si no cavaba hasta encontrarle significado, una parte de su cerebro quedaría permanentemente enganchada con lo que se había perdido. En poco tiempo, esa preocupación se convertiría en una obsesión. La obsesión, si no la calmaba, pasaría a ser una compulsión. En su vida cotidiana, Rory luchaba contra ese trastorno. En sus rutinas del día a día, ese tipo de pensamiento era un desorden lo suficientemente poderoso como para arruinarle la vida. En su trabajo, sin embargo, utilizaba ese trastorno y todas sus idiosincrasias para descubrir lo que todos los demás habían pasado por alto.

Sacó las fotografías de la carpeta de Theo y las desplegó sobre el escritorio. Eran impresiones grandes de quince por veinte centímetros que mostraban las vías del tren, el cuerpo de Theo, pisadas y los alrededores del lugar. La primera vez que había mirado la carpeta, se había concentrado en la moneda aplanada que se había encontrado en el bolsillo del chico en el momento de su suicidio. Pero había algo más. Algo que su subconsciente había notado. Entonces debía trabajar para descubrir de qué se trataba.

Las fotos las habían tomado médicos investigadores forenses del condado de LaPorte, tras la llamada de Mack Carter al 911 y después de la llegada de la ambulancia a la escena para intentar reanimar a la víctima. Durante el proceso, habían movido el cadáver de Theo Compton antes de certificar su muerte. Los peritos forenses habían llegado después para documentar la escena. A pesar de las fotos que tenía delante, Rory recordaba una imagen distinta de Theo. La foto que entraba y salía de sus recuerdos había sido tomada antes de que llegaran la ambulancia y los forenses a la escena. Era de cuando Mack Carter había descubierto el cuerpo. Existía una filmación de ese momento, y ella la había visto. El tembloroso video filmado por Ryder Hillier con el teléfono tenía niebla y era de mala calidad, solamente tenía la linterna del móvil como fuente de luz en la noche negra. A pesar de la mala resolución de las imágenes, Rory recordaba algo sobre la filmación. Algo que había estado almacenado en su cerebro, hibernando e intacto. Pero ahora, mientras contemplaba las fotos de la escena del crimen, la otra imagen cobró vida. Algo comenzó a rasguñarle el cerebro y encender la sinapsis de sus neuronas. Rory trató de evocar la imagen y comprender qué era lo que la inquietaba, pero no lograba darse cuenta de qué se trataba.

Abrió la computadora y buscó el blog de Ryder Hillier, con la esperanza de poder ver el video. Pero la filmación había sido censurada. Rory fue al canal de YouTube de la periodista, solo para toparse con lo mismo. Exploró internet, pero todos los sitios web que prometían la filmación prohibida terminaban en un callejón sin salida. La advertencia "Este video ya no está disponible" aparecía en cada vínculo que abría. La filmación había desaparecido.

Se echó hacia atrás en la silla. Había algo en el video que no encajaba con las fotos que tenía delante. Cerró los ojos e intentó hacer girar el rollo de información en su cabeza hasta el momento en que había visto el video. Por más que lo intentara, no lograba visualizar la imagen que sabía que tenía en la mente. Solo era consciente de que esa imagen la hacía cuestionarse algo que todos habían dado por sentado hasta el momento.

"¿Y si los alumnos de Westmont no se suicidaron? ¿Y si los asesinaron?".

Rory se puso de pie y tomó la mochila; abrió la cremallera del bolsillo delantero y sacó la tarjeta que Ryder Hillier le había dado la noche que se habían conocido en el hospital. Pulsó la pantalla del móvil y marcó el número.

CAPÍTULO 62

Ryder Hillier estaba sentada a la mesa de la cocina, frente a la madre de Theo Compton. Había hecho el viaje de cuatro horas en coche a Cincinnati temprano por la mañana del viernes y, un poco pasadas las diez, se disponía a aceptar el ofrecimiento de café de la señora Compton. El vapor subía en espiral desde la taza cuando Paige Compton se la colocó delante.

—Gracias por venir hasta aquí —dijo la mujer.

—De nada —respondió Ryder—. Gracias a usted por invitarme. Estoy ansiosa por oír su historia, pero antes quiero decirle otra vez cuánto lamento haber publicado aquel video de su hijo. Por favor, créame cuando le digo que siento un gran remordimiento y pesar.

—Gracias por decirlo. Pero con video o sin él, mi hijo seguiría muerto. Dígame una cosa —comentó la señora Compton mientras se sentaba a la mesa—, ¿cómo supo que Theo estaría en la casa aquella noche?

Ryder puso las manos alrededor de la taza caliente para mantenerlas ocupadas. Seguía nerviosa por estar en la cocina de los Compton, en primer lugar debido a las acciones legales que Paige Compton había iniciado contra ella, y en segundo lugar, porque si su editor se enteraba de que estaba persiguiendo esa historia, la despediría instantáneamente.

—Theo dejó un mensaje en la web del pódcast de Mack Carter —dijo—. El mensaje revelaba que estaría en la casa aquella noche.

—¿Haciendo qué?

—En el momento de leer el mensaje, yo no tenía la menor idea.

—¿Qué decía el mensaje?

—¿La policía no le ha dado ya toda la información sobre esto?

—No. Casi no han hablado conmigo. Me informaron que Theo se suicidó, pero desde entonces, no han vuelto a pensar un segundo en mi marido o en mí. Y como estamos tan lejos, lo único que podemos hacer es dejar mensajes y esperar que nos devuelvan las llamadas.

—¿Le gustaría ver el mensaje que escribió Theo? —preguntó Ryder—. Lo puedo buscar con el teléfono.

A la señora Compton se le humedecieron los ojos. Asintió.

Desde el móvil, Ryder abrió la web de *La casa de los suicidios*. Habían pasado dos semanas desde que había salido al aire el último episodio, y a pesar de la muerte de Mack Carter, ella sabía que su enorme audiencia estaba esperando más episodios. Recorrió el panel de mensajes hasta encontrar el críptico comentario de Theo.

—Aquí está. Decía "MC, trece, tres, cinco. Te contaré la verdad. Luego, que suceda lo que tenga que suceder. Estoy preparado para enfrentarme a las consecuencias".

La señora Compton tomó el teléfono cuando Ryder se lo ofreció.

—¿Qué significan esos números? —preguntó contemplando el mensaje.

—Son como coordenadas. Instrucciones para llegar a la casa abandonada por una ruta interna.

—¿Cómo sabía usted lo que significaban?

—He investigado bastante sobre Westmont desde los asesinatos del año pasado y he escrito mucho sobre ellos en mi blog. Durante mi investigación, me topé con el mensaje en código. Un exalumno al que entrevisté me explicó el significado. Me dio la impresión de que la mayoría de los alumnos sabían lo que significaban esos números. Existen bastantes leyendas alrededor de ese código y muchos rumores y especulaciones sobre lo que sucede en la casa abandonada.

—¿Tiene que ver con ese juego en el que participaban?

Ryder encogió hombros y negó con la cabeza.

—No lo sé exactamente. Solo sabía que Theo le estaba pidiendo a Mack Carter que se encontrara con él en la casa. Por ese motivo fui hasta allí. Perseguía una primicia. Quería ser la primera en enterarme de la historia y contarla.

—¿Y con qué primicia pensaba que se encontraría?

—No lo sabía. Estaba al tanto de que Theo había comenzado a revelarle algunos detalles a Mack Carter antes de arrepentirse en el último momento. Su hijo apareció en uno de los episodios del pódcast. Desde el principio creí que había más detrás de la historia de Westmont de lo que se sabe, y supongo que pensé que su hijo tendría información al respecto. Pero, por favor, créame cuando le digo que no tenía idea de que encontraría a Theo así.

La señora Compton permaneció en silencio hasta que levantó la vista del teléfono y miró a Ryder a los ojos.

—¿Por qué le pediría mi hijo a un periodista de investigación que estaba haciendo un pódcast sobre los asesinatos en su instituto que se encontrara con él en el sitio donde se produjeron los asesinatos, solo para suicidarse antes de que llegara el periodista?

La pregunta fue tan franca y directa que hizo parpadear a Ryan varias veces mientras la procesaba.

—No... no lo sé —dijo por fin.

—Theo nunca me habló demasiado sobre lo que sucedió la noche en la que él y sus amigos fueron a esa casa en el bosque. Jamás hablaba de los chicos que fueron asesinados el verano pasado. Decía que era demasiado difícil para él y que los psicólogos del instituto los estaban ayudando a él y a los demás a superar la tragedia. Yo nunca lo presionaba. Pensaba que ya tenía suficientes problemas sin una madre pesada. Pero luego Theo me llamó. Fue la noche antes de morir. Me dijo que estaba preocupado.

—¿Preocupado por qué? —preguntó Ryder.

—Por lo que pensaba hacer.

Ryder se inclinó hacia delante. El vapor del café le llegaba al mentón.

—¿Qué era lo que pensaba hacer?

—Dijo que iba a hablar con un periodista sobre lo sucedido aquella noche en el bosque y sobre otras cosas que estaban pasando desde aquella noche.

—¿Qué cosas?

—Theo tenía un grupo de amigos cercanos en Westmont. Chicos que conocía desde el primer año. Dijo que querían contarle a la policía algo que sabían sobre aquella noche. Theo me dijo que quería quitárselo de encima.

—¿De qué se trataba?

La señora Compton sacudió la cabeza.

—No me lo dijo. Me llamó solamente para advertirme de que eso lo iba a meter en problemas. Me dijo que ya no podía seguir ocultándolo. Sabía algo sobre su profesor de química. El que mató a esos chicos.

—¿El señor Gorman? ¿Qué era lo que Theo sabía?

—Tampoco me lo dijo. Pero quería contárselo a *alguien* y había decidido que esa persona sería Mack Carter. Pero antes de que pudiera hacerlo… —La señora Compton rompió en llanto.

—Pero antes de que pudiera hacerlo… —dijo Ryder en tono medido— ¿Theo se suicidó?

La señora Compton negó con la cabeza.

—No, mi Theo nunca haría una cosa así.

Ryder dejó que la insinuación se asentara. Pero tenía que confirmar que estaban hablando de lo mismo.

—Entonces, si Theo no se suicidó…

La señora Compton levantó la mirada; las lágrimas le caían por las mejillas.

—Alguien lo mató. Alguien que no quería que Theo hablara sobre lo que sucedió con sus amigos aquella noche.

Ryder corrió la silla ligeramente hacia delante.

—¿Ha hablado con la policía sobre esto?

—Lo he intentado —respondió la señora Compton—. He intentado convencerlos de que Theo jamás se quitaría la vida. Nunca le haría una cosa así a su familia. Pero no me quieren escuchar. Piensan que soy solo una madre destrozada que no puede aceptar el suicidio de su hijo. Por eso la llamé a usted. La policía no le va a dedicar un minuto de más a la muerte de mi hijo. Pero sé que usted lo hará. Necesito su ayuda. Necesito que averigüe qué era lo que Theo quería contar. Lo que le iba a revelar a Mack Carter.

Por la cabeza de Ryder cruzaron un sinnúmero de cosas. El caso del Instituto Westmont no estaba muerto. De repente, lo veía desde una perspectiva nueva, con una conclusión a la que nadie más había llegado. Sabía que los casos abiertos se resolvían cuando las pruebas antiguas se miraban con ojos nuevos.

—De acuerdo —dijo Ryder por fin, volviendo a la realidad—. Voy a investigar lo que me pide. Veré qué puedo averiguar. Haré todo lo posible, pero no puedo prometerle ningún avance. Creo que empezaré con los amigos de Theo.

—Ese es el problema —dijo la señora Compton—. Solamente quedan dos. Y por lo que sé, es justamente a ellos a quienes Theo les tenía miedo.

Antes de que Ryder pudiera hacer otra pregunta, sonó su teléfono.

CAPÍTULO 63

GWEN MONTGOMERY SUBIÓ POR LAS escaleras del edificio de la biblioteca hasta que llegó al piso más alto. Seis sólidos escritorios de madera estaban dispuestos en orden preciso entre las estanterías que contenían periódicos y enciclopedias antiguas. Los estudiantes iban a ese lugar en busca de silencio. Iban allí a estudiar *en serio*, no a conversar y reír como sucedía en la planta principal de la biblioteca. Durante las clases de verano, con pocos alumnos en el campus, el piso superior de la biblioteca siempre estaba vacío. Se había convertido en el punto de reunión para ella y Gavin. El edificio de dormitorios les había parecido demasiado peligroso para sus conversaciones.

Se dirigió a las ventanas que daban a la entrada principal del campus: los enormes pilares de ladrillos que sujetaban la gigantesca puerta de hierro que se cerraba ceremoniosamente cada año en el Día de Ingreso, dejando a los alumnos atrapados adentro. Si bien no las veía desde su perspectiva dentro de la biblioteca, Gwen sabía que las ventanas por las que estaba mirando estaban situadas justo debajo de las letras del frontón que recordaban a los alumnos que llegaban solos a Westmont, pero que se marcharían juntos. Se preguntó si realmente se marcharía en algún momento.

—Hola —dijo Gavin en un susurro, detrás de ella.

Gwen se sobresaltó y se apartó de las ventanas.

—¿Qué sucede?

La pregunta de él le molestó. Gavin sabía perfectamente bien qué sucedía y su indiferencia ante la situación siempre le había sentado mal, pero nunca tanto como en las últimas semanas. Eran muchas las vidas que las acciones de ambos habían afectado.

—Creo que no tenemos idea de lo que está sucediendo —dijo Gwen—. No tenemos idea de lo que sabe la gente. Desde que terminó el pódcast y se eliminó la web de Ryder Hillier, hemos estado a oscuras.

—Eso es bueno —dijo él, y se acercó a ella—. ¿Recuerdas lo preocupada que estabas cuando nos enteramos de la existencia del pódcast? Cuanto menos husmee la gente, mejor para nosotros.

—Pero al menos teníamos información en la cual basarnos. Al menos sabíamos en qué punto estaba la investigación. Ahora no sabemos nada.

—Sabemos que nadie pide hablar con nosotros. Eso es todo lo que debería preocuparnos, de momento. ¿Quieres que la gente se ponga a hacer preguntas? ¿Quieres ver qué hubiera sucedido si Theo hubiera abierto la bocaza?

—¡Por Dios, Gavin! Hablas como si fuera algo bueno que Theo se haya suicidado.

—¡Es una puta tragedia! Pero podría haber sido peor si hubiera hablado con Mack Carter sobre aquella noche. Mierda, Gwen. Soy el único que piensa con lógica. Y me crucificas por eso. ¿Dónde estaríamos ahora mismo si yo no estuviera sosteniendo todo esto?

Ella no respondió.

—Mira —dijo Gavin, suavizando el tono—, sé que esto es difícil. Pero ya no tenemos alternativa. En algún momento la tuvimos y tomamos nuestra decisión. Ahora tenemos que seguir hasta el final. Tenemos que mantenernos unidos. Somos los únicos que quedamos, Gwen. Solo tú y yo.

Ella asintió y luego meneó la cabeza. Cruzó los brazos alrededor de sus hombros huesudos y se abrazó con fuerza.

—Ojalá tuviéramos forma de saber cómo sigue la investigación. Ojalá pudiéramos enterarnos de qué saben *ellos*.

—¿No lo entiendes? La falta de información es algo *bueno*. Significa que no saben nada. Y mientras tú y yo nos mantengamos unidos, las cosas seguirán así.

Se acercó a ella y la abrazó. Pero el contacto con Gavin había dejado de resultarle reconfortante. Ya no le tenía cariño. Él había cambiado tanto desde el año pasado que casi no lo reconocía.

CAPÍTULO 64

Gwen se secó las lágrimas mientras abandonaba la biblioteca. La presión comenzaba a aplastarla. De hecho, había comenzado a aplastarla hacía tiempo. La estaba matando. Era como si hubiera estado tratando de moverse por la vida con las piernas temblorosas, con una roca gigantesca sobre los hombros. Finalmente, después de catorce meses, ya no podía aguantar más. Las palabras de Gavin ya no la tranquilizaban. Sus promesas de que el tiempo le curaría las heridas y le lavaría la culpa ya no le resultaban creíbles. Él era parte de todo. Él era, tal vez, la causa de todo. La idea había sido suya.

Sin Gavin, Gwen necesitaba que alguien la guiara. No podía recurrir a sus padres. Ya no. Había pasado demasiado tiempo. Los esfuerzos de la doctora Hanover tampoco habían resultado efectivos. Solamente una persona le había mitigado la culpa de aquella noche. Confiaba absolutamente en él, y sin nadie más a quien recurrir, decidió, por fin, contárselo todo.

Atravesó el campus hasta llegar al Paseo de los Docentes. No miró el número 14 cuando pasó junto a la casa. Mirarlo le recordaba la noche en la que ella y sus amigos habían causado tantos estragos. La noche en la que su vida había cambiado para siempre. Qué distintas habrían sido las cosas si no hubieran ido a la casa del señor Gorman aquella noche. Qué distinta sería su vida ahora si no hubieran filmado ese video ni seguido a Tanner Landing como un rebaño de ovejas. Apartó esos pensamientos hipotéticos de su mente. Se había vuelto loca durante el año anterior soñando con retroceder en el tiempo. Con fantasías de que podía volver atrás el reloj y cambiar las decisiones que había tomado aquella noche.

Cuando llegó a la casa del doctor Casper, subió los escalones y llamó. La puerta se abrió. Gwen no le dio tiempo de quejarse por su visita. No le dio la oportunidad de rechazar su petición de ayuda.

—Tengo que hablar con usted —dijo, y entró en la habitación que funcionaba como su despacho. Se sentó en el sillón de respaldo alto que siempre había ocupado durante sus sesiones con él, hasta que, tras los asesinatos, la reasignaron a la doctora Hanover.

Pasaron varios minutos hasta que el doctor Casper apareció en la puerta. Gwen intuía su temor, como si él supiera que ella estaba a punto de cambiar su propia vida con sus palabras. Como si él adivinara su fragilidad y presintiera que Gwen ya no lo soportaba más. Lo vio convertirse en la persona que siempre había sido para ella. El médico que desde el comienzo había sabido cómo ayudarla. Alguien que nunca la rechazaría, por más terrible que fuera lo que hubiera hecho.

—¿Qué te preocupa? —preguntó el doctor Casper por fin en voz baja y suave.

Gwen se frotó el puño contra la boca y se mordió los nudillos mientras pensaba.

—Quiero hablarle sobre la noche en que mataron a Tanner y a Andrew.

Él se quedó inmóvil en el marco de la puerta. Arqueó las cejas.

—¿No le has contado ya a la policía todo lo que sabes?

—No. Esa noche pasó algo con mis amigos y conmigo.

No se lo hemos contado a nadie. —Bajó la mirada a su regazo mientras ordenaba sus pensamientos y luego volvió a mirar al doctor Casper—. Se trata del señor Gorman. Sabemos que no mató a Tanner ni a Andrew.

El doctor Casper avanzó unos pasos.

—Gwen, no sé si soy la persona a la que deberías contarle esto.

—Usted es la única persona a la que se lo puedo contar.

INSTITUTO WESTMONT

Verano de 2019

CAPÍTULO 65

PARA LAS NUEVE DE LA mañana del martes, solo un par de días después de la aventura nocturna por las sombras del instituto y la parte posterior de la casa número 14, el rumor sobre el video había circulado por todo el campus. Prácticamente todos los alumnos clamaban por ver la filmación. Como el video estaba solo en el teléfono móvil de Tanner, que lo había grabado, él lo utilizaba como imán para atraer la atención de la que estaba tan sediento. En el laboratorio de química, los alumnos se apretaban a su alrededor, viendo una y otra vez la filmación cuasi pornográfica, pero mayormente cómica, de un Charles Gorman desnudo, sacudiendo la cadera como un conejo, hasta finalizar girando la cabeza para ofrecerle a la cámara una expresión afiebrada de éxtasis. Gwen no necesitaba ver el video para darse cuenta de qué parte estaban mirando los demás. Cuando el grupo estallaba en carcajadas, sabía que Tanner había detenido la imagen en la expresión del señor Gorman. Sentía pena por él. Un chico más desesperado por ser aceptado que por respetar los principios básicos de la privacidad le había robado una parte sumamente íntima de su vida y ahora la estaba compartiendo con todos los que tenían necesidades voyeristas.

Tanner había creado memes con lo que consideraba que eran las mejores partes del video. Había uno llamado *El martillo neumático* que incluía los glúteos desnudos del profesor moviéndose en un vaivén frenético a velocidad aumentada. Otro se llamaba *El momento culminante del Sr. G.* y mostraba un primer plano de la cara granulada y oscurecida de Gorman cuando giraba la cabeza hacia un lado.

—Es un imbécil —le dijo Gavin a Gwen. Estaban en su mesa de trabajo, junto con Theo y Danielle—. Se lo va a enviar a alguien y en dos minutos terminará en las redes sociales. Entonces sí que estaremos jodidos.

—Díselo —lo alentó Gwen.

—Ya lo hice anoche cuando vi los memes que estaba creando. Le dije que si ese video se filtraba, nos meteríamos en serios problemas. No le importa. Piensa que es su entrada al círculo de Andrew Gross y está seguro de que se lo considerará un triunfo por encima de la ropa interior de la señora Rasmussen colgada de la biblioteca.

—Buenos días —dijo el señor Gorman entrando en el laboratorio—. Guarden silencio y sepárense en sus grupos de trabajo. —Miró al grupo apiñado en un rincón del laboratorio—. Señor Landing, ¿qué tienen que es tan divertido?

—Nada —respondió Tanner, y guardó el teléfono en el bolsillo. Se veían sonrisas y se oían risitas por toda la clase—. Estaba preparándome para el experimento de hoy.

—Excelente —dijo el señor Gorman—. Entonces, seguramente podrá explicárselo al resto de la clase.

—Mmm, sí —dijo Tanner, que casi no podía controlar la risa. Miró a Andrew Gross, que estaba frente a él—. En el experimento de hoy veremos una lenta acumulación de presión que terminará en erupción repentina.

La clase estalló en risas. El señor Gorman esperó a que se callaran.

—Veremos un video breve sobre el experimento de hoy

—dijo mientras atenuaba las luces y bajaba la pantalla. Encendió el proyector y un cuadrado azul de luz apareció sobre la pantalla. Gwen sintió que se le caía el alma a los pies.

—Ay, Dios Santo —susurró a Gavin—. No me digas que lo ha hecho.

El señor Gorman pulsó la tecla de inicio. El color azul desapareció y un instante después apareció el meme titulado *El martillo neumático*. La clase guardó silencio cuando el cuerpo desnudo del señor Gorman pasó a ocupar la pantalla. A Charles Gorman le llevó un momento comprender qué estaba viendo, pues el video se reprodujo durante varios segundos antes de que él apagara el proyector y abandonara a toda prisa el salón.

Era el 18 de junio.

CAPÍTULO 66

Charles Gorman sintió pánico. No sabía cómo, pero lo habían filmado. Suponía que había sido a través de la ventana de su dormitorio, pero solo había visto unos segundos antes de apagar el proyector y huir del laboratorio. La mente lo engañaba y no lograba recordar el bucle recurrente del video. Cuanto más lo intentaba, peor se ponía. Sumado a su otro descubrimiento, era suficiente como para llevarlo al límite del comportamiento racional.

Había revisado cada rincón de su casa buscándolo. Se dirigió a toda prisa al despacho de Gabriella. Llamó a la puerta con más intensidad de la deseada. Ella abrió unos instantes después.

—Charles —dijo mirando por encima del hombro de él para ver quién podía estar siendo testigo de ese encuentro.

—Tengo que hablar contigo.

—Estoy en medio de una reunión ahora...

—Es sobre la otra noche.

Gabriella bajó la voz.

—Charles, no es un buen momento. Y nada ha cambiado. Es necesario que mantengamos perfil bajo por un tiempo.

—Eso ya no es posible —la contradijo él pasando junto a

ella y entrando en la casa. Al pasar a la sala, encontró a Christian Casper sentado en el sillón.

—Charles. Me alegro de verte —dijo Christian.

—Charles ha venido un momento —explicó Gabriella desde la puerta— para hablar de...

—Mi diario ha desaparecido —anunció Charles.

—¿Cómo dices? —dijo Gabriella.

—Mi diario personal. No lo encuentro. Contiene todo lo que hemos hablado en nuestras sesiones.

—Creo que los dejaré solos —dijo Christian poniéndose de pie.

—No —objetó Charles—. Tú también tendrás que enterarte de esto.

—Charles —interpuso Gabriella—, veo que estás alterado. Hablemos de esto en privado.

—Te dije que era demasiado tarde para eso. Nos han grabado.

Christian Casper tragó saliva incómodo.

—Disculpen, me voy.

—¿Qué han hecho *qué*?

Charles respiró hondo.

—La otra noche. —Dirigió una rápida mirada a Christian y luego volvió a mirar a Gabriella—. Cuando estábamos... juntos. Nos grabaron por la ventana.

Gabriella se tapó la boca con la mano, pero tenía la mandíbula caída.

—¿De quiénes estamos hablando, exactamente? ¿Y qué grabaron? —preguntó Christian.

Charles cerró los ojos.

—Gabriella y yo mantenemos una relación. Ella estaba en mi casa el sábado por la noche cuando los alumnos abrieron la puerta trasera e hicieron sonar una bocina en la casa. Pensaba que era solo una travesura tonta, hasta hoy. Encendí el proyector y en lugar de la lección de química, comenzó a proyectarse un video de nosotros dos.

—¡Dios bendito! —exclamó Gabriella y se dejó caer en un sillón.

Él la miró.

—Por favor, dime que dejé mi diario aquí después de nuestra última sesión.

Gabriella negó con la cabeza.

—No, no está aquí.

Charles se pasó una mano por el pelo y tragó con fuerza y también se sentó.

—Se lo llevaron. Los muy hijos de puta se lo llevaron.

—¿Qué contenía? —quiso saber Christian.

—Todo —respondió Charles. Miró a Gabriella—. Todo sobre mi pasado. —Apretó los dientes, como si no pudiera controlar la mandíbula—. Y todas mis divagaciones sobre lo que quería hacerles a Tanner Landing y a Andrew Gross.

Gabriella se llevó la mano a la frente, como si tuviera fiebre.

—¿Qué escribiste, Charles?

—¡Todo lo que te conté! Todo lo que me aconsejaste registrar como forma de quitármelo de dentro.

—Basta, por favor —dijo Gabriella. Miró a Christian—. ¿Nos disculpas, por favor?

—Él sabe lo que escribí, Gabriella. Se lo he contado, así que dejemos de pensar que podremos seguir manteniendo esto en privado. Si esos chicos leen mi diario, estoy jodido. Y no hablo de perder mi empleo por una relación consensuada. Hablo de consecuencias legales. Por el amor de Dios, a los chicos de primaria les arruinan las vidas por dibujar pistolas. Lo que escribí era… horrendo. Sangriento. Y detallado.

—Hablaré con ellos —dijo Gabriella—. Tendremos una reunión con los alumnos.

—Sí —dijo Christian—. Esto ha llegado demasiado lejos.

—¿En serio crees que admitirían que me han robado el diario? ¿O que han grabado el video?

Finalmente, Gabriella lo miró.

—¿Qué otras opciones tenemos?

—Pienso que deberíamos suspender las clases durante el resto de la semana —dijo Christian—, hasta tener la situación bajo control.

Gabriella asintió.

—Estoy de acuerdo.

Charles Gorman contemplaba la distancia con ojos vidriosos y húmedos de preocupación y una expresión distante e indiferente en la cara.

PARTE VIII

Agosto de 2020

CAPÍTULO 67

EL ALGORITMO HABÍA PRODUCIDO MILES de resultados con los criterios iniciales que Lane había introducido: tren, vías del tren, ferrocarril, suicidios, y todas las versiones de monedas de forma irregular. Por lo visto, las vías del tren eran sitios peligrosos. Con una lista de diez páginas de largo, iba a necesitar un ejército de ayudantes para investigar cada uno de los resultados. Si hubiera estado en Chicago, habría podido utilizar a algunos de sus estudiantes de posgrado para seguir las pistas, pero allí en Peppermill estaba solo con su dolor de cabeza. No le quedaba otra opción que reducir la búsqueda hasta que el algoritmo escupiera una lista manejable de resultados. Pasó todo el día del jueves trabajando en eso. De los resultados que quedaban, el más interesante era uno que estaba investigando en Nueva York. Había estado al teléfono toda la tarde anterior, hasta la noche, y también esa misma mañana hasta que, ese mismo día, mediodía del viernes, por fin había logrado contactar con alguien útil dentro del Departamento de Policía de Nueva York.

—El hombre al que está buscando se ha jubilado y vive en Florida.

—¿Tiene su número de contacto? —preguntó Lane.

—Sí, claro. Pero no se ofenda si no le devuelve la llamada. Tuvo algunos… problemas —dijo la voz del otro lado del teléfono—. Ha estado desaparecido un tiempo. Ni siquiera nuestros muchachos aquí han tenido suerte para encontrarlo.

—Anotaré el número de todas maneras, si no le molesta —dijo Lane.

—Aquí lo tiene. Buena suerte.

Lane lo escribió en un papel, le dio las gracias y rogó que no terminara siendo un callejón sin salida.

CAPÍTULO 68

EL VIERNES AL ANOCHECER, EL detective jubilado Gus Morelli tomó su cerveza La Rubia, una ámbar de la cervecería Wynwood, salió del apartamento y bajó cojeando la escalera hasta la playa. Por lo general, contemplaba la puesta de sol desde su terraza acristalada en el tercer piso, pero esa tarde necesitaba despejarse la cabeza. El apartamento que alquilaba estaba a cincuenta pasos de la playa; los había contado, una costumbre adquirida desde que el cáncer se había comido su pierna derecha tres años atrás. En ese momento medía prácticamente todo según los pasos que le llevaría llegar hasta allí.

Casi había logrado dominar la marcha sobre terreno nivelado, pero la arena seguía siendo una porquería. Se tomó su tiempo una vez que pisó la playa. Ninguno de los otros jubilados del complejo de apartamentos sabía que caminaba sobre una prótesis de titanio. A pesar del calor y la humedad de Florida, se vestía con pantalones largos y podía caminar por la arena a una velocidad lo suficientemente razonable como para engañar a la mayoría de la gente. Aquellos que notaran algo inusual en su paso, sospecharían muchas otras cosas antes de llegar a la conclusión de que había perdido una pierna. Tal vez se estaba recuperando de una cirugía. Desde su llegada al sur, se había enterado de que casi toda la gente mayor de Florida había pasado por el quirófano en el último año. Era como un deporte para ellos tratar de superarse unos a otros comparando sus procedimientos quirúrgicos. O tal vez se estaba recuperando de una caída, otro pasatiempo favorito entre la población de la que ahora era parte. Los ancianos se tambaleaban como si estuvieran ebrios y casi todos habían lucido una férula o un cabestrillo en algún momento del año.

Hizo una pausa para beber su cerveza, con la esperanza de ahogar su cinismo. A pesar de la serenidad de la isla Sanibel, al detective Morelli seguía costándole mucho dominar su desprecio por la gente mayor. Le traían recuerdos oscuros de su tiempo en el hospital de rehabilitación, donde había pasado varias semanas tras perder la pierna. Allí lo habían puesto con los abandonados e indefensos. Durante semanas pasó a ser miembro del grupo de adultos mayores frágiles que dependían de enfermeras y ayudantes para hacerlo todo, desde comer a mear. Gus había decidido que nunca más lo meterían en esa categoría. Los años eran algo que no podía controlar; cómo los manejaba dependía completamente de él.

Tal vez, pensó, cualquiera que lo viera caminar cuidadosamente por la playa pensaría que solo se estaba tomando su tiempo para disfrutar de estar jubilado en la arena y el mar. Sería difícil de creer, sin embargo, ya que ni él estaba convencido de eso. Un caso del pasado acababa de despertarlo de un largo sueño y lo estaba arrastrando consigo. Gus se dirigió a la playa para tratar de decidir si estaba molesto porque le habían interrumpido su hibernación o si en realidad sentía que volvía a estar vivo.

Bebió un trago de cerveza y avanzó con cuidado hacia el mar, donde la arena estaba más lisa. Siguió bebiendo mientras contemplaba el océano. Esperaba el momento en el que la cresta superior del sol se hundiría bajo el horizonte. Según un anciano al que había conocido en su primer día en Sanibel, en el instante en el que el sol se ponía, aparecía un fulgor verde. Después de tres meses de puestas de sol, Gus comenzaba a creer que el viejo decía idioteces. De todos modos, entornó los párpados con la mirada fija en el horizonte y esperó a que desapareciera el sol. Pero en lo único que pensaba, sin embargo, era en la llamada que había recibido antes del psicólogo forense de Chicago, que había demostrado interés por un antiguo caso en el que Gus había estado involucrado. El poniente y su reflejo fulgurante sobre el océano desaparecieron y sus pensamientos retrocedieron a un día de otoño en Nueva York en el que un adolescente había muerto en las vías del tren.

EL BRONX, NUEVA YORK

LA ESTACIÓN FERROVIARIA OAK POINT era el origen de los trenes de carga que pasaban por Nueva York camino hacia el oeste. La carga incluía madera de Canadá, productos agrícolas, combustible y artículos importados que habían cruzado el Atlántico. El tren de las basuras también pasaba por esa playa, al igual que dos líneas de Amtrak que utilizaban las vías electrificadas y pasaban a alta velocidad. Estaba oscuro cuando Gus llegó a la escena. La policía local había delimitado la zona, por lo que se agachó para pasar por debajo de la cinta policial y dirigirse a las vías. El terreno era rocoso y las piedras cedían bajo su peso mientras avanzaba. La médica forense fue a su encuentro.

—¿Cómo pinta la escena? —preguntó Gus.

—Un desastre total —dijo la forense, una mujer de baja estatura enfundada en jeans negros y un sobretodo—. Tren de alta velocidad contra transeúnte. Nunca es agradable de ver. Calculo que el tren venía a unos ochenta kilómetros por hora. La víctima fue embestida por la locomotora, que la arrastró unos doscientos metros por las vías, doscientos doce metros en total, antes de pasarle por encima. El tren de carga era larguísimo y el conductor en ningún momento vio al chico, así que no se detuvo.

—¿Qué queda de él?

—No mucho.

—¿Quién dio aviso?

—El hermano de la víctima estaba con él. Dijo que estaban jugando en las vías cuando sucedió. El joven corrió a la casa y los padres llamaron al nueve-uno-uno.

—¿Están aquí?

La forense asintió y señaló hacia un grupo de personas.

—Allí. ¿Quiere ver el cuerpo antes de que lo envolvamos y nos lo llevemos?

Gus negó con la cabeza.

—Nah. Echaré un vistazo a las fotos cuando ustedes hayan terminado.

La forense se volvió para regresar donde estaba su equipo.

—Ey, doctora —dijo Gus. Ella se volvió hacia él—. Usted dijo que el tren arrastró al chico doscientos doce metros. ¿Cómo obtuvo esa cifra tan exacta?

—De dos formas —respondió ella—. Primero, porque encontramos sangre y fragmentos de cráneo en la grava donde sospechamos que el chico fue embestido inicialmente. Entre ese punto y donde estaba el cuerpo, fuimos encontrando partes, junto con un rastro discernible de sangre.

Gus asintió.

—Pero doscientos doce es muy específico. ¿Cómo puede estar segura de que no se equivoca por un metro o dos?

—Por la segunda forma en la que llegamos a la distancia exacta en la que fue embestido —explicó la forense—. El tren lo arrancó de sus zapatos. De uno de ellos, al menos. Seguía allí sobre la vía donde se encontraron los primeros restos de cráneo y sangre. Dedujimos que ese era el punto exacto y medimos desde allí.

—Dios santo —suspiró Gus. Inspiró hondo y se encaminó hacia donde estaban los padres del chico muerto. Estaban hablando con un policía cuando él se acercó.

—Soy el detective Morelli. Siento mucho lo de su hijo.

Los padres asintieron.

—Gracias —dijo la mujer luchando por contener las lágrimas. Tenía la cara enrojecida y los ojos llorosos.

—Entiendo que su otro hijo estaba presente en el momento en que a William lo arrolló el tren, ¿verdad?

La mujer asintió.

—Es nuestro hijo adoptivo, pero sí, estaba con William.

—¿Puedo hablar con él?

La mujer asintió.

—Está con uno de los policías.

Gus siguió a la mujer hasta donde estaba un grupo de agentes. Sentado en el suelo se veía a un adolescente.

—Él es el detective Morelli —dijo la mujer—. Quiere hablar contigo sobre lo que le sucedió a William.

El chico levantó la mirada. Gus notó que sus ojos estaban limpios, no enrojecidos ni llorosos como los de su madre. Madre adoptiva, se recordó Gus.

—Hola —le dijo.

—Hola —respondió el chico.

—Siento lo de tu hermano.

—Gracias.

—Demos un paseo. ¿Te parece bien?

El chico se encogió de hombros y se puso de pie. Gus le apoyó una mano en el hombro y se alejaron de los agentes y los padres adoptivos del chico.

—¿Puedes contarme lo que sucedió? —preguntó Gus mientras caminaban hacia el sur, dejando las vías a la derecha y la conmoción de todo lo sucedido a sus espaldas. Guio al chico fuera de la estación hasta el aparcamiento, donde estaba su coche policial sin identificación.

—Estábamos jugando en las vías como hacíamos siempre.

—¿Como hacían siempre?

—Sí. Veníamos muchas veces.

—¿A hacer qué?

El chico volvió a encogerse de hombros.

—A ver pasar los trenes. Ver lo cerca que podíamos ponernos. Si te acercas lo suficiente sientes que el viento te mueve.

—Suena peligroso.

Hubo un breve silencio.

—No lo sé. Tal vez.

—¿Eso le sucedió a William? ¿Se acercó demasiado a las vías?

—Algo así. Estábamos aplanando monedas.

Gus arqueó las cejas.

—¿Haciendo qué?

El chico metió la mano en un bolsillo y sacó una moneda de un centavo. Gus vio que estaba aplanada, era fina y ovalada.

—Colocamos monedas sobre las vías para que los trenes les pasen por encima. Quedan así.

Gus tomó la moneda que tenía el chico. Estaba aplanada; le recordó a un trozo de plastilina, pero dura y rígida. La cara de Lincoln seguía reconocible en el cobre, pero ya no había ranuras ni bordes alrededor de la imagen. Pasó el pulgar sobre la superficie. Lisa como un trozo de madera recién lijado.

—¿Dijiste que venían mucho a las vías?

El chico asintió.

Gus se encogió de hombros.

—Entonces seguramente tienes más monedas.

—Sí —respondió el chico sin vacilar—. Tengo muchas.

—Ah, ¿sí? ¿Dónde?

—En mi habitación.

Gus estudió la moneda una vez más y se la devolvió.

—Entonces, ¿qué fue lo que sucedió esta noche con William?

—No lo sé, la verdad. Creo que se acercó demasiado. Los dos colocamos nuestras monedas sobre la vía y después vino el tren. Yo como que me aparté, pero él se quedó cerca y… no lo sé. Desapareció.

—¿Puedes mostrarme dónde sucedió? ¿El lugar donde estaban William y tú y donde colocaron las monedas?

El chico volvió a encogerse de hombros.

—*Sí, claro.*

Bajo la iluminación descarnada de la estación, con la noche oscura más allá, Gus siguió al chico de regreso hacia las vías.

CAPÍTULO 69

Lane se quitó el vendaje de la cabeza y evaluó los daños en el espejo. Le habían afeitado un buen trozo alrededor de la parte superior derecha y las grapas parecían estar sujetando un filete de cerdo. Pensó por un momento en quitárselas él mismo, pero sabía que se metería en problemas si lo hacía. Bastante le estaba costando ya convencer a Rory de seguir su plan. Arrancarse las grapas de su propia cabeza una semana antes de lo programado no iba a ayudar. Las dejó en paz y se dio la primera ducha en una semana. Se sintió en el paraíso, a pesar del ardor en el cuero cabelludo.

Se afeitó y se puso una camisa Oxford y una chaqueta deportiva. Su pelo desordenado era lo suficientemente largo como para cubrir la tira de calvicie donde estaban las grapas, pero optó por ponerse una gorra de béisbol para asegurarse de no provocarle náuseas a nadie. Bajó las escaleras y se dirigió a la galería, donde Rory estaba trabajando.

—¿Qué te parece? —preguntó.

Rory levantó la mirada de la carpeta que estaba leyendo.

—Ah, un ser humano, otra vez —dijo—. La gorra es una buena idea. Combina muy bien con la chaqueta. ¿Cómo te sientes?

—Aceptablemente bien.

—Mmm. Tal vez deberías descansar un par de días más antes de hacerlo.

Lane negó con la cabeza.

—Ni loco. Este detective estaba ansioso por hablar, pero también ansioso en términos generales. Me dio la impresión de que era ahora o nunca.

—Pues entonces habla con él por teléfono. ¿Y si te vas hasta Florida por algo que no conduce a nada?

—Tengo la sensación de que el viejo zorro tiene algo importante para nosotros. Dijo que quería hablarlo en persona, no por teléfono. Es uno de esos pesados de la vieja escuela. No va a proporcionarle información a un desconocido por teléfono.

—¿Estás seguro de que estás en condiciones de hacer una cosa así?

—Sí, estoy seguro.

—Los médicos te prohibieron conducir durante al menos dos semanas.

—Y estoy de acuerdo. No pienso conducir ni un metro.

El timbre sonó justo cuando salían las palabras de su boca.

—¿Ves? Aquí está mi acompañante.

Rory se puso de pie y se colocó los lentes.

—No me parece bien que haya tenido que venir hasta aquí.

—Para nada —dijo Lane—. Le he hecho ganar mucho dinero en todos estos años. Además, él me metió en todo esto, para empezar. Está en deuda conmigo.

Lane abandonó la galería para ir a abrir la puerta.

Dwight Corey, su representante, estaba de pie en el porche. Llevaba unos pantalones grises a medida que le sentaban perfectamente, zapatos brillantes color café y una camisa sin una arruga.

—¿Cómo mierda has hecho para venir en coche desde Chicago sin arrugarte la camisa? —quiso saber Lane.

Dwight frunció la frente al posar la mirada sobre Lane.

—Tienes un aspecto espantoso. No voy a permitirte usar gorra con esa chaqueta.

—Deberías haberlo visto con la cabeza vendada —dijo Rory.

Dwight se inclinó para saludar a Rory por encima del hombro de Lane.

—Me alegra verte, Rory.

—Lo mismo digo, Dwight. Siento que te hayamos hecho venir hasta aquí.

—Ningún problema. Tenía que ver cómo estaba mi cliente estrella de todas maneras.

—Ven, pasa —dijo Lane.

Rory y Lane se sentaron en el sofá y Dwight en el sillón de al lado.

—Hablando en serio, ¿cómo te sientes, colega? —quiso saber Dwight.

—Podría estar mejor, pero voy progresando —respondió.

—Me alegra oírlo. Oye, me encanta poder ayudarte, claro, pero también vine por otro motivo. Tiene que ver con ustedes dos, en realidad.

Lane miró su reloj.

—Nos queda media hora antes de tener que salir.

—Iré directo al grano. Tras la… muerte de Mack Carter, la NBC se ha puesto en contacto conmigo. Tienen problemas con el pódcast. Tiene mucho éxito, una audiencia enorme. Lo suspendieron por el momento, pero entre bastidores están buscando a alguien que continúe con la serie. Se les ocurrió la idea de ofrecerles a ti y a Rory que hicieran ocho episodios en dos meses. Uno por semana. Básicamente quieren que vean qué pueden descubrir y luego lo cuenten.

Lane negó con la cabeza.

—No somos profesionales, Dwight. No le haríamos ningún favor al pódcast. Además, no tenemos nada hasta el momento. Seguimos persiguiendo pistas.

—¿No me dijiste por teléfono que tenían acceso a alguien del Departamento de Policía de Peppermill?

—Así es. El detective del caso del Instituto Westmont nos ha permitido ver los archivos. Pero lo hizo de manera extraoficial.

—Nadie les pide que revelen sus fuentes. La NBC quiere que el pódcast continúe y que lo lleven adelante ustedes dos. Han hecho una buena oferta.

Lane miró rápidamente a Rory. Ella no necesitaba palabras para transmitirle lo que estaba pensando. Él se puso de pie.

—Vámonos a Florida. Los pódcast no son lo nuestro, Dwight. No tenía problemas en participar dando mi opinión, pero presentarlo no es para mí.

—Tenía que intentarlo —dijo Dwight.

Lane se cargó el bolso al hombro y se despidió de Rory con un beso.

—Te llamaré mañana cuando sepa qué me quería contar este detective.

—No puede conducir —le recordó Rory a Dwight.

—Comprendido —respondió este.

—Y tiene que dormir ocho horas.

—Lo arroparé yo mismo esta noche.

—Nada de alcohol tampoco.

Dwight le guiñó un ojo.

—Lo vigilaré como un águila.

—Un hombre de cincuenta años con niñeras —se quejó Lane mientras salían por la puerta. Se subió al asiento del copiloto del Land Rover de Dwight y partieron hacia el aeropuerto para tomar el vuelo de las siete de la tarde desde Indianápolis.

El ojo certero de Rory había descubierto un hilo prometedor que atravesaba todo el misterio del Instituto Westmont. Ese hilo llevaba a un detective jubilado en Florida y a un caso en el que había trabajado años atrás. Hacía cuarenta y ocho horas que Lane no tomaba un calmante. A pesar de un dolor de cabeza sordo, tenía la mente limpia y los pensamientos en orden. No veía la hora de ponerse a trabajar otra vez. Solo con una maleta de mano, Dwight y él pasaron por seguridad sin inconvenientes. A las siete y media de la tarde, el avión ya había alcanzado su altura de crucero. Lane se reclinó en el asiento de primera clase, se bajó la gorra sobre los ojos y se durmió. Aterrizaría en Fort Myers, en el estado de Florida, a las 22.52, hora del este.

CAPÍTULO 70

RORY SE HABÍA VESTIDO CON el uniforme completo de batalla, a pesar del calor de agosto. Sus gruesos lentes sin aumento y el gorro bien calado sobre la frente le protegían la cara; usaba su chaqueta gris cerrada hasta el cuello. La mochila le colgaba del hombro y, como siempre, llevaba sus borceguíes.

Generalmente ella trabajaba por su cuenta. Además de su trabajo en equipo con Lane, las investigaciones sobre casos no resueltos las abordaba sola, con una caja de archivos y las pistas que esperaban ser descubiertas. Cada cierto tiempo, sin embargo, estas pistas requerían interacción con otros seres humanos: la parte del trabajo que menos le gustaba. Ya había recorrido la escena del crimen con Henry Ott y había tenido que soportar la incomodidad de conocer a Gabriella Hanover. Las pistas que había descubierto en la carpeta sobre Theo Compton la llevaban esa tarde de viernes a un café para encontrarse con la periodista Ryder Hillier. Las veladas de ese tipo eran los riesgos de su trabajo, peligros que ningún paquete de compensación para empleados cubriría nunca.

Aparcó a una manzana de la esquina donde estaba la cafetería y se sorprendió al ver lo llena que estaba cuando abrió la puerta. Gente joven, cargada de cafeína, trabajaba en sus computadoras y ocupaban todas las mesas del lugar. Reconoció a Ryder Hillier de su encuentro con ella en el hospital; estaba en una mesa cerca del fondo del local. Se ajustó los lentes por última vez, respiró hondo y se dirigió hasta allí.

—Hola —dijo Ryder—. Comenzaba a creer que me habías entendido mal la hora.

—Lo siento —se disculpó—. Estaba ocupada con algo y no podía irme.

—No hay problema. ¿Quieres café?

Rory negó con la cabeza.

—No, gracias. —Se sentó—. Discúlpame por llamarte sin venir a cuento, pero quería… pedirte un favor. —Sabía bien que los favores de los periodistas nunca eran gratuitos.

—Te escucho —asintió Ryder.

Rory vio temor en su rostro.

—Necesito ver el video que filmaste de Theo Compton la noche que murió. Estuve intentando encontrarlo en internet, pero ha desaparecido.

—Ahí tienes lo que logra una demanda judicial. Lo han censurado y lo han hecho desaparecer como si nunca hubiera existido. Lo que tal vez sea algo bueno. Nunca debí publicarlo.

—¿Pero sigues teniendo el original en el teléfono?

Ryder asintió.

Necesito verlo.

—¿Por qué?

—Por una pista que estoy siguiendo.

—Entonces es cierto que *estás* trabajando en el caso.

Rory guardó silencio y recorrió el café con la mirada.

—No de manera oficial —admitió—. Pero estoy estudiándolo.

—¿Qué obtendría yo a cambio?

—No mucho. Pero si encuentro lo que creo que está en el video, te contaré mi teoría. Solo te pediré que no escribas sobre ella en tu periódico. Por lo menos, no todavía.

—No tengo periódico de momento. Mi editor y yo no tenemos la misma opinión sobre los problemas legales en los que estoy metida.

Ryder bebió un sorbo de café.

—Te permitiré ver el video solo si me cuentas lo que estás buscando y además me pones al tanto de tus otras teorías sobre el caso. No escribiré nada para el *Star*, pero lo analizaré en mi blog personal sobre crímenes reales.

—¿Qué te hace pensar que puedo tener alguna teoría?

—Eres una leyenda en el mundo de los crímenes reales. No hay forma de que hayas estado en Peppermill durante una semana y no hayas desarrollado alguna teoría.

Rory se llevó la mano al gorro y se lo bajó todavía más sobre la frente. Como de costumbre, resultaba que no era tan anónima como creía.

Asintió.

—Te diré lo que tengo hasta el momento, si me prometes que me darás una semana antes de escribir algo.

—Trato hecho. —Ryder estiró el brazo sobre la mesa para sellar el acuerdo con un apretón de manos.

Rory negó con la cabeza.

—Código de honor. Dos mujeres que aceptan ayudarse mutuamente.

Ryder asintió y retiró la mano.

—Veamos el video, entonces —propuso Rory.

Ryder sacó el teléfono y deslizó la pantalla varias veces, luego corrió la silla para quedar junto a Rory. El video se inició. La grabación era tan mala como Rory recordaba, con la pantalla mayormente en negro con una ocasional imagen temblorosa de follaje. Luego, la casa abandonada cuando Ryder pasaba corriendo junto a ella. El audio estaba al máximo y Rory escuchó un ruido por los altavoces del teléfono que resultaba casi inaudible en el bullicio del café. De pronto el tren llenaba la pantalla, los vagones borrosos pasaban de derecha a izquierda. Parecían no terminar nunca. Luego, súbitamente, el tren desaparecía, la pantalla se ponía negra otra vez y aparecía la imagen temblorosa del cuerpo de Theo Compton.

—¡Allí! —dijo Rory—. Detén el video.

Ryder tocó la pantalla para pausar la grabación.

—Retrocede —pidió Rory—, unos pocos fotogramas nada más. Justo después de que pasa el tren.

Ryder deslizó el dedo por la pantalla, haciendo retroceder el tren y luego volviéndolo a hacer avanzar en cámara lenta hasta que el último vagón desapareció de la pantalla. La imagen granulada del cadáver de Theo Compton apareció del otro lado de las vías.

—Avanza un poquito más —le indicó Rory.

Ryder dejó que el video se iniciara por un par de segundos y lo pausó cuando Rory se lo solicitó.

—Mira —dijo Rory, señalando la pantalla. Había visto el video con anterioridad solamente una vez, pero desde aquella ocasión recordaba la posición exacta del cuerpo de Theo Compton. Mirando ahora el teléfono de Ryder Hillier, tenía la confirmación que buscaba—. Mírale las manos.

Ryder expandió la imagen con los dedos para agrandarla.

—¿Qué tengo que mirar? —preguntó.

—Tiene ambas manos en los bolsillos.

Ryder vio que era cierto.

—¿Qué significa?

—Hay mucha gente que se suicida poniéndose delante de un tren —dijo Rory—. Según las estadísticas, es una de las formas de suicidio más frecuentes. Solo me pregunto cuántas de esas víctimas se sienten tan tranquilas al acabar con su vida que mantienen ambas manos en los bolsillos mientras el tren se les viene encima.

Ryder observó con atención. El cuerpo de Theo Compton estaba boca arriba en el suelo, con ambas manos en los bolsillos de los pantalones.

—Las fotos tomadas por el forense muestran otra cosa —dijo Rory—. En ellas, Theo tiene las manos fuera de los bolsillos.

—Es que Mack y yo lo movimos. No sabíamos si estaba muerto, así que lo movimos e intentamos reanimarlo. Luego, cuando llegaron los paramédicos, siguieron intentándolo hasta que certificaron su defunción y llamaron al forense. Durante todos los forcejeos, se le deben de haber salido las manos de los bolsillos.

Ryder apartó los ojos del teléfono y miró a Rory.

—Hoy hablé con la madre de Theo. Está convencidísima de que no hay forma de que Theo se haya suicidado. No sabía si creerle, ya que es lo que diría prácticamente cualquier madre, pero tal vez tenga razón. Me contó que Theo la llamó la noche antes de morir para advertirla.

—¿Sobre qué?

—Le dijo que iba a contarle a Mack Carter algo que él y sus amigos no le habían confesado a la policía sobre la noche de los asesinatos.

Rory mantenía los ojos sobre la imagen del cuerpo de Theo Compton, con las manos hundidas en los bolsillos de los pantalones.

—Tal vez alguien lo empujó —dijo.

—Y si alguien empujó a Theo, quizá también empujó a los otros.

—Quizás —aventuró Rory— alguien empujó también a Charles Gorman.

EL BRONX, NUEVA YORK

El día después de que el tren arrancase a William Pederson de sus zapatos y lo arrastrase el largo de dos campos de fútbol americano, Gus detuvo el coche junto a la acera delante de la casa de dos plantas de la familia. Se puso la chaqueta del traje, subió los escalones y llamó a la puerta principal. Le abrió la señora Pederson. Gus notó que seguía con los ojos y la nariz enrojecidos como la noche anterior. Sin duda, habría sido una noche de pesadilla para ella, pensó. Había visto a otras madres que habían perdido a sus hijos. Era uno de los aspectos negativos de su trabajo con el que nunca había aprendido a lidiar del todo.

—Señora Pederson —dijo—. ¿Es buen momento para hablar con su hijo?

La mujer asintió y abrió la puerta mosquitera. Gus entró en la casa y la siguió hasta la habitación del chico. Ella esperó en la puerta mientras él entraba. El chico estaba tendido sobre la cama, con un brazo detrás de la cabeza y las piernas cruzadas. Tenía un ejemplar de la revista de humor MAD sobre el pecho.

—Qué tal, amigo —lo saludó.

El chico levantó la mirada, pero no respondió.

Gus levantó el mentón.

—Solía leer esa revista cuando tenía tu edad.

—William tenía varias. Me dejaba leerlas.

La señora Pederson entró en la habitación y le quitó la revista de las manos.

—Te pedí que no las tocaras. William las tenía en orden de publicación y no le gustaba que las desordenaras.

El chico no ofreció resistencia. De hecho, no se movió cuando la madre le quitó la revista.

—Me dijo que podía verlas —respondió—. No la hubiera tomado si creyese que él no querría que lo hiciera.

Gus miro a la señora Pederson y luego otra vez al chico.

—Si no te molesta, me gustaría hacerte más preguntas sobre ayer.

El chico se encogió de hombros como la noche anterior.

—Ya me hizo un montón de preguntas.

—Así es, sí. Pero tengo algunas más.

El chico guardó silencio.

—William y tú… ¿tenían una relación estrecha?

—No lo sé. Sí, a veces.

—Dijiste que iban juntos a las vías muchas veces. ¿Es así?

El chico volvió a alzar los hombros.

—Sí. Íbamos mucho.

—¿Tus padres sabían que iban a las vías?

—A comienzos del verano —dijo la señora Pederson desde la puerta—, un policía los descubrió allí y los trajo a casa.

Gus ya había encontrado el informe del incidente.

—¿Así que ya los habían pescado allí a William y a ti? Y les dijeron que no volvieran, ¿verdad?

—Sí —respondió la señora Pederson, con tono enfadado—. Le dije que no volviera a llevar a William a las vías.

Gus se volvió para mirar a la señora Pederson.

—Voy a dejar que él me lo cuente con sus propias palabras.

Ella asintió.

—Tus padres y la policía les dijeron que no se acercaran a las vías, ¿verdad?

El chico asintió.

—Pero fueron de todas maneras.

Otro movimiento de cabeza.

—¿Qué tenían las vías que era tan interesante?

El chico levantó los hombros.

—No lo sé. Nos gustaba ir allí y aplanar monedas. William siempre me pedía ir.

—William nunca había ido a las vías —interpuso la señora Pederson—. En los últimos seis meses fue cuando comenzó a hacerlo.

Seis meses, pensó Gus. El tiempo que hacía que los Pederson habían adoptado a este chico.

—¿Me muestras tu colección? —preguntó Gus—. Dijiste que coleccionabas las monedas que aplanaban.

—¿Mi colección de monedas?

—Ajá. Dijiste que William y tú habían ido a las vías muchas otras veces a aplastar monedas de un centavo. Anoche comentaste que las tenías guardadas.

—Así es. —Se puso de pie y fue hasta el escritorio. Tomó un bol y se lo entregó a Gus. Estaba lleno de monedas aplanadas.

Gus introdujo los dedos en el recipiente, haciendo tintinear las monedas de cobre contra la porcelana, y tomó una. Era idéntica a la que el chico le había mostrado el día anterior. Fina, plana y lisa.

—Son muchas monedas. ¿Dirías que hay treinta?

—Veintiocho —dijo el chico.

—Cada vez que iban a las vías, ¿cuántas monedas aplanaban?

—No lo sé. A veces dos, a veces tres.

—Cuéntame cómo lo hacían. Colocaban las monedas sobre los raíles y luego miraban cómo el tren les pasaba por encima. Luego, una vez que había pasado el tren, ¿las recuperaban?

—Sí.

—¿Qué sucedió ayer, entonces?

—No lo sé. William se acercó demasiado.

Gus levantó el bol con las monedas.

—Pero ya lo habían hecho muchas otras veces. ¿Qué hizo William distinto ayer por la tarde que no hubiera hecho todas las otras veces?

La mirada del chico se clavó en la de Gus.

—Se murió.

Gus Morelli estaba sentado en su terraza acristalada escuchando el ruido del mar contra la playa. Era tarde, pasaban de las diez. La noche despejada ofrecía una medialuna cuyo reflejo brincaba sobre la superficie del océano hasta derramarse sobre la orilla e iluminar la playa con tonos cenicientos. El sol se había puesto hacía horas y allí seguía Gus, todavía pensando en aquel antiguo caso que una llamada telefónica había vuelto a llevar a su mente. Estaba bebiendo una cerveza, pero lo que en realidad quería era whisky. Si hubiera tenido una botella en el piso se habría servido dos dedos, pero desde que había perdido la pierna no había vuelto a beber whisky. Antes de que el cáncer intentara matarlo, casi lo había hecho el alcohol. Ahora limitaba el consumo a dos cervezas por día. No podía llamarlo sobriedad de manual, pero era lo más cercano a eso que llegaría Gus Morelli.

Recordó aquel día en el dormitorio del chico. Todavía podía oír el tintineo que habían provocado sus dedos cuando los introdujo en el recipiente con monedas aplanadas. El sonido le retumbaba en los oídos y ahogaba el ruido del mar tres pisos más abajo. Tomó la cerveza y bebió un sorbo. No era la primera vez que un caso del pasado despertaba de un largo sueño. Esta vez, sin embargo, estaba preparado.

Entró con la cerveza en el apartamento. Tenía trabajo que hacer para el día siguiente.

CAPÍTULO 71

La situación estaba fuera de control. Lo sentía en las entrañas. Me había sentido igual el día que murió mi hermano. En aquel entonces, pensé que podía haber calculado mal. Cada vez que él me hostigaba, cada vez que me arrancaba de las manos una de sus revistas *MAD*, mi furia aumentaba. En aquellos momentos, mi hermano me recordaba a mi padre. Y cuando yo estaba recostado dócilmente en la cama y él se cernía sobre mí, sosteniendo la revista como si fuera a golpearme con ella, me hacía pensar en aquel niño frágil que espiaba por el ojo de la cerradura de su dormitorio y permitía que golpearan a su madre. Aquella criatura débil y patética ya no existía. Se había ido hacía mucho tiempo y quedaba solo yo: alguien que ya no toleraba a los matones ni a las almas débiles que ellos atacaban.

Seguir un plan me había ayudado a atravesar la tormenta. Mi preparación meticulosa me había servido para desviar la presión a la que me sometió el detective. En aquel entonces salí airoso, pero esta vez he sido menos cuidadoso. He permitido que las emociones me anularan la razón. Fui imprudente e impulsivo. Cuando fui testigo de las cosas que sucedían en el Instituto Westmont, no tuve otra opción que actuar. Ejecuté mi plan original de manera impecable. A la perfección, realmente. Funcionó sin contratiempos. Pero algunas personas se negaron a aceptar la realidad que les presenté. Algunos siguieron buscando respuestas. Algunos que excavaron demasiado ya no están. Pero seguía habiendo otros y no era realista pensar que pudiera evitar cada una de sus paladas. Mi mayor problema era Gwen. Su poca disposición a quedarse callada y su deseo de compartir con otros lo que sabía sobre aquella noche alcanzaban para indicarme que el fin estaba cerca. Pero el fin de mi travesía se encontraba atado al de otra persona. Siempre lo había estado.

Repetí la rutina habitual cuando ingresé en el hospital y enseguida me encontré en el ala este. Los médicos rara vez iban a esta sala. Era para los desahuciados y los que estaban más allá de cualquier efecto positivo que pudiera ofrecerles la medicina. Para ellos, lo único que quedaba eran cuidados paliativos. Los médicos firmaban recetas de dosis copiosas de drogas para sedar a los pacientes que podían lastimarse a sí mismos o a otros. La abundancia de narcóticos se racionalizaba con el argumento de que evitaba que los pacientes perdidos y con sentimientos encontrados se hundieran más aún en el abismo. La realidad era que los narcóticos los mantenían allí.

La persona a la que iba a ver esta noche era la misma que había visitado una vez por semana desde que me otorgaron el permiso de visita. En ningún momento hubo esperanzas de mejoría, y tal vez esa era la razón por la que he venido con tanta frecuencia. Ciertamente explicaba mi motivo para la visita de esta noche. Todo se estaba viniendo abajo y la persona que ocupaba el ala este del hospital estaría inextricablemente ligada a mi caída.

La cama estaba tranquila cuando entré en la sala. La persona en cuestión estaba despierta bajo las mantas, con los ojos móviles pero ciegos, como intuyendo que yo iría. Era normal, y no por primera vez traté de imaginar lo que sería la vida en ese estado, contemplando el mundo desde la cárcel de una burbuja de la que era imposible escapar. Esta noche, sin embargo, escapar *era* posible. La libertad era algo tangible. No podía marcharme de este mundo sin llevar a esta persona conmigo.

Cerré la puerta del hospital. Me tomó tiempo y esfuerzo, pero finalmente pude sentar y asegurar a mi paciente en la silla de ruedas. Instantes más tarde, pasé empujando la silla junto al control de enfermería y solo recibí sonrisas y movimientos alentadores de cabezas. Me detuve en la sala de estar, donde la televisión estaba encendida sin volumen y donde otros pacientes miraban la pantalla con la boca abierta. Nos unimos a ellos durante un momento, lo suficiente como para mezclarnos. Miré hacia el control de enfermería. Estaban todos sentados ante sus computadoras, preparándose para las largas horas del turno de la noche. Ninguno estaba interesado en los sumisos pacientes que miraban la televisión muda.

Me puse de pie y me dirigí como por casualidad a los elevadores, donde pulsé el botón para descender. Escuché cómo se activaban los cables cuando el elevador subió desde la planta baja. Volví sin prisa hasta la silla de ruedas y la empujé, lentamente, hacia los elevadores. Cuando las puertas se abrieron, entré de espaldas jalando de la silla, pulsé el botón de la planta baja y esperé pacientemente a que se cerraran las puertas. Por fin se cerraron y nos encontramos a solas.

—Hoy te sacaré de aquí —le dije.

Giré la silla, me incliné y miré dentro de esos ojos grandes y perdidos que en ningún momento cambiaron desde que comencé con mis visitas. No cambiaron en ese momento tampoco, estando tan cerca de la libertad. La campanilla del elevador sonó, anunciando nuestra llegada a la planta baja. Cuando se abrieron las puertas, no vacilé. Simplemente empujé la silla, pasé delante de la recepción y llegué a las puertas corredizas de cristal de la entrada. Se abrieron como un telón que nos daba la bienvenida a un gran escenario. Cruzamos el umbral y salimos a la noche.

CAPÍTULO 72

A LA MAÑANA SIGUIENTE, LA enfermera comenzó su turno a las siete. Pasó media hora en el cambio de turno, el momento en el que coincidían el turno de la noche que terminaba y el matutino que comenzaba, cuando los enfermeros que se retiran informan a los que llegan de los sucesos ocurridos durante la noche. Había sido una noche tranquila, sin urgencias ni llamadas al 911. Hacía dos semanas que no moría ningún paciente, una racha larga para ese hospital.

Eran las siete y media cuando la enfermera comenzó las rondas. Fue de habitación en habitación, despertando a los residentes y tomando pedidos de desayuno, viendo quién necesitaba ayuda para levantarse de la cama, organizando las dosis matinales de medicación y cumpliendo con una lista de actividades que la mantendría ocupada hasta el mediodía. Cuando entró en la habitación 41, esperaba encontrar a su paciente en la cama. Pero estaba vacía. Peor que vacía: se la veía intacta, como si nadie hubiera dormido en ella. Revisó el baño sintiendo un aleteo de miedo en el esternón. En ocasiones encontraba a esa persona de pie delante del espejo, confundida y desorientada. La última vez, sostenía un cepillo de dientes sin comprensión cognitiva de cómo utilizarlo. En una

346

ocasión anterior, la había encontrado delante del retrete con los pantalones sucios, pues había olvidado el motivo por el cual se había dirigido al baño. Pero cuando abrió lentamente la puerta del baño en esa mañana de sábado, también lo encontró vacío.

Corrió por el pasillo para revisar el comedor, luego la zona comunitaria donde los pacientes se reunían a ver la televisión. Finalmente, corrió al control de enfermeras y tomó el teléfono.

—¡Código amarillo! —informó con tono urgente—. Ha desaparecido una persona. Habitación cuarenta y uno.

CAPÍTULO 73

La vida de la doctora Gabriella Hanover había estado patas arriba desde los sucesos del año anterior. No sobreviviría si se conocía la verdad sobre su relación con Charles. El consejo de administración no la mantendría en el puesto de directora de asuntos estudiantiles si se enteraba de que había mantenido una relación con uno de sus pacientes, y su carrera como médica también se haría pedazos. Se había convencido de que lo mejor era mantenerse callada sobre las cosas que sabía. Específicamente, que el manifiesto que la policía había utilizado para condenar a Charles era idea suya. Admitir que no había sido una declaración de intenciones, sino más bien una herramienta psicoterapéutica utilizada para disipar la ira, no cambiaría nada.

Gabriella encontró un sitio en el aparcamiento para visitas el sábado por la mañana y entró en el Hospital Psiquiátrico Penitenciario Grantville. Había pasado por el proceso tantas veces en el año transcurrido —todas las semanas, de hecho— que se había convertido en una rutina. Las enfermeras le habían comentado la notable diferencia que veían en él tras cada una de sus visitas, por lo que ella intentaba no saltarse ninguna.

El Hospital Grantville no era como otros. La admisión requería de un proceso. Registrarse con una fotografía, obtener una credencial de visita y contar con la compañía de un guardia armado para atravesar una puerta cerrada con llave y luego otra hasta llegar al cuarto piso. Pero la recompensa valía la pena, porque cuando terminaba el engorro, podía verlo a él. No se parecía en nada a lo que solía ser. No obstante, verlo le resultaba tranquilizador de algún modo. Era experta en analizar y comprender las emociones de otros, pero le resultaba imposible descifrar las propias. Cómo se sentía respecto del año anterior seguía siendo un tema que se había negado a examinar.

Experimentó un temblor de emoción en el estómago al acercarse a su habitación; siempre le sucedía lo mismo. Cerró los ojos por un instante, con la mano sobre la manija, inspiró hondo y luego abrió la puerta y entró.

Estaba sentado en la silla de ruedas. Su expresión se mantuvo indiferente y distante cuando la tuvo delante. No cambió cuando ella se agachó para mirarlo a los ojos; nunca cambiaba.

—Hola, Charles —dijo Gabriella—. ¿Cómo has estado?

No esperaba una respuesta. Él nunca había pronunciado palabra durante sus visitas. Pero ese día, su silencio la afectó más que nunca.

—Ay, Charles, no quería que nada de esto sucediera.

Le apoyó la mano en la mejilla y vio que sus ojos parpadeaban, pero no registraban nada. Gabriella respiró hondo y se sentó en la silla frente a él.

INSTITUTO WESTMONT
Verano de 2019

CAPÍTULO 74

TEMPRANO POR LA MAÑANA, MARC McEvoy se despidió de su mujer con un beso antes de cargar una pequeña maleta en el coche y dirigirse al aeropuerto. Le había dicho que tenía una reunión de trabajo en Houston, por lo que se ausentaría una noche. Dejó el automóvil en el aeropuerto, se aseguró de que le dieran un recibo y luego tomó el tren de la línea Metra. Una hora más tarde, se alejaba de la estación arrastrando la maleta tras de sí; se dirigió a Grand Avenue e ingresó en el vestíbulo del Motel 6.

—¿Apellido? —dijo la mujer joven de la recepción.

—Jones. Marc Jones.

—Sí. Aquí está. ¿Una sola noche?

—Sí, una sola noche.

—Voy a necesitar una tarjeta de crédito para el depósito de seguridad.

Marc sonrió.

—Tengo un pequeño problema de crédito. Sufrí un robo de identidad, así que todas mis tarjetas han sido canceladas. ¿Puedo pagar en efectivo?

—Lamento oír eso. Mmm… —La mujer tecleó en la computadora—. Sí, claro. Puede pagar en efectivo. Pedimos un depósito de doscientos dólares por daños. Cuando se marche mañana, le devolveremos la diferencia una vez que haya pagado por la habitación.

—Perfecto —dijo Marc. Y le entregó dos billetes de cien dólares—. Lamento el inconveniente.

—No hay problema.

La mujer introdujo una tarjeta magnética dentro de un sobre con membrete del Motel 6 y escribió 201 en la parte delantera.

—Aquí tiene. Segundo piso, a la derecha de los elevadores.

—Gracias —dijo Marc, y tomó el sobre. Unos minutos más tarde, estaba en la habitación 201, tendido sobre la cama. Eran las cuatro de la tarde del viernes 21 de junio. Le quedaban algunas horas libres.

CAPÍTULO 75

LA NOCHE DE INICIACIÓN EN el juego del Hombre del Espejo había llegado por fin, aunque ocasionaba más miedo e incertidumbre de lo debido. Era lógico sentirse asustados de lo que les aguardaba en el bosque oscuro del extremo del campus. Encontrar las llaves y llegar a la habitación segura era algo que debía despertar emoción y nerviosismo en ellos, al igual que las fantasías sobre lo que encontrarían cuando abrieran esa puerta y susurraran delante del espejo. Las reglas de la iniciación requerían que se separaran y se adentraran solos en el bosque para buscar las llaves y ser el primero en llegar a la casa.

Aunque ninguno lo admitía abiertamente, todos querían ser los primeros en llegar. Todos querían salir del bosque y encontrarse con Andrew Gross esperándolos junto a la puerta de entrada. Andrew les había explicado con semanas de antelación que llegar primero a la habitación segura era importante. El ganador pasaría a ser el líder el año siguiente, cuando todos ellos estuvieran en el último año y enviaran invitaciones a los desprevenidos alumnos de tercero. El ganador de la noche también tendría que liderar las festividades del Hombre del Espejo para los iniciados nuevos, como haría Andrew esta misma noche. Andrew sería el único alumno del último año que estaría en la casa abandonada. Ayudaría a todos los que cruzaran el bosque luego de haber encontrado las llaves. A medianoche, los demás alumnos del último año se dirigirían a la casa desde el campus para ver quiénes habían superado la prueba con éxito. Habría una ceremonia épica para aquellos que lo hubieran logrado.

Pero los sucesos de la semana anterior habían arruinado la emoción de esa noche. Desde que Tanner había colocado el video del señor Gorman en el proyector para que se reprodujera durante la clase del martes, todas las clases habían sido suspendidas durante el resto de la semana. El cuerpo docente había guardado silencio sobre los motivos de la suspensión, pero los rumores no tardaron en extenderse por el instituto. A finales de la semana, todos se habían enterado de la fechoría de Tanner. Se rumoreaba que habría repercusiones el lunes siguiente.

Esa noche, mientras Gwen y sus amigos se preparaban para la iniciación, cada uno de ellos anteponía el instinto de supervivencia a lo demás. Todos menos Tanner, claro, cosa que a nadie le molestaba. Quitarlo de escena era la única forma de hacer lo que esperaban lograr esa noche, que era devolver secretamente el diario personal del señor Gorman antes de dirigirse a la casa abandonada. No le contaron a Tanner del plan, sino que manifestaron que cada uno iría por su cuenta. Llegarían solos al 13:3:5 y se adentrarían solos en el bosque, en el mejor estilo de supervivencia del más apto.

Gwen, Gavin, Theo, Danielle y Bridget estaban en ese momento reunidos en círculo en el dormitorio de Gwen, seguros de que Tanner ya había partido hacia la casa. O tal vez a esas alturas ya estaba en el bosque, buscando la llave. Le habían concedido la victoria. Pronto se reunirían con él, pero antes debían asegurarse su futuro y apagar el incendio que había desatado Tanner.

Bridget metió la mano en su bolso.

—Aquí está —dijo, y sacó el diario con tapas de cuero que habían tomado de la habitación de Tanner unas horas antes.

Lo colocó en el suelo, en el centro del círculo.

—Ya que estaba robando cosas de su dormitorio —prosiguió Bridget sacando un estuche de plástico del bolso—, me traje esto.

Dentro del estuche había un cigarrillo de marihuana.

—Buena idea —aprobó Gwen—. Estoy histérica, en serio.

Bridget tomó el cigarrillo, prendió el encendedor y llevó la llama a la punta. Gavin abrió la ventana y todos dieron una calada para luego despedir el humo hacia la noche. Poco después, con la cabeza ligera, se rieron al ver el diario del señor Gorman.

—Juro que no lo podía creer cuando el hijo de puta hizo sonar la corneta —dijo Gavin.

Todos rieron a carcajadas.

—¡Y cuando apareció el video en la pantalla en el laboratorio! —jadeó Theo.

—¡Casi me cago encima! —exclamó Gavin.

Siguieron riendo mientras se turnaban para dar caladas al cigarrillo.

—Son las diez y media —dijo Danielle—. Tenemos que ponernos en marcha si queremos llegar antes de medianoche. Quién sabe cuánto nos llevará encontrar las llaves.

Gwen abrió mucho los ojos.

—¡Tengo una idea! Creo que podría ser brillante.

Los demás la miraron con ojos vidriosos.

—Tanner nos lleva media hora de ventaja —dijo—. Deshagámonos del diario de Gorman según lo planeado. Pero luego, en lugar de ir caminando a la casa, ¡vayamos en mi coche! Legaremos allí en un cuarto del tiempo. ¡Quizás hasta podremos alcanzarlo!

Durante el año escolar, a los alumnos no se les permitía tener automóviles en el instituto. Pero durante las clases de verano, las reglas eran más flexibles y estaba permitido.

—Bien —dijo Gavin con una sonrisa.

Gwen tomó las llaves y el diario del señor Gorman y todos salieron sigilosamente por la parte posterior del edificio hacia la noche. Se mantuvieron en las sombras, como la última vez que habían ido al Paseo de los Docentes. En esta ocasión, sin embargo, los efectos de la marihuana les hacían sentirse relajados y confiados.

Llegaron al sendero que pasaba por detrás de las casas y se dirigieron al número 14, lo que les trajo recuerdos de la ocasión anterior. Se mantuvieron pegados a la pared posterior.

—Deberíamos dejarlo sobre los escalones del frente —dijo Gwen.

Gavin asintió.

—Dámelo. Yo lo haré.

Gwen le entregó el diario. Gavin señaló la ventana de la cocina, desde donde la luz se derramaba hacia la oscuridad.

—Miren bien —dijo— y avísenme cuando esté despejado. —Avanzó hasta el extremo de la casa y aguardó la señal.

Los demás levantaron cautelosamente las cabezas por encima del alféizar. Vieron al señor Gorman, de espaldas, revolviendo una olla sobre el fuego. Se agacharon de inmediato, demasiado eufóricos como para darse cuenta de que corrían riesgo de ser vistos. Gwen hizo una señal con el brazo a Gavin, que corrió alrededor de la casa, dejó el diario sobre los escalones del frente y tocó el timbre.

Para cuando Gorman respondió a la puerta, Gwen y sus amigos estaban a mitad camino hacia el aparcamiento donde estaba el coche.

Charles Gorman revolvía la pasta que hervía sobre el fuego. Justo cuando estaba echándole sal al agua, sonó el timbre. Miró el reloj y se preguntó si sería Gabriella para contarle lo que planeaba hacer el lunes en la asamblea a la que habían llamado a alumnos y profesores. Sabía que ella estaba nerviosa.

Dejó la cuchara y se dirigió a la puerta principal. Cuando la abrió, el porche estaba vacío. Salió y miró hacia ambos lados del Paseo de los Docentes. Las luces de los porches de las otras casas brillaban en la noche estival, pero la acera estaba desierta. Cuando bajó la vista, lo vio. Su diario estaba en el segundo escalón. Lo recogió de inmediato y lo hojeó. Estaba entero. Levantó la vista otra vez y miró hacia ambos lados antes de volver a entrar.

Apagó el fuego de la pasta, se sentó a la mesa de la cocina y leyó el diario durante diez minutos. Cuando quedó conforme de que no faltaba nada, se puso de pie y se dirigió a su despacho. Quitó la tabla periódica que colgaba de la pared e hizo girar el dial de la caja de seguridad empotrada. Guardó el diario dentro, cerró la caja y volvió a colgar la lámina. Luego descolgó el teléfono para llamar a Gabriella.

CAPÍTULO 76

Se mantuvieron en las sombras hasta llegar al aparcamiento para alumnos. Gavin subió al asiento del copiloto y los demás se apiñaron atrás. Gwen metió la llave en el contacto, asegurándose de no encender las luces, y salió a toda velocidad del lugar. Una vez que estuvieron fuera del predio del instituto, encendió las luces que dieron vida a Champion Boulevard y pisó el acelerador. Si se daban prisa, podrían alcanzar a Tanner.

Cinco minutos más tarde, Gwen giraba violentamente a la derecha para tomar la carretera 77. La oscuridad era total, de modo que encendió las luces altas. Concentrados en los carteles que indicaban los kilómetros, avanzaron a toda velocidad. En el primero decía 11. Lo vieron pasar, borroso, iluminado por las luces del coche. Un minuto después pasaron como un bólido junto al del kilómetro doce. Siguieron camino en la noche oscura, deseando divisar el del kilómetro trece. Sabían que estaban cerca.

Estaban tan concentrados en buscar el cartel que ninguno vio nada, pero todos oyeron el golpe sordo. Sonó como un bate de béisbol contra un cubo de plástico lleno de agua.

¡Pum!

Gwen clavó los frenos y, con un chirrido de neumáticos, el coche derrapó hasta detenerse. Nadie se movió durante varios segundos. Nadie respiró. Luego, finalmente, se volvieron lentamente para mirar por la ventanilla trasera. Se veía un bulto, casi indiscernible en la noche oscura. El bulto no se movió mientras lo miraban y esperaban.

—¿Qué fue eso? —preguntó Gwen con voz temblorosa, aferrando con fuerza el volante. Miraba hacia delante, era la única que se negaba a volverse para ver qué era lo que había quedado detrás del coche.

Gavin respiró hondo.

—Probablemente una zarigüeya —dijo.

—Es demasiado grande para ser una zarigüeya —dijo Theo—. ¿Un ciervo, quizá?

Gwen, finalmente, apartó los ojos del parabrisas y miró a Gavin a través del espacio oscuro que los separaba. Luego movió el volante e hizo girar el coche en tres maniobras. Avanzó lentamente hacia el bulto; todos rogaban que se tratara de un ciervo. O cualquier animal. Pero cuanto más se acercaban, mejor iluminado quedaba el bulto sobre el pavimento.

PARTE IX
Agosto de 2020

CAPÍTULO 77

BRIANNA MCEVOY HABÍA PERDIDO A su esposo un año antes. Se negaba a creer que Marc estuviera muerto; era una idea que no podía considerar. Pero habiendo transcurrido ya tanto tiempo, la noción la torturaba más que antes. En los primeros días tras la desaparición de Marc, se había reunido periódicamente con los detectives para que la pusieran al tanto de los avances. Habían encontrado su coche en el aeropuerto de South Bend, donde había aparcado por su viaje de trabajo a Texas. Pero muy pronto los detectives se enteraron de que la empresa para la que trabajaba Marc no lo había enviado a Texas, ni a ningún otro sitio la semana en la que había desaparecido. De hecho, informaron que Marc se había tomado dos días por motivos personales. Brianna había quedado pasmada ante el engaño de su marido.

Los detectives se mostraron receptivos durante las primeras semanas, pero una vez que descartaron un crimen, tratar de averiguar qué le había sucedido a su esposo y dónde estaba dejó de resultarles vital.

A comienzos de la investigación, cuando ella llamaba, los detectives la atendían. Doce meses más tarde, le respondían solamente cuando les llenaba el buzón de voz con una decena de mensajes. Cuando la llamaban, era para ofrecer teorías disparatadas sobre por qué su marido había desaparecido. Los detectives habían descubierto una deuda embarazosa que llevó a la teoría de que Marc había huido de la ciudad para evitar pagarla. Brianna sabía que eso era ridículo. Y la teoría de que él podría haberse fugado con una amante era igualmente absurda. Casi nunca iba a ningún sitio que no fuera al trabajo, una pequeña empresa consultora con otros cinco empleados, tres de los cuales eran varones y las otras dos, mujeres de más de sesenta años.

El último avance había sido agregar el nombre de Marc al NamUs, el Sistema Nacional de Personas Desaparecidas y no Identificadas, un centro de intercambio de información que contenía los datos de los miles de estadounidenses que desaparecían anualmente. Los detectives habían agregado toda la información de Marc al sitio web, incluyendo la muestra de ADN que Brianna les había suministrado. No fue necesario que le explicaran el propósito de la muestra. Ella lo comprendía. Si aparecía en algún sitio un cadáver sin identificar, un forense podía introducir el ADN en la base de datos del NamUs para buscar una coincidencia.

Ella sabía que los detectives simplemente estaban repasando su lista sobre las clásicas situaciones y los sospechosos de siempre. También era consciente de que si hubiera sido completamente sincera respecto de las cosas que había descubierto sobre su esposo, los detectives habrían podido avanzar más en su búsqueda. A estas alturas, sin embargo, la franqueza no era una opción y la ayuda no iba a provenir de la policía.

Bajó al sótano y abrió el armario donde Marc guardaba su colección de tarjetas de béisbol. Sacó las tres carpetas y las colocó sobre el bar. Abrió la primera, desplegando las alas laterales para revelar cuatro columnas de tarjetas pulcramente alineadas. Sobre estas, vio los papeles sueltos con los que se había encontrado el otoño anterior, tres meses después de la desaparición de Marc. Sobre la página estaba escrito "El Hombre del Espejo". La pila de papeles contenía varios artículos relacionados con el extraño ritual que se llevaba a cabo dos veces por año en el Instituto Westmont: una vez en invierno durante el día más corto del año y de nuevo en el verano, en el día más largo. El año anterior dos alumnos habían sido asesinados el 21 de junio, el mismo día que Marc había desaparecido.

Brianna había pasado varios de los últimos meses preguntándose si los dos eventos estarían relacionados; no quería mencionarles el hallazgo a los detectives por miedo a que, de algún modo, Marc estuviera conectado con los asesinatos. Decidió que el misterio había durado demasiado. Si bien todavía no estaba lista para decírselo a la policía, planeaba contárselo a otra persona.

Sacó la tarjeta que tenía en el bolsillo y se quedó mirando el nombre de la periodista.

CAPÍTULO 78

Como sucedía tan a menudo con su trabajo, las cosas habían pasado de tranquilas a caóticas en un abrir y cerrar de ojos. Hacía solo una semana, la habían castigado enviándola a las trincheras del periodismo, le habían censurado el canal de YouTube y su blog había estado a punto de desaparecer. Luego había llamado la madre de Theo Compton para pedirle ayuda con un secreto problemático que creía que guardaba su hijo. Después había llegado la llamada de Rory Moore, que había consolidado la idea de que Theo podía no haberse quitado la vida sino haber muerto a manos de otra persona.

Ese sábado por la mañana, cortó la llamada con la esposa de Marc McEvoy y se preguntó cómo diablos un caso de desaparición de South Bend podía estar relacionado con los asesinatos del instituto. Lo único que sabía con certeza era que el caso del Instituto Westmont estaba vivito y coleando. Le habían insuflado vida nueva, y si ella jugaba bien las cartas, participaría del descubrimiento de la verdad. Puso el coche en marcha y se dirigió a South Bend.

CAPÍTULO 79

Dwight Corey condujo el automóvil de alquiler fuera del aparcamiento del hotel el sábado por la mañana. Lane iba en el asiento del copiloto.

—Me gusta esto —comentó Lane—. Tú y yo nunca hemos hecho juntos un viaje en coche.

—Estuve en la gira de tu libro hace un par de años —objetó Dwight mientras tomaba la autopista hacia la isla Sanibel.

—No era lo mismo. No compartíamos habitación de hotel y no me hacías de chófer.

—Le prometí a Rory que te cuidaría solo porque tu estado mental actual es peor que el normal. Ese es el único motivo por el que accedí a compartir habitación contigo. Sé muy bien que no me conviene fallarle a Rory. Roncas como un hijo de puta, por cierto.

—Son mis pulmones. Todavía no están limpios. Me despierto tosiendo.

—¿En serio? Me pareció que dormías toda la noche de un tirón. Yo me la he pasado despierto, escuchándote.

—Está incluido en tu trabajo, supongo.

—Tal vez Rory tenía razón con que debías esperar unos días. Te aseguro que no sabía lo mal que estabas hasta que te vi.

—Estoy bien. Y estoy en deuda con ella. La metí en este caso por razones puramente egoístas. Ella no obtiene ninguna ventaja de esto. Simplemente, sé cómo funciona su mente. Si lograba que viniera a Peppermill, el caso y los misterios que lo rodeaban se encargarían del resto. Y puede que también, por haber estado a punto de morir, yo esté teniendo uno de esos momentos en los que piensas que la vida es demasiado corta, pero me siento un imbécil por haberle hecho eso a Rory. Pero ya está hecho y no puedo deshacerlo. Ella no descansará hasta obtener las respuestas. Es así como funciona su cerebro. Y ahora que puede haber encontrado una de esas respuestas, tengo que obtener la información. Se lo debo a ella, independientemente de si me siento como la mierda o no.

Dwight asintió.

—Por Dios, ¡cómo te ha dejado el golpe que te diste en la cabeza!

—Estás ante la nueva versión de Lane Phillips, el Oso Cariñoso.

—Creo que me cae bien. Dime, ¿dejarás de comer carne y de envenenar el café con azúcar?

—Ni loco.

—Justo cuando comenzaba a creer que había esperanzas para ti.

El sol del final de la mañana resplandecía sobre la superficie del océano mientras cruzaban a toda velocidad el largo puente que conecta Florida con la isla Sanibel.

CAPÍTULO 80

LANE DESCENDIÓ DEL COCHE Y quedó bajo la sombra de la palmera debajo de la que había aparcado Dwight. Se cubrió la cabeza con la gorra para ocultar la horrible herida que le surcaba la parte lateral y posterior de la cabeza y luego atravesó el aparcamiento del Doc Ford's Rum Bar & Grille. Eran pasadas las once de la mañana cuando entró en el restaurante y encontró al exdetective Gus Morelli en un compartimento del fondo. Fue fácil reconocerlo con el local casi vacío. Era un hombre mayor fornido; Lane supuso que tendría sesenta y tantos años. Tenía el pelo blanco y barba canosa, y el pecho de alguien que ha levantado pesas en su juventud. Si el diccionario Merriam-Webster ofreciera la definición de un detective jubilado de Nueva York, junto a ella pondría la imagen de Gus Morelli.

El hombre se puso de pie cuando Lane se acercó.

—Soy Gus Morelli.

—Lane Phillips. —Se estrecharon las manos—. Gracias por dedicarme un momento, se lo agradezco de verdad.

—Estoy jubilado. Si hay algo que tengo es tiempo. Y esto debe de ser importante para usted si le ha hecho venir hasta Florida tan rápido.

—Lo es. Es decir, puede que lo sea.

Gus hizo un ademán hacia el compartimento y Lane se sentó. Vio una carpeta sobre la mesa. Su nombre estaba impreso en la portada.

—¿Ha estado haciendo la tarea?

Gus sonrió.

—Cuando me llama un experto en perfiles que ha trabajado para el FBI y me pregunta sobre un caso en el que trabajé, tiendo a investigar un poco sobre él.

Lane levantó el mentón.

—¿Encontró algo interesante sobre mí?

—Mucho. Sobre usted y sobre su socia. —Abrió la carpeta—. Fui detective en Nueva York durante más de treinta años y sigo teniendo todos mis contactos. Debe de haber imaginado que lo investigaría, ¿verdad?

—Lo esperaba, sí.

Gus leyó de la carpeta:

—El doctor Lane Phillips, profesor de Psicología Forense en la Universidad de Chicago y fundador del Proyecto de Responsabilidad de Homicidios. Trabajó como experto en elaboración de perfiles en la Unidad de Ciencias del Comportamiento del FBI, donde pasó una década rastreando, estudiando y escribiendo procedimientos sobre asesinos en serie. Entre los reconocimientos de su doctorado se encuentra el famoso trabajo *Hay quienes eligen la oscuridad*, un manual sobre el proceso de pensamiento y de razonamiento de asesinos en serie que prácticamente todo detective de homicidios del país ha leído. Autor de uno de los libros más vendidos y célebre conferenciante. ¿Le parece que eso cubre todo?

Lane asintió.

—Los puntos principales, sí.

—Y, además —añadió Gus—, está asociado con una mujer llamada Rory Moore que me han dicho que es una especialista de la puta madre en casos no resueltos.

—Ella prefiere el término *reconstructora forense*.

—Sí, bueno, eso son patrañas modernas. Antes solía significar que descubre cosas que se nos han pasado por alto a todos.

Lane asintió.

—Sigue significando lo mismo. Y sí, es excelente en lo que hace.

—Por lo que me dicen mis contactos, tiene un índice de resolución fabuloso en casos antiguos sin resolver. Esta pista de las monedas por la cual me llamó… ¿Se le ocurrió a ella?

Lane sonrió.

—Lamento admitir que no soy lo suficientemente inteligente como para haber descubierto la conexión yo mismo. Solo estoy rastreando la información.

—Pues debo confesar que… su llamada ha despertado una parte de mí que creí que dormiría para siempre. Me fascinaría escuchar cómo llegaron a esta conexión.

La camarera se acercó y les tomó el pedido. Dos tés helados.

—Mi socia y yo estamos trabajando en un caso en Indiana. Los asesinatos del Instituto Westmont del verano pasado.

Gus frunció los labios y meneó la cabeza.

—¿No ha oído hablar del caso? Estuvo en todos los medios el año pasado y últimamente han vuelto a darle cobertura.

—No sigo los acontecimientos diarios. No tengo cable y hace veinte años que no veo los programas vespertinos de noticias.

—¿Lee el periódico alguna vez?

—Todas las mañanas, pero solo la sección de deportes. El resto son idioteces liberales o disparates conservadores.

—¿Internet?

—¿Qué es eso?

Lane sonrió. Gus Morelli era de la vieja escuela hasta la médula.

—El Instituto Westmont es un internado privado de Peppermill, Indiana. El verano pasado, asesinaron allí a dos chicos.

—¿Alumnos?

—Sí.

—¿En el instituto?

—En un extremo del campus, en una casa abandonada donde solían alojarse los profesores. El caso se cerró enseguida: uno de los profesores enloqueció y mató a los chicos. O por lo menos, esa es la teoría. Pero hay mucho más que eso. En el transcurso del último año, tres alumnos que sobrevivieron a aquella noche han regresado a la casa, específicamente a las vías del ferrocarril que pasan muy cerca de ella, y se han suicidado. Algo no cuadra y el detective que estuvo a cargo de la investigación nos ha pedido a Rory y a mí que investiguemos con cautela el caso. Cuando Rory estudió los archivos, encontró la conexión de las monedas de un centavo que relacionaba a todas las víctimas y al asesino. Yo utilicé el algoritmo del PRH para ver si existía algún caso similar. Y llegué hasta usted.

La camarera llevó los tés helados. Lane bebió un sorbo.

—Para cuando logré dar con usted y emprender el viaje hasta aquí, Rory ya había encontrado otra incoherencia. Ahora se pregunta si los alumnos de Westmont se suicidaron o no.

Gus hizo a un lado la carpeta y apoyó los codos sobre la mesa.

—¿Y eso qué quiere decir?

—Todavía está trabajando en esa teoría, pero cree que tal vez a los chicos los mataron. Y que, de algún modo, las monedas aplanadas que tenían todos pueden ser un vínculo.

—¿Con el asesino?

Lane arqueó las cejas.

—Creo que eso es lo que he venido a averiguar.

Lane vio que la mirada del detective Morelli se desviaba hacia la derecha, pero no se posaba en nada en particular. Comprendió que era porque estaba pensando en otra cosa. Luego lo vio sacar una tarjeta de la carpeta y escribir algo en el dorso.

—Aquí tiene mi dirección —dijo Gus—. Tengo que verificar algunas cosas. Dese una vuelta esta noche. ¿A las siete?

Lane tomó la tarjeta.

—¿Tiene alguna información?

—Puede que sí —respondió Gus—. Deme el resto del día para averiguarlo, ¿de acuerdo?

Lane asintió.

—Perfecto. Nos vemos esta noche.

CAPÍTULO 81

Cuando Ryder regresó a Peppermill ya era media tarde. Había pasado exactamente una hora con Brianna McEvoy antes de subirse al coche nuevamente. Ahora estaba entrando en el café donde ella y Rory se habían dado cita la noche anterior. Rory estaba sentada a la misma mesa. Ryder vio cómo mientras ella se acercaba, la mujer se ajustaba los gruesos lentes, cuyos extremos superiores rozaban el gorro que llevaba calado sobre la frente.

—¿Qué has averiguado? —preguntó Rory.

—No estoy segura. Tal vez nada, pero… puede que haya algo. —Buscó dentro del bolso y sacó los artículos del *Indianapolis Star* que había escrito sobre Marc McEvoy, el hombre de South Bend que había desaparecido el verano anterior. No fue hasta que Brianna McEvoy se lo dijo que ella se dio cuenta de que Marc había desaparecido el 21 de junio de 2019, la misma noche de los asesinatos del Instituto Westmont—. He estado trabajando en este caso, de manera intermitente, durante el último año —explicó—. Marc McEvoy, de South Bend, veinticinco años, padre de dos hijos, desaparecido el verano pasado. Supuestamente se fue por un viaje de trabajo a Texas y nunca regresó. Encontraron su coche en el aeropuerto de South Bend, pero nadie ha vuelto a saber de él. Se supo luego que no tenía ningún viaje a Texas programado. La policía no encontró nada sospechoso, el tipo no tenía enemigos y por lo que dicen, tampoco tenía amantes.

Rory asintió lentamente.

—¿Qué tiene que ver con el caso del Instituto Westmont?

—McEvoy desapareció la noche de los asesinatos. Un par de meses después de su desaparición, su mujer bajó al sótano y encontró varios artículos de periódicos que había ocultado con su colección de tarjetas de béisbol. —Ryder sacó más recortes del bolso y los añadió al montón sobre la mesa—. La esposa me enseñó hoy estos artículos. —Los empujó por encima de la mesa.

—Algunos los has escrito tú —comentó Rory, leyendo por encima los titulares y el autor.

—Sí. Investigué mucho sobre el caso del Instituto Westmont y sobre el instituto en general. Al parecer, Marc McEvoy estaba obsesionado con un juego del que participaban los chicos llamado El Hombre del Espejo.

Rory asintió, mientras hojeaba los artículos.

—El detective Ott. —Rory miró a Ryder—. Es el que investigó los asesinatos del Instituto Westmont; me habló de este juego. Dijo que los chicos lo habían llevado a otro nivel.

—Lo que descubrí en el trascurso del año pasado —dijo Ryder—, y sobre lo que he escrito mucho en mi blog, es que es muy difícil que te inviten a participar. Pocos alumnos saben exactamente lo que sucede por lo reducido del número de participantes. Y aquellos que pertenecen al grupo no revelan los detalles. Es como una pandilla dentro del instituto.

—Como una sociedad secreta.

—Exacto. Pero en lugar de una calavera como distintivo, tienen los espejos y espíritus. Brianna McEvoy lo sabía todo sobre el tema. Marc era exalumno de Westmont y le habló del juego, de cómo nunca pudo entrar en el club. Brianna dijo que él lo mencionó como de pasada, pero que ella se dio cuenta de que lo que había sucedido cuando estaba en Westmont le había afectado.

—Los adolescentes pueden ser unos idiotas.

—No lo dudo. Ella parecía pensar que McEvoy podía seguir dolido por el rechazo, pero no tenía idea de que estuviera tan obsesionado con el tema.

—¿Obsesionado de qué modo? —quiso saber Rory.

—Brianna McEvoy se enteró que Marc se había tomado dos días libres del trabajo la semana que desapareció. Quería que su esposa pensara que estaba en un viaje de trabajo y quería que en su trabajo creyeran que se estaba tomando días por motivos personales.

—¿Para hacer qué?

—Nadie lo sabe. Pero ella teme que haya tenido algo que ver con el caso del Instituto Westmont.

Ryder vio que algo cambiaba en la expresión de Rory, aunque mantenía la mirada fija en los artículos. La mujer rara vez establecía contacto visual, pero lo hizo ahora al levantar los ojos de los papeles.

—Encontraron sangre en la escena que no pudieron identificar —dijo.

Ryder parpadeó, en un esfuerzo por procesar lo que le estaba diciendo.

—¿En la casa abandonada?

Rory asintió.

—La policía no se lo contó a los medios porque es la única pieza del rompecabezas que nunca encajó. Se encontraron tres perfiles de ADN en la escena. Uno de Tanner Landing. Otro de Andrew Gross. Y un tercero que nunca pudieron identificar.

Ryder se inclinó hacia delante y contempló uno de sus titulares.

Desaparece residente de South Bend. No hay pistas hasta el momento.

—¿Marc McEvoy? —preguntó con voz tensa, con los ojos fijos en Rory.

—Tenemos que conseguir una muestra de ADN.

—Ya la tenemos. Su información está cargada en la base de datos del NamUs.

—El Sistema Nacional de Personas Desaparecidas y no Identificadas —dijo Rory.

—Exacto. Incluye su perfil de ADN.

—Tengo acceso al perfil de ADN de la sangre no identificada. Podemos cargarla en el sitio web del NamUs y buscar una coincidencia.

—¿Cuándo? —quiso saber Ryder.

—Ahora mismo. Tengo la información en la casa que tenemos alquilada.

Se pusieron de pie y abandonaron el café a toda prisa.

INSTITUTO WESTMONT
Verano de 2019

CAPÍTULO 82

GWEN Y SUS AMIGOS DESCENDIERON del coche y se quedaron inmóviles en el haz de luz de los faros. Sus sombras se extendían por el asfalto y rodeaban el cuerpo que yacía sobre la carretera, una pila de extremidades marchitas y huesos rotos que no respondió a la voz suave de Gwen cuando ella le preguntó si se encontraba bien. Finalmente, Gavin se acercó y se agachó junto a hombre, para escuchar su respiración y ver si su pecho se inflaba y desinflaba. Transcurrido un minuto, se levantó y regresó donde estaba el grupo.

—Creo que está muerto —dijo.

Gwen, desesperada, comenzó a gemir y llorar. Los demás retrocedieron. Gavin se pasó la mano por la boca y la mejilla y se rascó nerviosamente la zona detrás de la oreja.

—A ver… —dijo—, mmm, pensemos.

—Deberíamos llamar a la policía —dijo Danielle.

Gavin extendió las manos y levantó ambos dedos índices mientras pensaba.

—Eso es lo que *deberíamos* hacer, sí. Pero pensemos qué sucede si lo hacemos. Estamos todos drogados. Gwen conducía bajo la influencia de la marihuana. Acabamos de… de *matar* a un tipo. Si llamamos a la policía, vamos todos presos.

—Fue un accidente —dijo Danielle—. Ella no tuvo intención de atropellarlo.

—Correcto —dijo Gavin—. No tuvo intención de matarlo, pero el tipo está muerto. Eso se llama homicidio. Homicidio *involuntario*, si tiene suerte. Pero está drogada, por lo que argumentarán que no fue tan involuntario después de todo. Por una cosa así terminas en la cárcel. Si llamamos a la policía, la vida de Gwen acaba aquí. Y también la de cada uno de ustedes. ¿Creen que van a entrar en alguna universidad con antecedentes como estos?

—Bien, bien —interrumpió Theo—. No discutamos. Pensemos qué hacer.

—Miren —dijo Gavin—. Fue un accidente, como dijo Danielle. No tuvimos intención de hacerlo. Además, ¿qué mierda estaba haciendo el tipo en una carretera oscura vestido de negro? Aunque hubiéramos estado completamente sobrios podríamos haberlo atropellado igual. Ninguno de nosotros merece que su vida se arruine a causa de un accidente.

—¡Gavin, no estás hablando delante del jurado! —exclamó Theo—. ¿Cuál es el puto plan si no llamamos a la policía?

Gavin asintió mientras pensaba.

—Listo. —Se encogió de hombros como si lo que iba a proponer fuera la solución más fácil—. Ocultamos el cadáver. Lo llevamos al barranco y lo hundimos en el río Baker. Es profundo y la corriente es fuerte. Nadie lo encontrará. Luego nos vamos todos a buscar las llaves y nos dirigimos a la casa a encontrarnos con Andrew. Y hacemos la ceremonia de iniciación como estaba planeada.

—¿Estás loco? —exclamó Theo.

—Escúchame. Si decidimos no llamar a la policía, y creo que todos estamos de acuerdo con la decisión, vamos a necesitar una coartada. En algún momento del futuro, alguien va a comenzar a buscar a este tipo. Todos tendremos que tener historias sólidas sobre lo que estábamos haciendo esta noche.

—Lo haré yo —dijo Gwen interrumpiendo a Gavin y a Theo.

Todos se quedaron mirándola.

—Yo lo arrojaré al río. Fui yo quien lo atropelló, así que yo lo ocultaré. Ustedes vayan para la casa. Hagan la iniciación. Cuando termine, me encontraré con ustedes allí.

—Te ayudo —dijo Gavin.

—¿Y qué pasa con tu coche? —quiso saber Danielle.

—Lo llevaré de regreso al instituto cuando hayamos terminado —respondió Gavin—. Iré al bosque a pie, me daré prisa. Llegaré tarde, pero estaré allí. Diré que no pude encontrar la llave.

Se miraron unos a otros en la oscuridad de la noche. La cabeza les zumbaba por la marihuana, los pensamientos se les agolpaban por la confusión; el corazón les latía con fuerza por el estado de shock. Luego, uno por uno, asintieron. Crearon un plan.

Theo, Danielle y Bridget echaron a andar junto a la carretera 77 en busca del sendero de entrada en el bosque que los llevaría a la casa abandonada. Cuando se perdieron de vista, Gwen y Gavin bajaron la mirada al cuerpo. Gwen inspiró hondo para calmarse. Estiró los brazos y, al tomar al muerto por debajo de los hombros, sintió la sangre pegajosa en las manos.

PARTE X
Agosto de 2020

CAPÍTULO 83

ERAN LAS SIETE DE LA tarde del sábado cuando Lane llamó a la puerta del apartamento de Gus Morelli: un edificio con fachada de estuco pintada en los suaves tonos salmón y azulados de Florida. Había subido por la escalera externa hasta el tercer piso. La puerta se abrió y el exdetective apareció en el umbral.

—¿Y? —dijo Lane—. ¿Cómo le ha ido?

—Pase y se lo cuento —respondió Gus invitándolo dentro con un ademán—. Tengo cerveza o refrescos.

Lane se tocó la herida oculta bajo la gorra de béisbol. Le habría encantado beberse una cerveza, pero decidió no hacerlo.

—Tomaré una Coca Diet, si tiene.

—Por supuesto.

Lane entró en la cocina, que daba a un comedor y luego a una sala con los muebles dispuestos alrededor de una televisión que colgaba de la pared. Más allá había un amplio balcón, con las puertas completamente abiertas para permitir que la brisa cálida del mar entrara en el apartamento.

—Podemos hablar en el balcón —dijo Gus mientras abría el refrigerador y sacaba una Coca y una cerveza.

El tercer piso ofrecía una espléndida vista del golfo, con la playa extendiéndose hacia el este y el oeste. Hacia el sur, del otro lado del agua, se veían los edificios de Naples. El sol se ponía en el oeste, reflejándose en el agua y estirando las sombras de las personas que caminaban por la playa.

Lane se sentó en una de las sillas de exterior. Gus se sentó frente a él. El detective bebió un sorbo de cerveza.

—Estuve todo el día al teléfono. Mis contactos me echaron una mano y me señalaron la dirección correcta. Y he seguido desde allí. Volví a sentirme un policía y creo que lo que descubrí le resultará muy interesante.

—Soy todo oídos.

Gus se puso de pie.

—Sígame. Para tener una visión completa, creo que deberíamos comenzar por el principio.

Lane dejó la Coca y entró en el apartamento; vio que el detective cojeaba unos instantes antes de encontrar su ritmo. Se dirigieron a una habitación a un lado de la sala. Cuando Gus abrió la puerta, Lane vio un dormitorio lleno de cajas de cartón. Ocupaban toda una pared y estaban apiladas de tres en tres.

—¿Qué es todo esto? —se asombró Lane.

—Soy detective jubilado. Las cajas me siguen dondequiera que voy. Solía guardarlas en un cuarto en Nueva York. Cuando por fin decidí jubilarme, me siguieron hasta aquí.

Lane entró en la habitación y estudió la cantidad de cajas.

—¿Qué son?

—Casos de mi carrera que nunca dejaron de hablarme al oído.

—¿Quiere decir que nunca pudo resolver?

—Algunos no tienen respuesta. Otros me fastidian. —Señaló una caja al pie de la cama que estaba separada del resto—. Este me resulta directamente inquietante y no he podido olvidarlo. —Se dirigió a la caja y la levantó por las asas—. Lo llamé "El caso de las monedas de un centavo".

CAPÍTULO 84

Sentadas delante de la computadora, Rory y Ryder miraban cómo giraba el reloj de arena en la pantalla. Estaban en la galería de la casa y Rory no se molestó en explicar el panel de corcho sobre el atril que mostraba las caras de todos los muertos conectados con el caso del Instituto Westmont. Tampoco habló de la muñeca antigua de porcelana que estaba junto a ellas sobre el escritorio; Rory le había dado los toques finales esa mañana.

Rory vio su imagen reflejada en la pantalla de la computadora. Se ajustó los lentes mientras esperaba los resultados de la búsqueda de ADN. Se bajó el gorro y justo cuando iba a abrocharse el botón superior de la chaqueta, la pantalla se puso negra durante un instante, para luego parpadear y volver a cobrar vida.

COINCIDENCIA

Rory miró a Ryder.

—La sangre en la escena del crimen pertenecía a Marc McEvoy —confirmó.

—Mierda —susurró Ryder moviendo ligeramente los labios. Se volvió hacia Rory—. ¿Y ahora qué hacemos?

Rory recordó la descripción y los detalles del informe. Se

habían encontrado rastros de sangre no identificada sobre el cuerpo de Tanner Landing y el de la chica que estaba en la escena.

—Ahora hablamos con Gwen Montgomery —dijo—. Y averiguamos qué sabe sobre Marc McEvoy.

CAPÍTULO 85

Gwen Montgomery lloraba con la mirada fija en la mujer que estaba frente a ella. Recorrió la habitación con los ojos e inspiró hondo. Había ido allí preparada para compartir su secreto. Lista para revelar por fin lo que sabía sobre la noche en que habían muerto Tanner y Andrew. Había revivido los eventos muchas veces en la mente, pero nunca los había puesto en palabras. Hasta ese momento. Había ido allí para limpiarse la conciencia y acallar los demonios. Para dejar al descubierto de una vez por todas la verdad sobre aquella noche. Para divulgar por fin lo que le habían ocultado a la policía.

Gwen y sus amigos sabían que el señor Gorman era inocente. Sabían que no había matado a Tanner ni a Andrew. Lo habían visto aquella noche cuando espiaron por la ventana de la cocina. Estaba cocinando. Gavin había llamado al timbre un instante después y todos habían corrido hasta el coche de ella para dirigirse a toda velocidad hacia el kilómetro 13 en la carretera 77. El momento de las muertes de Tanner y Andrew hacía imposible que el señor Gorman los hubiera asesinado. Todos lo sabían. Comenzaron a correr rumores por el campus y se filtraron a los medios detalles de la participación del señor Gorman en las muertes de los alumnos, pero ellos sabían que esa información no era correcta. Contárselo a la policía, sin embargo, significaba tener que exponer cronológicamente sus actos de aquella noche; ella y sus amigos temían que, al hacerlo, revelarían más información de la que deseaban: específicamente, que habían atropellado y matado a un hombre mientras iban a toda velocidad por la carretera 77 en dirección a la entrada en el bosque que llevaba a la casa abandonada.

Tras llegar a la casa aquella noche, encontraron a Tanner empalado en la reja y huyeron de la escena. Todos menos Gwen. Ella había tratado de descolgar a Tanner y, al hacerlo, se había cubierto de sangre. Sangre de Tanner, mezclada con la del hombre que había matado, cuyo cadáver había dejado caer en el río Baker. En los días que siguieron, se enteró de su nombre, Marc McEvoy. El señor Gorman muy pronto pasó a ser sospechoso y el grupo discutió acaloradamente si debían presentarse y contar lo que sabían o mantenerse callados. Las discusiones se prolongaron lo suficiente como para que el señor Gorman se quitara la vida. Los días se convirtieron en semanas, las semanas en meses. La culpa los fue carcomiendo hasta llevar a Bridget primero, y luego a Danielle y Theo, a hacer lo mismo. O al menos eso había creído Gwen. Hasta ese momento. Hasta que estuvo sentada en esa habitación mirando a la mujer que tenía delante.

Había ido allí a limpiar su alma. Ya no podía seguir viviendo con su secreto. En ese momento miraba a la mujer frente a ella y jugueteaba nerviosamente con la moneda aplanada que tenía entre los dedos. Se echó a llorar nuevamente. Quería gritar. Pero sabía que era inútil.

CAPÍTULO 86

Habían regresado a la terraza y la caja de cartón estaba sobre la mesa exterior. El detective Morelli hojeó las carpetas hasta que encontró la que buscaba y la abrió; contenía sus notas. Repasó archivos, hablando al mismo tiempo, sin mirar a Lane. Pasó una página tras otra, hojeando las notas como si buscara un diario de la infancia olvidado.

—Me llamaron desde la estación de tren de Oak Point en el barrio del Bronx. Adolescente contra tren, y yo estaba de guardia. Cuando llegué, me encontré con un desastre. La forense ya estaba en la escena. No quedaba demasiado del chico después de haber sido arrastrado por el tren. Llegué y hablé con los padres. Estaban destrozados, como te imaginarás. Pero luego me enteré de que el hermano de la víctima estaba con él cuando sucedió todo. Quería pasar un tiempo a solas con él para que no pudiera apoyarse en los padres. De inmediato intuí una dinámica extraña entre los padres y el chico. Allí me enteré de que la familia lo había recibido hacía seis meses.

—¿Qué edad tenía?

—El chico, catorce. La víctima, dieciséis.

Gus tomó un sorbo de cerveza y le dio la vuelta la página en la carpeta. Lane tenía la impresión de que Gus no necesitaba sus apuntes. El detective parecía recordar el caso como si hubiera trabajado en él el día anterior.

—Entonces me llevé al chico aparte. Me contó que él y el hermano adoptivo habían estado jugando en las vías y que lo habían hecho en muchas otras ocasiones. Dijo que iban allí a aplanar monedas de un centavo sobre los raíles.

Lane puso un gesto ceñudo al escucharlo mencionar las monedas aplanadas.

—El relato fue el siguiente —prosiguió Gus—: cada uno colocaba una moneda nueva sobre los raíles, luego retrocedían y miraban cómo el tren las aplastaba. La noche en que murió el hermano adoptivo, estaban haciendo lo mismo. Solo que esa vez el mayor se acercó demasiado a las vías y el tren lo arrolló.

Lane asintió y ladeó la cabeza.

—Qué historia tan trágica.

—Lo sería si fuera cierta. Pero a mí me sonó como una sarta de patrañas. En primer lugar, el chico dijo que lo habían hecho muchas veces antes. Se supone que lo harían cada vez mejor, no peor.

Lane se encogió de hombros y frunció los labios.

—Sí, comprendo lo que dice, pero los chicos son tontos. Les gusta correr riesgos. Se sienten inmortales. Imagino perfectamente a un chico sintiéndose cada vez más confiado cuanto más va a las vías y luego pasarse de confianza y acercarse demasiado.

—De acuerdo —dijo Gus—. Pero hay un problema con esa teoría. El chico dijo que William Pederson se acercó demasiado a las vías y que el tren lo arrolló. Pero la forense en el informe de la autopsia dijo que el tren no lo había arrollado simplemente, sino que lo había destrozado.

Gus sacó de la caja el informe de la autopsia, abrió la carpeta y la deslizó hacia Lane por encima de la mesa. Lane vio una fotografía del cadáver del chico. El bulto sobre la mesa de autopsias casi no parecía humano. Cerró la carpeta.

—El tren le aplastó el cráneo como un pastel y le destrozó prácticamente todos los órganos del cuerpo. Lo arrastró el largo de dos campos de fútbol americano antes de dejar lo que quedaba de él finalmente sobre las vías.

—Qué espanto —dijo Lane.

—Horrendo, sí. Y por eso me pareció que la historia del chico no era verdad. Si William Pederson simplemente se hubiera acercado demasiado, ¿no cree que el tren lo hubiera arrollado y empujado *lejos* de las vías? Para que el tren haya hecho impacto en todo su cuerpo y lo haya arrastrado tan lejos, tendría que haber estado *en* las vías, no solamente inclinado sobre ellas. Creo que ese hijo de puta del demonio lo empujó.

Lane contempló el océano y recordó la teoría de Rory sobre que los alumnos del Instituto Westmont no se habían suicidado.

"No se están suicidando", recordó que había dicho. "Alguien los está empujando bajo esos trenes". Lane sintió un cosquilleo en el pecho, justo debajo del esternón, al intuir una conexión entre los casos.

—Por favor, dígame que logró localizar al chico.

Gus bebió un sorbo de cerveza.

—Claro que lo localicé. Por eso le pedí que viniera a Florida.

CAPÍTULO 87

Tras evaluar cuál sería la mejor manera de abordar a Gwen Montgomery, Rory decidió que acercarse sigilosamente era la única opción. Si la chica sabía algo sobre Marc McEvoy y por qué tenía sangre de él en las manos la noche de los asesinatos, no iba a contárselo a ella por teléfono. Y si había estado ocultando el secreto durante más de un año, Rory iba a necesitar ayuda para hacer que hablara. Una combinación de aliados que le inspiraran confianza: los docentes y el personal del Instituto Westmont que le enseñaban y la orientaban, junto con una figura de autoridad a quien Gwen se lo pensaría dos veces antes de mentirle. Para reunir ese equipo, Rory hizo la única cosa que se le ocurrió. Llamó a Henry Ott. Ella detestaba mostrar sus cartas de un caso antes de tener todas las respuestas, pero estaba lejos de casa y se veía forzada a depender de otros de formas a las que no estaba acostumbrada. Además, hablar con Gwen Montgomery requeriría acceso al Instituto Westmont. Rory había visitado el campus con el detective a comienzos de esa semana. La verja estaba cerrada y se había abierto electrónicamente solamente después de que el detective Ott mostrase su placa. Si a él le había resultado difícil obtener acceso al establecimiento, Rory no tenía la menor posibilidad de ingresar sin previo aviso.

Se detuvo en Champion Boulevard, justo a la entrada del instituto. En su conversación con Ott, Rory le mencionó todas las cosas que había descubierto en los últimos días: las misteriosas monedas de un centavo que conectaban a todos los alumnos y a Charles Gorman, sus sospechas de que la casa de los suicidios era algo mucho más inquietante y el hallazgo que había permitido identificar la sangre misteriosa. Si hubiera tenido más tiempo y acceso a todas sus fuentes habituales, habría avanzado por su cuenta. Pero en Peppermill, Indiana, con una periodista a la que le ardían los dedos por escribir la historia como compañera de equipo, Rory no tenía otra opción que incluir a otras personas.

Mientras Rory se dirigía al Instituto Westmont, Ryder se marchó a investigar la historia de Marc McEvoy y ver si podía encontrar alguna prueba que lo situara en Peppermill la noche de los asesinatos. Rory prometió llamarla más tarde, cuando supiera más sobre Gwen Montgomery.

Henry Ott había llamado al instituto para hablar con Gabriella Hanover y Christian Casper y ponerlos al tanto del avance en la investigación. Le dijo a Rory que se encontraría con ella en la verja de entrada. Juntos, y siguiendo todos los procedimientos adecuados, buscarían a Gwen Montgomery y averiguarían qué sabía sobre Marc McEvoy, el hombre desaparecido. Así que allí estaba Rory, sentada en el coche, con las luces encendidas, aparcada en la entrada del Instituto Westmont. Sentía un cosquilleo en la piel y tenía la nuca húmeda y pegajosa de sudor. La pierna derecha le vibraba y el metal de las botas tintineaba mientras ella observaba la calle oscura, esperando que aparecieran las luces de Henry Ott.

Sin embargo, en lugar de eso la puerta principal del instituto se abrió ruidosamente. Apareció una figura en la oscuridad y le hizo un ademán para que entrara.

CAPÍTULO 88

Gus buscó dentro de la caja y sacó otra carpeta con fotografías de la escena. Le entregó a Lane una de quince por veinte que mostraba las vías donde había sido arrollado William Pederson. Sobre los raíles se veía una única bota de baloncesto.

—El impacto le hizo perder los zapatos —dijo Gus—. En el mejor estilo de Ray Brower, de la película *Cuenta conmigo*.

Lane acercó la foto.

—La realidad supera la ficción. Quién hubiera dicho que algo así era posible.

—Es importante, porque el hecho de que el tren lo sacara de los zapatos confirma la idea de que estaba en la vía cuando el tren lo arrolló.

—Pero el hermano en ningún momento lo negó, ¿verdad? No dijo específicamente que solo estaba inclinado sobre las vías, ¿no es así?

—Solo dijo que William se acercó demasiado. Que estaba allí y al segundo siguiente ya no estaba. Alegó que no vio exactamente lo que sucedió.

—Puede que lo haya bloqueado. Es común en situaciones traumáticas. Tal vez sufría trastorno de estrés postraumático.

—Sin ánimo de ofender, doctor, pero no me venga con

psicobobadas. El chico sabía perfectamente lo que había pasado. Y había preparado con antelación todo lo que me dijo.

—¿Cómo qué?

—Todo el cuento. Era demasiado perfecto. Casi se regodeaba cuando me dijo que William y él iban a menudo a las vías. Que habían hecho el truco de las monedas muchas veces. Que unas semanas antes los había pescado un policía. Que los padres los habían regañado. Y tenía la puta colección de centavos lista para mostrarla.

—Puede que tuviera la historia preparada porque era la verdad.

Gus negó con la cabeza.

—De ninguna manera. Era una coreografía. Pero el muy cabrón fue tan astuto que nunca lo pude demostrar.

—¿Qué le hizo estar tan convencido de que el chico mentía?

Gus señaló la fotografía que sostenía Lane.

—¿Ve eso?

Lane volvió a fijar la mirada en la foto.

—Sí. El zapato del chico. Ya hemos hablado de ello.

—No. No es lo que está en la foto lo que me perturba. Es lo que *no* está en la foto.

Lane estudió la imagen.

—¿Qué es lo que falta?

Gus se inclinó hacia delante.

—La puta moneda —dijo, y señaló la fotografía—. Hay solamente una en la imagen. El chico dijo que pusieron dos monedas sobre los raíles, una de cada uno, justo antes de que el tren arrollara a William. Luego, cuando el tren impactó contra su hermano adoptivo, dijo que le entró pánico y corrió a casa a contárselo a los Pederson. Pero eso no es lo que sucedió. El muy zorro esperó a que pasara el tren y luego recogió su moneda antes de volver a su casa. Todavía la tenía en el bolsillo cuando llegué aquella noche al lugar.

CAPÍTULO 89

Rory observó la oscuridad a través de los lentes mientras avanzaba despacio. Cuando estuvo lo suficientemente cerca, reconoció a Christian Casper. En el momento en el que Rory pasaba junto a la verja, él dio un paso adelante y se acercó a la ventanilla. Ella se ajustó los lentes y la abrió. El doctor Casper se inclinó hacia delante.

—Señorita Moore —dijo—. Encantado volver a verla.

Rory recordó el encuentro incómodo del miércoles, cuando el doctor Casper y la doctora Hanover los habían llevado a Henry Ott y a ella hasta la casa abandonada. El recuerdo de su negativa a estrechar la mano de la doctora Hanover la hizo sonrojarse y sentir un aleteo en el estómago. El doctor Casper claramente recordaba el incidente, pensó Rory, pues no le tendió la mano.

—Acabo de recibir la llamada del detective Ott —dijo—. Me comentó que venía hacia aquí. Cuando vi las luces de su coche, pensé que se trataba de él.

—Debería llegar en cualquier momento. Lo estaba esperando.

—¿Puede ser que me dijera que buscaban a Gwen Montgomery? —preguntó el doctor Casper.

—Exacto. Tenemos que hablar con ella… sobre el año pasado. Ha surgido algo.

—¿Esto tiene algo que ver con lo que descubrieron durante su visita a la casa?

—En parte, sí —respondió Rory.

—Tras la llamada del detective Ott, hablé con el personal docente. Lamento informarle que Gwen se fue a su casa ayer. Las clases de verano terminaron ayer por la mañana. Ella se marchó por la tarde. No regresará hasta el comienzo del semestre de otoño, dentro de dos semanas. ¿Se trata de algo urgente?

—Es posible —respondió Rory, sin querer confesar lo que sabía hasta no estar en presencia del detective Ott—. ¿Dónde vive Gwen?

—En el estado de Michigan, en la ciudad de Ann Arbor.

—¿Me podrían facilitar sus datos de contacto? ¿Número de teléfono y dirección?

El doctor Casper guardó silencio unos instantes y respondió en tono vacilante.

—Necesitaría hablar con el detective Ott antes de darle información personal sobre una de nuestras alumnas.

Rory asintió y volvió a ajustarse los lentes.

—Por supuesto. —Miró el reloj—. Debería llegar en cualquier momento.

—¿Por qué no aparca en la zona para visitas? Podemos esperar en mi despacho. He llamado a Gabriella Hanover y viene hacia aquí. Buscaré la carpeta de Gwen en el archivo mientras esperamos.

Con la nuca mojada de sudor, Rory atravesó la puerta de hierro del Instituto Westmont.

CAPÍTULO 90

Lane seguía estudiando la foto del zapato sobre las vías y la moneda que la acompañaba. Finalmente, la dejó sobre la mesa.

—¿En algún momento le preguntó al chico sobre las monedas? ¿Por qué no estaban las dos sobre el raíl aquella noche?

—No —respondió Gus—. Pensé dejarlo para más adelante, pero el más adelante nunca llegó porque no llegué a ningún lado con mis sospechas.

—¿Se lo dijo a los padres adoptivos?

—No llegué a decírselo directamente, pero ellos sospechaban tanto como yo. No lo decían, pero por la forma en que me miraban cada vez que iba a la casa, me daba cuenta de que me estaban suplicando que los ayudara.

—¿Y cómo terminó todo?

—En otra caja que fue a parar a un archivo. Yo estaba hasta arriba de trabajo en homicidios. El caso se consideró sospechoso al principio, pero con el tiempo el forense determinó que la muerte había sido accidental, y ese sello la sacó de la órbita del Departamento de Policía de Nueva York. No había nada que yo pudiera hacer.

Lane lo miró a los ojos.

—Algo me dice que no lo dejó así como así.

—No. Al menos no por un tiempo. No pude atrapar a ese chico por la muerte de William Pederson, pero había algo en él que me resultaba siniestro. Sus ojos, quizá. Su actitud. No lo sé. Pero algo en él me ponía nervioso. Así que lo investigué. Averigüé cómo y por qué había entrado en el sistema de adopciones.

—¿Qué descubrió?

—Pasó a la custodia estatal después de que su padre se ahorcase colgándose del poste de la cama en su casa. Lo encontró el chico.

—Mierda. ¿Dónde estaba la madre?

—El día antes de que el padre se suicidara, la madre sufrió una caída misteriosa por las escaleras.

—¿El día antes?

Gus asintió.

—Accedí al archivo sobre el incidente. Por lo visto, los médicos de urgencias informaron que las lesiones de la mujer no se correspondían con una caída por las escaleras. Alguien la había molido a palos.

Lane pensó unos segundos.

—¿El esposo?

—Puede ser. Sería el sospechoso más probable, pero esa noche se suicidó. El chico lo encontró a la mañana siguiente y llamó a la policía.

—Entonces, el padre le da una paliza, hace que parezca que ella se cayó por las escaleras y luego se suicida. Al no haber otros familiares, el chico termina en el sistema de adopciones.

—No —dijo Gus—. La madre del chico no murió. Casi la mata a golpes, sí, pero sobrevivió. Pasó seis meses en coma. Cuando despertó, estaba inválida. Nunca más pudo volver a cuidar de sí misma. Con el padre muerto y la madre en un estado casi vegetativo, el chico pasó a la custodia del estado e ingresó en el sistema de adopciones. Seis meses después de que los Pederson lo adoptaran, William murió en las vías.

—¿Qué sucedió con la madre del chico?

Gus metió la mano en la caja y sacó otra carpeta.

—Como dije, por eso le pedí que viniera a Florida. Creo que nuestros dos casos podrían estar relacionados.

CAPÍTULO 91

Rory apagó el motor tras aparcar en la zona para las visitas. Abrió la puerta y descendió a la noche. El doctor Casper esperaba sobre la acera. Eran las nueve, y el ambiente de esa noche de agosto era pesado por la humedad y los mosquitos. Rory palmeó uno que se le posó en la nuca, atraído, seguramente, por el sudor que le corría por la piel.

—¿Iba a tardar mucho el detective Ott? —preguntó el doctor Casper.

Rory reconoció la incomodidad en su voz, como si le hablara a un niño perdido en un supermercado. "¿Dijo tu papá si iba a tardar mucho, cariño?". Ella había escuchado esa condescendencia toda su vida. Por supuesto, Christian Casper era psiquiatra y tras su encuentro del miércoles, y el momento incómodo en el que Rory se había negado a estrecharle la mano a Gabriella Hanover, ella no dudaba de que el doctor Casper había creado un diagnóstico de trabajo sobre su comportamiento antisocial. Seguramente incluía un miedo subyacente a los gérmenes que le había provocado fobia social, además de un toque de agorafobia. Sin duda, la había colocado en el espectro autista y había pensado en una larga lista de medicamentos que le solucionarían todos los problemas.

Un mosquito hinchado se posó sobre su mejilla y Rory lo ahuyentó con la mano, lo que la devolvió al presente y la apartó de sus pensamientos desconfiados.

—No mucho —dijo por fin—. Me dijo que venía directamente hacia aquí.

—Vayamos adentro. Está más fresco y no hay mosquitos. La doctora Hanover se reunirá con nosotros enseguida y seguridad nos informará cuando llegue el detective Ott.

Rory siguió al doctor Casper hasta el Paseo de los Docentes y subieron los escalones de la casa número 18.

CAPÍTULO 92

—Hoy he hecho algunas averiguaciones sobre la madre del chico —dijo Gus mientras abría la carpeta de archivos que había sacado de la caja—. La familia no tenía dinero ni seguro médico. Pasó seis meses en el hospital por las lesiones, y cuando salió del coma y se determinó que necesitaría cuidados permanentes, también la madre pasó a la custodia del estado. El chico entro en el sistema de adopciones; ella, en una residencia en el norte del estado de Nueva York. Estuvo veintitrés años allí.

—¿Y después qué? —preguntó Lane—. ¿Murió?

—No. Hace dos años, la trasladaron a un hospital en Indiana. A una hora de Indianápolis.

La mente de Lane se activó. Había una conexión allí, pero no lograba descifrarla.

—Pero aquí está lo interesante —prosiguió Gus—. Hoy llamé al hospital para ver si podía averiguar algo sobre su estado y, por lo que me dijeron… ha desaparecido.

—¿Quién?

—La madre del chico.

—¿Cómo que *ha desaparecido*?

—No la encuentran. Hablé con el departamento de policía

local —dijo Gus—. Están revisando las cámaras de seguridad, pero parece que alguien la puso en una silla de ruedas y se la llevó por la puerta principal.

Lane parpadeó varias veces.

—¿Cuándo sucedió esto?

—Anoche.

Lane sacudió la cabeza.

—¿Quién raptaría a una anciana en estado vegetativo?

—Sospecho que el hijo.

—¿El chico Pederson?

—Sí, pero no se llama Pederson. Ese era el apellido de la familia adoptiva. Él nunca lo utilizó. Mantuvo su propio apellido.

—¿Cuál era?

Gus bajó la vista a la carpeta.

—Casper. El chico se llamaba Christian Casper. Tenía catorce años en 1994 cuando murió su hermano adoptivo. Por lo que entiendo, ahora es miembro del cuerpo docente del Instituto Westmont. Codirector de orientación estudiantil, de hecho.

—¡Maldición! —Lane sacó el teléfono.

CAPÍTULO 93

EL DOCTOR CASPER SUBIÓ LOS escalones y abrió la puerta principal de su casa. Rory lo siguió por el umbral, ajustándose los lentes y asegurándose de tener la chaqueta cerrada hasta el cuello.

—¿Quiere beber algo? —preguntó el doctor Casper.

—No, gracias —respondió Rory.

A la izquierda de la entrada estaba el despacho de Casper. Rory vio que un escritorio ejecutivo ocupaba orgullosamente el centro de la sala; estaba cubierto de papeles y carpetas. Junto al escritorio había dos sillones enfrentados, con una mesita de café en el medio. A Rory le ardía la piel como si tuviera un eczema de solo pensar en compartir sus secretos más profundos sentada en uno de esos sillones. Había cubierto con una sábana protectora los secretos del último año de su vida, había asegurado las esquinas y planeaba no volver a hablar de ellos nunca más. La idea de compartir las partes más íntimas de su vida con alguien a quien casi no conocía excepto por los encuentros semanales no tenía sentido para ella. Le habían enseñado otras formas de manejar los procesos internos de su mente.

—¿Qué es lo que pasa? —preguntó el doctor Casper—. El detective Ott parecía ansioso por hablar con Gwen.

—Nos hemos topado con información nueva y queríamos su… opinión al respecto.

—¿Algo que debería preocuparnos?

—No… lo creo —respondió Rory, pero la vacilación en su voz la traicionó.

—No es un buen momento, justo han terminado las clases de verano. De otro modo podríamos ir directamente a hablar con ella en su habitación. Le pido disculpas… —Señaló a su alrededor—. Mi despacho es un caos; estamos terminando de cerrar las calificaciones de las clases de verano y preparándonos para el nuevo año escolar. Hemos trasladado de forma temporal los registros de los alumnos al subsuelo.

El doctor Casper miró el reloj.

—Gabriella llegará en cualquier momento. Si baja conmigo, buscaré el archivo de Gwen.

"Subsuelo". La expresión se quedó grabada en la mente de Rory. Se preguntó por un instante, por un segundo fugaz, por qué él utilizaría esa palabra. No estaban en el majestuoso edificio de la biblioteca junto al que habían pasado tras entrar por la verja, donde un sótano podía ser considerado el *subsuelo*. Estaban en una casa adosada de dos plantas que hacía las veces de despacho de Christian Casper. Cualquier escalera hacia abajo llevaría a un *sótano*. Ella esbozó una sonrisa forzada y se ajustó los lentes de nuevo, tratando de ocultarse tras ellos y debajo del gorro que le cubría la frente. No le gustaban los sótanos, ni el de su propia casa en Chicago ni ningún otro.

El doctor Casper abrió la puerta situada del lado opuesto de la escalera. Rory vio un descansillo oscuro y una escalera en sombras.

—No me llevará más de un minuto encontrar la carpeta. ¿Le importaría ayudarme?

Rory sonrió y a pesar de las señales de alarma en su cabeza, avanzó hacia la puerta que llevaba al sótano.

CAPÍTULO 94

LANE SOSTUVO EL TELÉFONO CONTRA la oreja y escuchó el buzón de voz de Rory.

—Oye, soy yo —dijo—. Estoy en Florida y creo que me he topado con algo. Llámame de inmediato. En cuanto escuches este mensaje.

Miró el reloj. Eran las 21.15, horario de la zona central. Le envió un mensaje de texto con el mismo contenido y colocó el teléfono sobre la mesa para estar seguro de que escucharía la llamada de Rory.

—¿No ha tenido suerte? —preguntó Gus.

—No. —Lane miró el reloj de nuevo y se preguntó por qué ella no respondía. Una sensación de alarma le inundó el pecho, pero lo separaban tres mil kilómetros de Rory y sabía que no había nada que pudiera hacer hasta que ella le devolviera la llamada. Por fin, levantó la mirada hacia Gus—. Sin duda, habrá investigado al doctor Casper.

Gus asintió.

—Claro que sí. Siguió en el sistema, pero ninguna otra familia lo recibió. Cuando cumplió dieciocho años, quedó libre como un pájaro. Le perdí el rastro, pero cuando me llamó usted, acudí a mis contactos y revisamos los registros.

Gus dio vuelta la página de la carpeta que tenía delante.

—Estando en el sistema de adopciones, logró terminar la secundaria. Luego solicitó una beca para ir a la universidad y la consiguió. Es bastante raro que un chico que nunca encontró un hogar siga estudiando más allá de secundaria, pero él lo hizo. Asistió a la Universidad Estatal de Nueva York. —Levantó la mirada de la página que estaba leyendo—. Adivine qué le sucedió a su compañero de habitación del primer año.

Lane sacudió la cabeza.

—Casper vivía en la residencia universitaria. En octubre del primer año, su compañero se suicidó. Tras regresar al dormitorio una noche, Casper lo encontró colgado de las vigas.

Lane recordó el perfil que había creado del asesino del Instituto Westmont. La organización de la escena del crimen indicaba que no era la primera vez que había matado. Lane también había adivinado que el asesino provenía de una familia rota y que era probable que hubiera desarrollado una relación anormalmente estrecha con la madre. Ese vínculo maternal se contraponía con una relación conflictiva con el padre.

—Parece que todos los que están cerca de este chico mueren —continuó Gus—. Después de la universidad, se matriculó en la Escuela de Medicina. Tiempo después estudió psiquiatría, y se especializó en psicoterapia adolescente y juvenil. Mi fuente localizó a un antiguo paciente de Casper, de cuando trabajaba en Nueva York. El hombre tiene casi treinta años ya, y no tenía más que cosas buenas que decir de su antiguo terapeuta. Cuando se le preguntó si el doctor Casper tenía alguna técnica o práctica poco común, el sujeto dijo que practicaba una forma muy original de tranquilizar a sus pacientes durante las sesiones de terapia.

Lane esperó un instante.

—¿Y cuál era?

—Les entregaba una moneda aplanada para que juguetearan con ella. El hombre dijo que funcionaba tan bien que después de un tiempo era como cuando un niño succiona un chupete.

El cerebro de Lane estaba en alerta máxima y la alarma en su pecho ya se asemejaba mucho al miedo.

—Si lo sumamos a todo lo que ha sucedido en ese internado de élite —dijo Gus—, es realmente una casualidad muy escalofriante que hayan sucedido tantas muertes alrededor de este individuo, o es la prueba de que nos hemos topado con alguien que ha sido un asesino en serie toda su vida.

Lane tomó el teléfono y volvió a llamar.

—Rory, contesta, vamos. ¡Responde el puto teléfono, Rory!

CAPÍTULO 95

EN CUANTO LA PUERTA DEL sótano se cerró tras ella, Rory supo que algo no iba bien. Descendió tres escalones antes de que su intuición le indicara que se volviera, corriera escaleras arriba, saliera del sótano y se marchara de esa casa. Cuando el doctor Casper desapareció hacia la derecha del descanso y ella lo oyó bajar los últimos escalones, decidió seguir su instinto. Parte de ella —la parte paranoica— se preocupaba por lo embarazoso de la situación en la que se encontraría tras salir del sótano al jardín delantero de la casa. El doctor Casper seguramente aparecería con la carpeta de Gwen Montgomery en la mano, preguntándose por qué una mujer adulta había salido corriendo de su despacho. Pero esa misma parte desconfiada de su mente le gritaba que saliera ya mismo de allí. Un torrente de adrenalina relacionado con el instinto de huir o luchar le inundó el cuerpo, acelerándole el corazón y elevándole la presión sanguínea. Cualquier incomodidad surgida por huir en ese momento sería mejor que lidiar con el ataque de pánico que sufriría si permanecía un minuto más en el espacio reducido de la escalera.

—¡Me vendría bien un poco de ayuda! —gritó el doctor Casper desde el sótano.

Rory podría esperar al detective Ott, que estaría en camino, fuera, en la planta de arriba. ¿No había mencionado también el doctor Casper que Gabriella Hanover estaba al llegar? Rory no podía creer cuánto ansiaba ver a dos perfectos desconocidos. La sensación le confirmaba el peligro en el que se había metido.

—Creo que he encontrado lo que busca —oyó decir al doctor Casper—, y ella...

Rory se dio la vuelta y subió corriendo los escalones. El estrépito de sus botas ahogó las últimas palabras de Casper. Llegó a la puerta y giró el picaporte de la puerta. Estaba cerrada con llave. El clic que había oído ahora le resultaba obvio. La puerta se había cerrado automáticamente del otro lado. En la oscuridad de la escalera, pasó los dedos desesperadamente por la manija, buscando el ojo de la cerradura.

Oyó pasos en la escalera, el ruido áspero de zapatos cuando el doctor Casper subió metódicamente los primeros escalones. Apareció en el descanso debajo de ella, con el rostro en sombras y los ojos ocultos en la oscuridad.

—Le dije que había encontrado lo que buscaba —dijo—. Ahora vuelva aquí abajo.

Rory forcejeó de nuevo con la puerta.

—La puerta se cierra automáticamente. Es lo más seguro. Bien, se lo diré por última vez: ¡baje!

CAPÍTULO 96

HENRY OTT APARCÓ EL CHEVY delante de la verja del Instituto Westmont. Miró el reloj y luego la calle oscura delante de él. Echó una mirada al espejo retrovisor y luego sus ojos volvieron a posarse en el reloj. Se preguntó cómo era posible que hubiera llegado antes que ella. Rory lo había llamado hacía cuarenta minutos para contarle sus descubrimientos. Le pidió que se encontrara con ella delante de la verja del instituto para poder localizar a Gwen Montgomery usando su influencia. Tras la llamada, Ott se había cambiado de ropa rápidamente, había comido algo y luego se había dirigido directamente al instituto. Estaba tan ansioso por hablar con Montgomery como Rory y averiguar cómo había terminado con sangre de Mark McEvoy en las manos la noche de los asesinatos.

Esperó otro minuto antes de sacar el teléfono y pulsar el botón para devolver la llamada. Sonó varias veces y luego pasó a buzón de voz.

"Habla Rory Moore. Deje su mensaje".

Ott cortó la llamada y volvió a mirar por el espejo retrovisor. Con treinta años de policía sobre los hombros, confiaba en su instinto cada vez que se hacía oír. En ese preciso momento le vociferaba que algo no iba bien. Abrió la guantera, tomó una pequeña linterna que guardaba allí y bajó del coche a la húmeda noche de verano. Abrió la puerta trasera, tomó la chaqueta del traje del gancho y tras deslizar los brazos dentro de las mangas, se la colocó sobre los hombros. Hacía un calor infernal, pero prefería mantener oculta su arma. Ajustó la cartuchera de tal modo que la culata de la pistola quedara justo debajo de su axila izquierda.

Luego encendió la linterna y se dirigió a la puerta principal del Instituto Westmont.

CAPÍTULO 97

Cuando el doctor Casper se dio la vuelta y descendió los escalones de nuevo, Rory introdujo la mano en el bolsillo trasero de sus jeans, pero el teléfono no estaba allí. Revisó la chaqueta y otra vez los pantalones, como si un segundo intento fuera a producir un resultado diferente. Tras llamar a Henry Ott, había dejado el teléfono sobre el asiento del copiloto en el coche y debía de haber quedado allí. Forcejeó con la manija de la puerta durante otro minuto; sentía que le ardía la piel y le corría sudor por la espalda. Finalmente, se volvió y miró hacia el pozo oscuro de la escalera. Luchar o huir. La opción de huir había desaparecido, por lo que se ajustó los lentes sobre la nariz, respiró hondo y bajó las escaleras. Cuando llegó al descanso inferior, giró a la derecha y vio que los últimos escalones llevaban a una puerta. Había más luz allí, pues la iluminación del sótano abarcaba los escalones inferiores.

Descendió despacio. Al llegar abajo, vio archivadores contra la pared y un escritorio lleno de papeles. Durante un instante, pensó que tal vez había malinterpretado la situación. Que el peligro que sentía estaba solo en su mente. Pero luego vio al doctor Casper por el hueco de la puerta a su izquierda.

Estaba sentado en una silla con las piernas cruzadas cómodamente. En el regazo sostenía un diario con tapas de cuero, como si estuviera leyendo una novela y disfrutando de una copa vespertina de vino. Cuando Rory entró, le llegó otra imagen a su campo de visión. Sentada frente al doctor Casper, en una silla de ruedas, había una mujer esquelética con ojos hundidos que, a pesar de estar abiertos, parecían ciegos a lo que la rodeaba.

—Mamá —dijo el doctor Casper—, ella es Rory Moore. Es parte del motivo por el que estás aquí esta noche. Y por supuesto, a Gwen ya la has conocido.

Rory avanzó más allá de la puerta. Al hacerlo, vio a una chica atada a una silla. Estaba amordazada con una cinta gris. Le caían lágrimas por las mejillas y jugueteaba febrilmente con algo en la mano derecha. Cuando la chica vio a Rory, sus ojos se agrandaron y un gemido brotó de su boca tapada.

Rory reconoció la palabra: "Ayuda".

La chica de pronto dejó caer el objeto que tenía en la mano. Rory bajó la mirada al suelo y vio que se trataba de una moneda de un centavo aplanada.

—Gwen —dijo el doctor Casper descruzando las piernas y poniéndose de pie—. La moneda es para que te calmes, no para que te agites. En el pasado siempre te ha funcionado bien. Intentémoslo de nuevo. —Se acercó a ella, recogió la moneda y se la volvió a poner en la mano. Luego regresó a su silla; tomó un bol de la mesa de al lado y se lo ofreció a Rory. Estaba lleno de monedas aplanadas—. Le ofrecería una también a usted, señorita Moore. Podría calmarla ante lo que está por suceder, pero supongo que su trastorno autista también hace que sufra de misofobia.

Rory permaneció inmóvil y en silencio.

—Sí, lo imaginaba —dijo el doctor Casper volviendo a dejar el bol sobre la mesa. Se sentó y abrió el diario. Miró a Rory—. Mi madre y yo íbamos a comenzar una sesión cuando llamó el detective Ott. Le he leído a mi madre casi todo el diario. Estoy llegando al final. Puede escuchar, ya que está aquí.

Rory se mantenía rígida, sin parpadear; vio cómo Christian Casper abría el diario, quitaba la cinta de cuero con borla que marcaba la página y comenzaba a leer.

SESIÓN 6

Diario personal: El final está cerca

LLEGUÉ A LA CASA ABANDONADA *y esperé en la sala que los alumnos llaman la habitación "segura". Un nombre irónico, ya que esa noche iba a ser cualquier cosa menos segura. Tenía un juego de llaves de la casa de cuando se utilizaba como residencia de docentes. La puerta se abrió con facilidad y me situé en el rincón. Sabía lo que sucedería esa noche. Era el solsticio de verano, lo que significaba que iniciarían a los alumnos del tercer año. Si bien los miembros del juego creían que todo era secreto, yo sabía casi todo sobre El Hombre del Espejo. Muchos profesores también, incluido Charles Gorman.*

Charles había compartido su diario personal conmigo la semana anterior y leí lo que fantaseaba con hacerles a los alumnos que lo estaban atormentando. Fue entonces cuando mi plan adquirió nitidez. Iría a la casa y esperaría a que llegaran los alumnos, uno por uno. Inicialmente, había planeado matarlos a todos esa misma noche, pero los dos que Charles más detestaba llegaron primero, y cuando nadie más apareció desde el bosque, volví a toda prisa al campus. Sabía que la policía terminaría por sospechar de Charles. Era débil y frágil, y cuando tras la tragedia en el bosque vino a confesar su temor porque sus pensamientos más oscuros de algún modo se habían hecho realidad, lo convencí de que la única forma de disipar los demonios que lo acosaban era ir a la casa, a las vías, y enfrentarse a ellos. Fuimos juntos. Fue allí donde cayó a las vías, al igual que mi hermano muchos años antes. Se consideró un intento de suicidio. Yo quería librar al mundo de los débiles y frágiles —el tipo de persona que yo había sido en el pasado—, pero de algún modo, Charles logró sobrevivir. Mejor así. Charles quedaría expuesto para siempre ante el mundo como el ser indefenso y patético que era. Merecía sufrir por su debilidad. Sus torturadores, sin embargo, merecían morir. Igual que mi padre.

Aquella noche en la habitación segura, Andrew Gross murió en un charco de su propia sangre. Tanner Landing, por la punta de una reja que le atravesó el cerebro. Tuve que esperar a los demás. Pero poco a poco, uno por uno, fueron viniendo a mí durante nuestras sesiones de terapia y confesaron su culpa por haber empujado a Charles Gorman al límite y luego a intentar matarse debido a que ellos le habían ocultado a la policía que lo habían visto aquella noche solo en su casa, por lo que la cronología de los sucesos hacía imposible que Charles hubiera ido a la casa abandonada.

Pero algo más había ocurrido aquella noche que tampoco daba paz a sus almas. Habían matado accidentalmente a un hombre. Un sujeto al que habían arrojado al arroyo Baker. Todos vinieron a mí, desesperados, para que los ayudara a encontrar la forma de cruzar más allá de la culpa. Les ofrecí la solución perfecta. La única forma de limpiar sus conciencias, les dije, era que cada uno de ellos se enfrentara a sus demonios en el sitio exacto que los había producido.

Bridget fue la primera. La convencí de que fuera a la casa abandonada. Le ofrecí acompañarla y quedarme junto a ella mientras se enfrentaba a sus demonios en las vías del tren. En el sitio exacto donde creían que Charles Gorman había intentado suicidarse. Cuando llegamos hasta allí, cerró los ojos y esperó que *el tren se llevara sus demonios. Al igual que con mi hermano muchos años antes, me resultó casi demasiado fácil.*

Siguieron Danielle y Theo. Todos creyeron que se había tratado de suicidios. Pero luego llegó el periodista y comenzó con el pódcast. Se despertó un nuevo interés en los suicidios, y a pesar de que puse todo mi esfuerzo para apagar esa curiosidad y poner fin al pódcast, sabía que era solo cuestión de tiempo hasta que volvieran a por mí. Pero estoy en paz con todo. Sabía que llegaría este día. Hace mucho, cuando espiaba por el ojo de la cerradura de la puerta de mi habitación y permití que ese niño débil e indefenso muriera —el que miraba cómo su padre golpeaba a su madre— comprendí que este día finalmente llegaría.

Cuando Gwen vino a verme ayer, supe que el día había llegado. Ella planeaba ir a la policía, pero yo sabía que no podía permitirlo, mamá. No antes de que tú y yo compartiéramos este último momento.

Cerré el diario y miré a mi madre. Sentía la presencia de las otras dos mujeres en la habitación: Gwen, inmovilizada, me miraba fijamente, y Rory Moore seguramente estaba tan aterrada que no podía tener un solo pensamiento racional.

—¿Crees que lo que he hecho está mal, mamá?

Hubo un largo silencio, pero esta noche el contacto visual solamente no me bastaba.

—¡Mamá! ¿Piensas que lo que he hecho está mal?

—En absoluto —dijo ella.

Sonreí al oír las palabras reconfortantes. Me limpiaban y me calmaban. Por supuesto, son las únicas palabras que mi madre ha podido pronunciar desde que despertó del coma hace más de veinticinco años. De todos modos, me gustaba escuchar su voz. Necesitaba que me confirmara que he vivido mi vida con su aprobación. Soy quien soy y he hecho lo que he hecho en mi vida gracias a ella. Gracias a lo que me permitió ver a través del ojo de la cerradura de la puerta de mi habitación. Gracias a su debilidad.

Dejé el diario sobre la mesa junto a mi silla. Me puse de pie, metí la mano en el bolsillo y saqué la navaja. La abrí y bloqueé la hoja en su sitio. Di un paso hacia mi madre, sabiendo que lo que iba a hacer era necesario, a pesar de lo difícil que me resultaría.

CAPÍTULO 98

Rory escuchaba cómo Christian Casper le leía a la mujer cadavérica que estaba sentada frente a él. ¿La había llamado *mamá*? Le parecía que sí, pero la escena era tan confusa que Rory no estaba procesando la información correcta ni lógicamente. Solo sabía que, en ese momento, experimentaba la misma sensación de deber que la había embargado el año anterior, en una cabaña oculta en el bosque. Unos instantes antes, cuando había estado en la escalera, su objetivo principal había sido su supervivencia. Pero en ese momento había otra cosa. Las otras dos mujeres que estaban allí la necesitaban. Ya no podía pensar en huir.

Respiró hondo y escuchó cómo el doctor Casper confesaba haber matado a Tanner Landing y a Andrew Gross. Escuchó cómo había empujado a Charles Gorman y a los demás bajo el tren que pasaba junto a la casa abandonada. Seguramente era responsable también de la explosión que había puesto fin a la vida de Mack Carter y casi se había llevado a Lane. Sintió que el sudor le corría por la espalda mientras pensaba en las caras pinchadas sobre el panel de corcho que estaba en la galería de la casa.

Casper dejó de leer y el silencio trajo a Rory a la realidad. Lo vio ponerse de pie, meter la mano en el bolsillo y sacar algo. La luz del techo rebotó sobre el metal y la hoja de una navaja sonrió amenazadora en su mano cuando la abrió. La mujer desvalida no reaccionó ante el avance de él. Parecía estar desconectada de la realidad.

—Tú me hiciste así, mamá —lo oyó decir a Casper en voz baja—, y ahora que estoy listo para abandonar esta vida que me diste, te llevaré conmigo.

Rory no tuvo tiempo de evaluar las opciones. Simplemente, se lanzó sobre él. Como un jugador de fútbol americano, bajó la cabeza y se estrelló contra su cintura. El hombro derecho impactó de lleno en su entrepierna; Casper lanzó un gemido mientras el aire se le escapaba de los pulmones y ambos cayeron al suelo con estrépito. Rory inmediatamente buscó la mano derecha de él para apartar el cuchillo, pero cuando le agarró la muñeca vio que la mano estaba vacía.

Casper giró hasta quedar boca abajo, gimiendo todavía por el golpe, y comenzó a arrastrarse hacia el cuchillo que había caído a un metro y medio de distancia. Rory le pasó el brazo derecho alrededor del cuello y juntó ambas manos en una enérgica llave de estrangulamiento. Apretó con todas sus fuerzas. Logró volver más lento su avance, pero no detenerlo, y Casper siguió arrastrándose, centímetro a centímetro, hacia el cuchillo. Rory apretó con más fuerza, rogando que la falta de sangre y oxígeno al cerebro lo hicieran detenerse en algún momento. Un silbido ahogado provenía de su tráquea bloqueada, pero siguió arrastrando a Rory sobre su espalda, un codo después de otro, hasta que tuvo el cuchillo al alcance del brazo.

Rory cerró los ojos y aplicó toda la fuerza que le quedaba para estrangularlo. Al ver que él extendía el brazo hacia el cuchillo, el miedo la invadió y, tras inspirar profundamente, le apretó el cuello con sus últimas energías.

De todas maneras, los dedos de él lograron llegar al mango de la navaja. Un grito gutural brotó de la garganta de Rory cuando la mano se cerró alrededor del arma.

CAPÍTULO 99

EL DETECTIVE OTT PASEÓ EL haz de luz de su linterna por la verja del Instituto Westmont y por el camino de adoquines de detrás. Se veía la biblioteca en la distancia, con las cuatro columnas macizas iluminadas por reflectores que apuntaban hacia arriba. A la derecha estaba el aparcamiento para visitas y vio un único coche allí. Estiró el cuello para ver mejor, pero la pared de ladrillos a la que estaba sujeta la verja le bloqueaba la vista.

Se tomó un minuto para evaluar la situación y echó a andar por la acera paralela a la pared de ladrillos, que medía más de dos metros de alto. Recorrió la distancia que supuso que lo dejaría en línea directa con el aparcamiento para visitas. Guardó la linterna en el bolsillo superior del traje, estiró los brazos hasta el borde del muro y se impulsó hacia arriba para espiar por encima de la parte superior.

Soltó un gruñido por el esfuerzo y no por primera vez, pensó que ya estaba demasiado viejo para esas cosas. Pero viejo o no, el instinto nunca le fallaba. Recordaba el Toyota de Rory Moore de la vez en la que había ido a la casa del doctor Phillips para hablar con ellos. Al verlo en el aparcamiento, se preguntó por qué habría entrado en el campus sin él. Le había dicho que esperaría fuera.

Se impulsó hacia arriba y levantó la pierna derecha hasta que el talón llegó a la parte superior. Gruñendo y resoplando, logró quedar a horcajadas del muro. Pasó la pierna izquierda por encima hasta que ambas quedaron colgando del lado interno de la pared. Una rodilla resentida desde la época en la que jugaba al fútbol en la universidad se opondría a su siguiente decisión, por lo que no se dio tiempo a cambiar de idea. Colocó ambas manos sobre los ladrillos, levantó el trasero y saltó. Cayó estrepitosamente al suelo y se alegró de encontrarse con césped y no con cemento. De todas formas, sintió dolor en la rodilla al aterrizar.

Se dirigió al aparcamiento e iluminó el interior del coche de Rory con la linterna. Vio el teléfono en el asiento del copiloto. Se tomó solo un instante para mirar a su alrededor y echó a andar hacia el sendero que recordaba que se llamaba Paseo de los Docentes. De allí se había dirigido a la casa de Charles Gorman el año anterior. Se detuvo y miró el camino silencioso que pasaba delante de las casas. Fue entonces cuando lo oyó. Un grito ahogado que provenía de la vivienda a su derecha.

Abrió mucho los ojos y desenfundó el arma. Oyó otro grito y corrió hacia él.

CAPÍTULO 100

EL GRITO QUE BROTÓ DE su boca en el momento en el que los dedos de Casper llegaron al mango de la navaja la sorprendió. Era extraño y salvaje, como de animal, y Rory no podía creer que lo hubiera emitido ella. Pero sabía lo que significaba. Estaba luchando por su vida y la voz desconocida en su interior le gritaba que hiciera todo lo posible por ganar.

Cuando Casper tomó la navaja, Rory le soltó el cuello y rodó de encima de él. Como si se destapara un vacío, oyó que Casper inhalaba una bocanada gigante de aire. De espaldas a él, corrió desesperadamente hacia la puerta. Su única esperanza era llegar a la ventana que había visto al bajar al sótano, romperla y escapar antes de que él recuperara la orientación. Ni siquiera estuvo cerca de lograrlo. En un segundo lo tuvo encima, pues se arrojó sobre ella desde atrás. Rory dio de cara contra el marco de la puerta y la pared de placas de yeso cedió levemente bajo el impacto de ambos cuerpos. Rory gritó de nuevo mientras hacía todo lo posible para quedar de espaldas a la pared y cara a cara con Casper. Él levantó el cuchillo. Ella tuvo justo el tiempo suficiente como para sujetarle la muñeca cuando acercaba la hoja hacia su cuello. Seguramente, razonó su cerebro en una extraña tangente de pensamiento, era el mismo cuchillo que había utilizado para cortarles las gargantas a Andrew Gross y a Tanner Landing.

Se oyeron golpes en el piso superior. Alguien estaba llamando a la puerta. Rory vio que los ojos de Casper se agrandaban. La mandíbula y el cuello le temblaban por el esfuerzo mientras empujaba el cuchillo hacia ella. El brazo izquierdo de Rory no era lo suficientemente fuerte como para detener el avance del arma, por lo que lo reforzó con el derecho. Al levantar el brazo, se rozó el pecho izquierdo con la mano y sintió un pinchazo a través de la tela de la chaqueta. En un segundo, bajó la cremallera de su chaqueta, metió la mano en el bolsillo de la camisa y sacó el pincel. Era el último que había utilizado sobre la muñeca Kiddiejoy esa mañana y el mango terminaba en una afilada punta de aguja para esculpido fino.

Mientras Casper empujaba la hoja del cuchillo hacia su cuello, Rory le clavó el mango del pincel en el ojo izquierdo. Como un globo pinchado, él se desinfló ante ella y se desplomó en el suelo; su cara dio contra las botas de Rory y las manchó con la sangre que le brotaba del ojo.

CAPÍTULO 101

La autopsia de Christian Casper reveló que el mango del pincel había penetrado por la cuenca del ojo izquierdo, un pinchazo limpio que atravesó la córnea, el iris, el cristalino, la retina y la parte blanda del hueso orbital para terminar rompiendo la arteria carótida interna. La causa de muerte fue una hemorragia cerebral, denominada formalmente *exanguinación por hemorragia craneal*; la forma, homicidio justificable.

La mujer cadavérica resultó ser realmente su madre, Liane Casper. Tras el suplicio en el sótano de su hijo, estuvo en el hospital tres días, antes de regresar a la residencia de cuidados prolongados cerca de Indianápolis. Gwen Montgomery también pasó tiempo en el hospital. No tenía lesiones físicas, pero su estado mental —que ya había sido frágil durante el último año— estaba al borde del colapso. Una semana después de que le dieran el alta, pudo encontrar alivio compartiendo finalmente su secreto con el detective Ott y el Departamento de Policía de Peppermill. Ella y Gavin Harms serían acusados de homicidio involuntario por la muerte de Marc McEvoy, cuyo cuerpo había sido recuperado del río Baker. Gwen y Gavin se enfrentaban a una serie de posibles sentencias, desde libertad condicional a varios años en prisión.

Una semana después de los sucesos en el sótano de Christian Casper, Rory entró en el despacho de su casa en Chicago. Bebió un sorbo de Dark Lord y se sentó a la mesa de trabajo. La muñeca de porcelana estaba bajo la luz de la lámpara. Tanto para el observador casual como para el coleccionista avezado, se la veía en óptimas condiciones. La cara no tenía defectos; las fisuras habían sido reparadas a la perfección. La reconstrucción de la oreja y la mejilla era impecable y equilibrada.

Rory pasó un cepillo por el pelo de la muñeca, le colocó la ropa y luego se dirigió a la estantería. Había allí un solo hueco, creado esa mañana cuando Rory había bajado una muñeca más vieja de su lugar y la había guardado. Colocó la Kiddiejoy en el espacio vacío y retrocedió para admirar su obra. Algo en su interior se reconfiguró; se volvió a sentir en su eje al ver cómo su última restauración pasaba a engrosar la colección. Las muñecas que llenaban la habitación no representaban solamente el trabajo de su vida, sino su salvación. Un salvavidas que la sacaba de los trastornos que de otro modo hubieran fagocitado sus pensamientos y destruido su existencia.

Se volvió hacia el escritorio, se sentó en la silla y bebió un poco de cerveza. Esa mañana le había llegado por correo un sobre grande de papel manila y había esperado hasta ese momento para abrirlo. Tras rasgar la parte superior del sobre, extrajo el periódico doblado. Era la edición del día anterior del *Indianapolis Star*. La historia estaba en la primera plana, por encima del pliegue.

El hombre desaparecido de South Bend desbloquea
el misterio de los asesinatos del Instituto Westmont
PARTE 1 DE 3
Por Ryder Hillier

Antes de ponerse a leer el artículo, Rory despegó una notita autoadhesiva del periódico.

Rory:
Mañana tengo la reunión.
¡Un millón de gracias!
Ryder

Rory bebió otro sorbo de Dark Lord. Era la primera y la última de la noche. Tenía que estar bien alerta para el vuelo del día siguiente, aunque esta vez tendría a Lane de compañero de asiento y ese vuelo a Florida sin duda sería mucho más agradable que el anterior.

Tomó el periódico y leyó el artículo de Ryder.

CAPÍTULO 102

RYDER HILLIER HIZO EL VIAJE en coche hasta Chicago en poco menos de dos horas. En ese preciso momento, subía en el ascensor hasta el piso treinta y cinco del edificio de oficinas emplazado en el centro de la zona conocida como el Loop. Sentía mariposas en el estómago y se esforzaba por mantener las emociones bajo control. Una vez que se abrió el ascensor, Ryder salió, y arrastrando una maleta pequeña tras ella, abrió las puertas de cristal y se dirigió al escritorio de recepción.

Un hombre joven con sonrisa agradable la saludó:

—Hola, ¿en qué puedo ayudarla?

—Soy Ryder Hillier y tengo una cita con Dwight Corey.

—Sí —dijo el joven con entusiasmo—. Está esperándola.

Descolgó el teléfono.

—Señor Corey, está aquí su cita de la una, la señorita Hillier.

Un instante más tarde, un hombre alto e impecablemente vestido con un traje color arena de Armani abrió la puerta que estaba junto a la recepción. También él lucía una ancha sonrisa.

—¿Ryder? —dijo, acercándose con la mano tendida—. Soy Dwight Corey. Es un gusto conocerte.

Ryder le estrechó la mano.

—Gracias. Estoy realmente agradecida por la oportunidad.

—Es más que una oportunidad —la corrigió él—. Por lo que me han contado Rory y Lane, has nacido para esto. Ven, pasa. La gente de la NBC llegará en media hora y antes quiero darte toda la información sobre la oferta.

Ryder tragó saliva y siguió al representante por la puerta. Estaba a punto de plantearle a la NBC las razones por las que creía que era la candidata perfecta para continuar con el pódcast de Mack Carter. Con el corazón latiéndole a toda velocidad, entró en el despacho, arrastrando la maleta que contenía el resultado de su investigación.

CAPÍTULO 103

El vuelo estaba programado para la una de la tarde. Salieron de la casa a las diez, demasiado temprano para el agrado de Rory, pues significaba que llegarían a las diez y media al aeropuerto y tendrían muchas horas de espera. Aun con los boletos de primera clase y los beneficios del salón vip, todo ese tiempo en el aeropuerto más transitado del mundo le resultaba poco atractivo. Pero Rory tenía una parada que hacer antes de dirigirse a O'Hare.

Lane iba al volante, para que no tuvieran que aparcar. Giraron por la calle LaSalle y Lane encendió las luces de emergencia mientras se detenía en doble fila. Rory descendió a toda prisa y se dirigió a la tienda de zapatos Romans. Tras casi una década con el mismo par de botas Madden, en ese momento estaba comprando su segundo par en menos de dos meses: el primero había quedado inutilizable después de que Christian Casper se lo cubrió de sangre proveniente de la herida en su ojo.

Hundió los pies en un par de talla 37 y experimentó la misma calma que cuando había estado en la tienda a comienzos del mes. Pagó en la caja y salió con los borceguíes puestos. A la mierda con el calor de Florida. De todos modos, nunca le habían gustado las sandalias.

El avión aterrizó en Ft. Meyers a las 16.05, y media hora más tarde, estaban en el coche alquilado, en camino hacia la isla Sanibel. En los más de diez años que llevaban de relación, Lane y ella nunca se habían tomado vacaciones juntos. Existían muchos motivos para ello. Rory prefería pasar el tiempo libre entre casos a solas, o por lo menos a su modo, preservándose del trastorno opresivo que amenazaba con alterarle la vida a través de la restauración de una muñeca nueva. Lane simplemente no disfrutaba de las vacaciones. Los cerebros de ambos no eran capaces de inactivarse lo suficiente como para permitirles tomar sol junto a una piscina. La aversión que sentía Rory por la arena y todos los pliegues donde podía introducírsele la había mantenido lejos de la playa durante toda su vida. Razón por la cual ese viaje era un acto de fe. Lane le había jurado que había una razón lógica detrás de la idea loca de alquilar un apartamento en Sanibel. Por más que lo intentaba, Rory no podía imaginar cuál sería. Pero lo cerca que había estado Lane de la muerte y la traumática experiencia de ella en el sótano de la casa de Christian Casper los habían hecho repensar sus vidas. Lane le había asegurado a Rory que sabía lo que ella necesitaba y se lo daría en ese viaje. Él nunca le había mentido, por lo que Rory le creyó cuando le dijo que ir a Florida era lo indicado para ella.

Rory Moore no era la clase de mujer a la que se la podía levantar por el aire, literal o figurativamente, y trasladar a fuerza de romance a un estado de dicha plena. Lane lo sabía bien. Comprendía cómo funcionaba su mente y cómo estaba codificado su ADN. La mente de Rory necesitaba estimulación constante, ya fuera de un caso sin resolver o frente a la mesa de trabajo con una muñeca antigua dañada. Los casos que Rory resolvía no eran solo su trabajo, sino su forma de vida. Un equilibrio delicado que la ayudaba a existir. Necesitaba los misterios de casos no resueltos porque sin un rompecabezas que armar, su trastorno se apoderaría de su vida.

La autopista los llevó a Sanibel y Lane condujo el coche alquilado por la única carretera que atravesaba la isla. Giró para tomar una calle lateral con hileras de palmeras a los lados, y siguió hasta que llegaron a la entrada del complejo de apartamentos.

—Lo veo en tu expresión —dijo Lane—. Estás comenzando a preocuparte.

—No —respondió Rory. Se esforzó por sonreír y miró por el parabrisas—. Este lugar es hermoso. Es… justo lo que necesito.

—Sigues pensando que te traje aquí para que te pases las horas sentada en la playa bebiendo piña colada, ¿verdad?

—No tengo mucha idea de qué vamos a hacer exactamente mientras estemos aquí, pero sí sé que tú no crees que yo vaya a estar bebiendo piña colada o paseando por la playa.

Encontraron sitio para aparcar y Lane sacó el equipaje del maletero. Tomaron el elevador exterior hasta el tercer piso, en el que Lane abrió la puerta del apartamento y la sostuvo para que entrara Rory. Ya dentro, dejaron las maletas en el dormitorio y luego Lane la condujo hasta la terraza acristalada. El golfo se exhibía majestuosamente ante ellos y la luz del sol de la tarde resplandecía sobre el agua.

Rory hizo una mueca al bajar la mirada hacia la playa.

—En serio, Lane. No me hagas caminar descalza sobre la arena.

—Vamos, por favor —dijo Lane—. ¿No te parece que ya te conozco a estas alturas? —La rodeó con el brazo y la atrajo hacia él, luego miró el reloj—. Quiero que conozcas a alguien. Tiene algo que enseñarte.

—¿Tengo que ponerme sandalias?

—Claro que no, por Dios. Cierra ya la boca.

CAPÍTULO 104

LLAMARON A LA PUERTA DEL apartamento a tres puertas del de ellos. Rory estaba enfundada en jeans y camiseta grises; las botas nuevas le parecían rígidas, pero cómodas. Cuando la puerta se abrió un instante después, Rory se ajustó los lentes, pero aunque no comprendió por qué, el deseo de ocultarse tras ellos no era tan intenso como de costumbre. El hombre mayor que apareció en la puerta tenía un aura que de inmediato la hizo sentirse cómoda.

—¡Lane! —exclamó, con una sonrisa y un apretón de manos—. ¡Me alegro de verlo!

—Lo mismo digo, Gus.

Lane se volvió hacia Rory.

—Gus Morelli, ella es mi media naranja. Rory Moore.

—Rory —la saludó Gus—. He oído hablar mucho de usted. De boca de este hombre y de otras personas.

Rory sonrió.

—Es un placer conocerlo.

Notó que él no intentó estrecharle la mano.

—Pasen —dijo Gus, y señaló a Rory—. Tengo algo para usted. —Miró el reloj—. Bien, en algún lugar ya son las cinco.

Dentro, Rory se quedó junto a Lane mientras el hombre

abría el refrigerador y sacaba una botella de cerveza negra Dark Lord.

—Lo que me costó conseguirla. ¡Pero, maldición, qué buena es! —La abrió—. Doctor, ¿le sirvo una?

—No —dijo Lane—. La cerveza negra no me cae bien al estómago. Pero beberé una más ligera si tiene.

Gus señaló el interior del refrigerador.

—Tengo La Rubia en el estante inferior. —Le entregó un vaso a Rory, con espuma en la parte superior y la cerveza negra debajo—. Salud —dijo, levantando su vaso.

Lane levantó su botella. Rory los miró; parecían amigos de toda la vida. Seguía sin comprender lo que sucedía.

—¿Por qué brindamos? —preguntó.

Gus ladeó la cabeza como si quisiera que Rory viera algo que estaba detrás de él. Luego miró a Lane y sonrió.

—¿No se lo ha dicho?

—Todavía no —respondió Lane.

Gus miró a Rory y le sonrió.

—Sígame.

Rory fue detrás de Gus por el pasillo que salía de la sala. Él se dirigió a una puerta cerrada y la abrió. Fue como si la habitación emitiera una corriente magnética que atrajo a Rory. Dentro vio pilas ordenadas de cajas, y entró.

—¿Qué es todo esto?

—Son todos los casos que en mi carrera de treinta años no he podido resolver ni olvidar. Lane dijo que podría estar interesada en ayudarme con ellos.

Rory caminó lentamente hacia las cajas y pasó la mano por las tapas. Su mente comenzaba a emitir chispazos ante las posibilidades que poseía ese sitio. El corazón le aleteaba por los misterios sin resolver que esperaban allí dentro.

Se sentó en la cama y colocó la cerveza sobre la mesita de noche. Luego tomó una de las cajas y la apoyó sobre su regazo. Lentamente, levantó la tapa.

NOTA DEL AUTOR

Todas mis novelas son thrillers independientes. Sin embargo, los lectores sagaces encontrarán pepitas del libro anterior diseminadas por las páginas de cada libro siguiente. Aunque este es el segundo libro de la serie Rory More/Lane Phillips, me aseguré de escribir cada historia de manera que los seguidores pudieran leer los libros en cualquier orden.

Si *La casa de los suicidios* es tu primera aventura con la incomparable Rory Moore y te gustaría leer más sobre ella, échale un vistazo a *Hay quienes eligen la oscuridad*. Descubrirás de dónde vienen sus peculiaridades. Además, es una novela cargada de emociones y suspenso.

Si con *La casa de los suicidios* has recibido tu primera dosis de Gus Morelli, el detective sabio y sagaz, no te pierdas *Don't Believe It* para descubrir más sobre la historia de Gus, su lucha con la vida, su desprecio por la gente de su edad y cómo terminó con una prótesis de titanio en la pierna.

Luego, si lees *Don't Believe It* y te sientes intrigado por la patóloga forense llamada Livia Cutty, entérate de su historia original en *La chica que se llevaron*.

Muchos también se habrán dado cuenta de que la ciudad de Summit Lake aparece en *Don't Believe It*. Si sientes curiosidad por la historia y los secretos de esa ciudad, puedes leer *El crimen del lago:* es mi primera novela y la preferida de muchos lectores.

Gracias por leer mis libros. Te estaré eternamente agradecido.

Charlie Donlea

AGRADECIMIENTOS

La lista de personas a quienes darles las gracias por ayudarme a traer a la vida a esta novela incluye a muchos de los sospechosos de siempre.

A Amy: gracias por ayudarme en un año difícil de escritura con tu amor y tu aliento. Has demostrado ser una esposa increíble, una madre imparable y mi mejor amiga. Es bueno saber que cuando pierdo el control de las riendas de nuestra vida, tengo un copiloto que asume el mando.

A Mary: gracias por ser una compañera de conspiración tan dispuesta para esta historia. Me da mucha risa recordar que gran parte de nuestras conversaciones del principio terminaban con las palabras: "Espera. Se me olvidó adónde quería ir a parar". Pero pudimos imaginar lo suficiente como para darle un comienzo a la historia que luego despegó desde allí.

A Jen Merlet: gracias por regalarme tu don especial de encontrar todos mis errores una vez que todos los demás los han buscado.

A la señora Desmet: muchas gracias por prestarme el nombre de pila para un personaje tan importante.

Al detective jubilado Ray Peters, gracias por responder

mis preguntas sobre procedimientos policiales. Y por compartir historias asombrosas de su carrera.

A Marlene Stringer: gracias por tus consejos e inquebrantable orientación sobre mi carrera. Y por recordarme siempre no solo hacia dónde vamos sino en dónde estamos actualmente.

Y, como siempre, a mi talentoso equipo de Kensington Publishing, que me sigue asombrando con el esfuerzo y el apoyo que les dedican a mis novelas. Un saludo especial a Vida Engstrand y Cristal McCoy por su creatividad. Y a mi editor, John Crognamiglio, que siempre está tranquilo y sereno cuando yo estoy en modo pánico.

SI TE HA GUSTADO ESTA NOVELA...

No puedes dejar de leer *El crimen del lago,* el thriller que lanzó al éxito internacional a Charlie Donlea. Un apacible lugar guarda el secreto de una macabra historia de silencios, apariencias y mentiras. Un impresionante rompecabezas donde, al final, todas las piezas encajan a la perfección.

Se trata de una novela magistralmente elaborada, en la que el trasfondo psicológico y la constante tensión, sobre todo cuando la periodista de investigación Kelsey Castle se implica en el caso y se acerca peligrosamente a la verdad, consigue emocionar al lector desde las primeras páginas.

¿Has escuchado hablar sobre *El crimen del lago?*

Deberías darle una oportunidad.

El equipo editorial de MOTUS.

 Escanear el código QR para ver información de *El crimen del lago*